JN072827

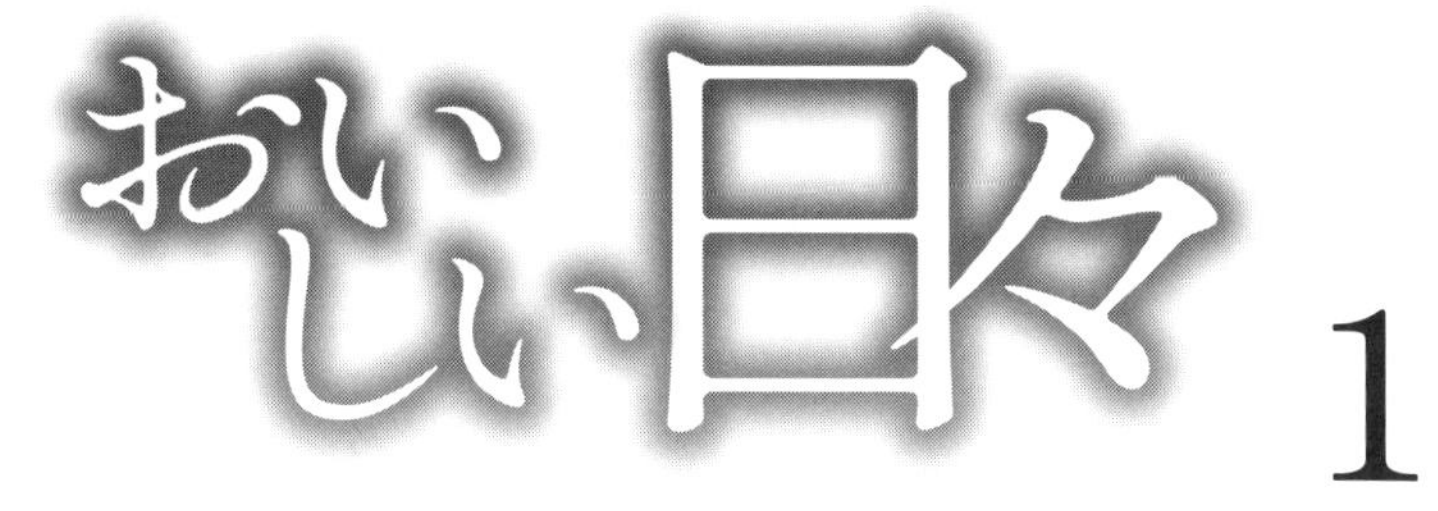
味噌汁令嬢と腹ぺこ貴族の
おいしい日々
1

サレイユ伯爵
アンヌマリーが働いているお屋敷の主人。性格に難あり。
ディオン
アンヌマリーが働いているお屋敷の跡取り。おにぎりとお漬物をきっかけにすっかり彼女の料理の虜に。食べると幼く見えるが、実はイケメン。
アンヌマリー
元は男爵令嬢だったが、メイドとして働くことに。前世の記憶を頼りに味噌汁をつくる決心をする。お食事のことを考えている時間が一番大好き！

執事長
優しすぎるがゆえに、常にサレイユ伯爵に振り回されている。
料理長
頑固なラーメン店のおやじのようだが、実は繊細な料理をつくるシェフ。アンヌマリーの和食を巡って衝突し……。
イネス(メイド長)
頼れるみんなのお母さんのような温かいメイド長。何かとアンヌマリーを気にかけてくれる。
クロエ
アンヌマリーのメイド友達。元気で人懐っこいポメラニアンのような女の子。
味噌汁令嬢と腹ぺこ貴族のおいしい日々1
登場人物

味噌汁令嬢と腹ぺこ貴族の

おいしい日々

目次

プロローグ　味噌の香る町角

とある町の、落ち着いた雰囲気の裏通り。住宅や工房が多く集まった、閑静な一角。

しかし今そこには、たくさんの人間がひしめいていた。みな、一軒の店に熱いまなざしを注いでいる。店からは、一風変わったいい香りが漂ってきていた。

「ああ、腹が減ったなあ。店が開くまでこうやって待っていないといけないのは辛いぜ」

「でも開店前に並んでおかないと、さらに待つことになるしなあ」

よく見ると、そこにいる人たちはきちんと行列を作っていた。そうやって行儀よく、その店が開くのを待っているらしい。空腹をまぎらわせようとしているのか、みな他愛のないお喋りに花を咲かせている。

「しかし、不思議な店だよな。料理はとびきり変わってるし、店主はまだ若い女の子だし。十六だっけ、十七だっけ？　それくらいの年頃だよな」

「本人は何も言わないけれど、元貴族だって噂もあるらしいな？」

「俺も聞いたな、その噂。でもそう言われるのも納得だぜ。なんか気品があるんだよな、あの子。でも偉ぶったところなんて少しもなくて親しみやすいし、とっても愛想もいいし。やっぱり違うのかな？」

「どっちでも関係ないさ。あの子がとびっきりの頑張り屋なのは確かだからな。屋台を始めて、あっという間に店を持つまでになり、しかもこの大繁盛だ。そこら辺の普通の人間にできることじゃないって」

「これだけうまい料理を作れるんだから、繁盛しないほうがおかしいよな……ああ、この味噌の香り、たまらない……早く味噌汁を飲みたいぜ……」

「今日の味噌汁の具、何だろうな？　昨日のトマトとトウモロコシも面白かったが。ああ、駄目だ。腹が減りすぎて倒れそうだ……」

　彼らが切なげにため息をついた時、店の入り口が開いた。綺麗な黒髪の、生き生きした緑の目の若い女性が姿を現す。

「お待たせしました！　これより開店です！　今日の味噌汁は、ナスとキュウリですよ！」

　彼女の軽やかな言葉に、集まっていた人々は一斉に歓声を上げた。

「待ってたぜ、アンヌマリー！」

「毎日、あんたの味噌汁が楽しみでさあ」

「そうそう。おかげで店が休みの日なんか、やる気が起きなくて困るんだよ」

　嬉しそうに笑う客たちのそんな言葉を聞きながら、アンヌマリーは彼らを店の中に案内していった。この上なく幸せそうな笑顔で。

《第1章》和食が恋しくて

私は男爵令嬢として、何一つ不自由ない暮らしを送っていた。

けれどいつも、物足りないものを感じていた。

おいしいものを食べるたび、これじゃないと思わずにはいられなかった。

自分が何を求めているのか、いくら考えてもそれは分からなかったけれど。


「すまない、アンヌマリー。私たちの家は、ミルラン男爵家はもうおしまいだ」

ある日唐突（とうとつ）に、お父様がそんなことを言った。涙をこらえ、唇（くちびる）を震わせながら。

「お父様、それはいったい……どういうことなのでしょう?」

余りに唐突な言葉に、頭が真っ白になる。そんな私に、両親は少しずつ状況を説明してくれた。

商人だったお父様は若くして爵位を買い、ミルラン男爵家を興した。私が生まれる少し前の話だ。

その後もお父様は商売を続け、我が家はどんどん豊かになっていった。

しかし不運なことに、お父様が商売に使っていた船が嵐で沈んでしまった。最先端の船と、他の貴族たちに頼まれていたとびきり高価な商品がたくさん、海の藻屑になってしまったのだ。その結果、お父様は莫大な借金を抱えることになってしまった。

待ち望んでいた品を手に入れられなかった貴族たちは怒り狂い、王に申し立てた。ミルラン男爵は爵位に値する人物ではない、と。その結果、ミルラン男爵家は取り潰されることとなったのだ。

けれど私たちには一つだけ、希望が残っていた。全ての事情を知った陛下は、借金を全て返済できれば、またミルラン男爵家を復興させる、と約束してくださったのだ。

その希望にすがり、両親は海の向こうに旅立つことを決めた。莫大な借金をすみやかに返すには、多少の危険も覚悟しなくてはいけない。

「私たちは豪商の生まれだし、私は若い頃、商売であちこち旅をした経験がある。問題ないさ」

「でも異国の地での、当てのない過酷な旅に、あなたを連れてはいけないわ」

「だからお前はこの地で、この国で私たちを待っていてくれ。サレイユ伯爵のもとで」

「……サレイユ伯爵、ですか？　……その、どうして私が、その方のところに？　今まで、私たちとは全く付き合いのない方だと思うのですが……」

疑問で頭が一杯になりながら、それでもできるだけ冷静にお父様の顔をじっと見る。お父様は申し訳なさそうに目を伏せ、静かに言った。

「……すまない。親戚も友人も頼れなかったんだ。申し訳なさそうに、絶縁を言い渡されてしまった。みな、借金の返済に巻き込まれることを恐れていたようだ」

「みなさまのことを恨んでは駄目よ、アンヌマリー。立場が逆であれば、私たちもそうしていたでしょうから」

そうして二人は、さらに衝撃的な言葉を告げてきた。サレイユ伯爵は私の引き取りを承諾してくれたものの、そこには一つ条件があった。なんと私は、これから彼の屋敷でメイドとして働くことになってしまったのだ。

「大丈夫よ、あなたは私たちの自慢の娘だもの。メイドの仕事だって、すぐに覚えられるわ」

涙目のお母様が、それでも私を励ますようにぎこちなく微笑(ほほえ)みかけてくる。それに合わせて、お父様もまた優しく言った。

「それでも、異国で旅をするよりはずっと安全だ。伯爵家のメイドなら、生きていくには困らない」

呆然(ぼうぜん)と立ち尽くす私をしっかりと抱きしめて、両親はさめざめと泣いていた。

自室に戻り、のろのろと荷作りを始める。本当は、両親と離れたくなかった。どうせ今まで通りの暮らしができないのなら、せめて二人と一緒にいたかった。けれど無理についていったら、きっと足手まといになってしまう。それが分かっていたから、連れていってとは言えなかった。

心細さに泣きそうになりながら、震える声でつぶやく。

「今まで一度だって、家事なんてしたことがないのに……刺繍(ししゅう)ならできるけれど、掃除も料理もできないわ……メイドだなんて、私には無理よ……」

……本当に？

自分がつぶやいた言葉に、強烈な違和感を覚えた。私は、家事をしたことがある。掃除も、料理も。むしろ料理は得意だし、大好きだ。そんな思いが、次々とあふれてくる。

「……そもそも私、下宿で一人暮らしだったから、掃除も洗濯も買い物も料理もゴミ出しも、全部自分でやってたんだった」

胸の内に、次々と浮かんでくる不思議な記憶。でもこれは間違いなく、私の記憶だ。

「そうよ、私はごく普通の大学生なんだから。……ってちょっと待って、どういうこと？」

私は十六歳の男爵令嬢アンヌマリー・ミルラン。私は二十歳の大学生。まったくかみ合わない二つの記憶が、二人の私が、きれいに頭の中で共存している。

「奇妙なこともあるものね。どっちの記憶も同じくらいリアルだわ」

小首をかしげた拍子に、壁にかけられた鏡の中の自分と目が合う。ゆるく波打ったつややかな長い黒髪に、きらきらしたエメラルド色の目の乙女。毎日目にしている、とっても見慣れた顔だ。

大学生として暮らしていた私は、こんな色の目をしてはいなかった。顔立ちは何となく似てはいる気がするけれど、今の私とは別人だ。何とも言えない微妙な違和感にむずむずする。

「……やっぱり何だか、不思議な感じ。でも、家事をしていた記憶が戻ってきたのはありがたいわ。考えても答えは出そうにないし、細かいことはひとまず気にしないでおこう」

今までの私、男爵令嬢のアンヌマリーは見事なまでの箱入り娘だった。令嬢としての教養や礼儀作法はしっかりと身につけているけれど、当然ながら家事の経験はゼロだ。

でも今の私、二つの記憶を持つ私なら、メイドの仕事だってどうにかこなせる……はず。要するに、住み込みの家政婦のようなものだと思えばいいのだろうし。

大学生だったはずの私が、なぜか貴族の令嬢になっていた。どうしてそんなことになっているのかは分からないけれど、いずれそのうち解明される、かもしれない。

「それよりも、早く荷造りを終わらせてしまわないと」

大きな革のトランクが、荷造り途中のまま床に放り出されている。さっきまでの私の動揺を表すかのように、とびきり上等なドレスが一着だけしまいこまれていた。

「これからはメイドとして暮らすのだから、ドレスが必要になるような場面はないはずよ」

ドレスを取り出して、代わりに金貨をたっぷりと詰め込む。もちろん、万が一に備えて小分けにして。これは先ほど両親がくれたものだ。これからの生活に必要だろうと、そう言って。

両親の気持ちに感謝しながら、さらに荷造りを進める。できるだけ地味な私服と下着、それにヘアブラシや手鏡などのこまごまとしたものを選び出しては、トランクに入れていった。

そうこうしているうちに、荷造りはあっさりと終わっていた。ついさっきまで、あんなに手こずっていたのが嘘(うそ)のように。

「はい、完了！　やればできるわね、私」

ちょっとした達成感を覚えながら、トランクを勢いよく閉めて気合を入れた。

「アンヌマリー、次に会えるのはいつになるのかしら……ああ、離れたくないわ」

「できることなら、連れていってやりたいが……旅先では何があるか分からないからな」

「ねえ、今からでも旅先を変更できない、あなた……？　やっぱり一緒に……」

「駄目だ。私たちは一刻も早く借金を返さねばならない。辛いが、これが最善の選択なんだ……」

別れの日の朝、両親はまた大泣きしていた。荷物を積み込んだ馬車を待たせたまま、名残惜しそうに私の肩を抱いている。

「お父様、お母様。私もこちらでしっかり頑張りますから、どうか心配しないでください。……それよりも、どうかご無事で。私よりも、お父様やお母様のほうが大変な道のりになるのですから」

二人があんまり嘆くから、私までちょっぴり泣きそうになってしまった。けれどぐっとこらえて、にっこりと笑いかける。

涙に濡れた顔を上げて、二人が弱々しく微笑む。

「そう、ね。嘆いている場合ではなかったわ。悔やんでいる暇があるなら、前を向いて頑張らないと。ふふ、あなたにそれを教えられるなんて、思いもしなかったわ。アンヌマリー、いつの間にかあなたはこんなに強くなっていたのね」

「そうだな。この短い間に、お前はずいぶんと立派になった。それを嬉しく思う」

そうして三人で、ぎゅっと抱きしめ合う。最後のあいさつを済ませると、両親は幾度も振り返りながら馬車に乗り込んでいった。目を赤くしたまま、それでも笑顔で二人は私に手を振る。

「元気でね、アンヌマリー！　すぐにあなたを迎えにいくからね！」

「体には気をつけるんだぞ！　サレイユの屋敷にあてて、手紙を書くからな！」

「お父様、お母様、どうかお元気で！」

引き裂かれるような悲しみを感じていたけれど、私は自分の足でしっかりと立ち、去っていく馬車を見送ることができた。たぶん、もう一つの記憶の分、少しだけ私は強くなっていたのだろう。一人で元気にたくましく暮らしていた大学生としての記憶の分だけ。

でも両親は、この記憶のことを知らない。何がどうなっているのかがはっきりするまでは、この記憶については伏せておいたほうがいいだろう。そう考えて黙っていたのだ。

この記憶について、明かしておいたほうが良かったかな。そうすればお父様とお母様は、もっと安心して旅立てたかな。

そんなことを思いながら、どんどん遠ざかる馬車をじっと見つめ続けていた。


両親が旅立った少し後、また馬車がやってきた。こちらはサレイユの屋敷からやってきた、私を迎えにきた馬車だ。御者(ぎょしゃ)に会釈(えしゃく)して、一人で馬車に乗り込む。大きな革のトランクだけを持って。

サレイユの屋敷はどんなところなのだろう。メイドとしての暮らしは、どんなものになるのだろうか。期待とちょっぴりの不安を感じながら、馬車に揺られ続ける。

そうしてたどり着いたサレイユの屋敷は、古く落ち着いた雰囲気の場所だった。新興の家だったミルランの屋敷とは違い、長い歴史を感じさせる。

屋敷の前で馬車を降りた私を、メイド服の中年女性が出迎えてくれた。背が高くがっしりした、中々の美人だ。彼女は歓迎するような笑みを浮かべて、口を開いた。

「よく来たね、アンヌマリー。あたしはイネス、ここのメイド長さ」

「よ、よろしくお願いします！」

返事をする自分の声は、面白いくらいに裏返ってしまっていた。緊張しているとはいえ、これはない。そう思いつつ、一気に言い切る。

「あの、私はこの間まで貴族として暮らしていました。でも、精いっぱいメイドとして頑張りたいと思っています。その、家事の基本も……多少なら、分かると思いますので！　ですから、一人前のメイドになれるよう、どうかご指導のほど、お願いします！」

　道々馬車の中で考えているうちに、気がついてしまったことがあった。確かに私は家事の経験がある。でもそれは、洗濯機やら掃除機やらの文明の利器に助けられてのものだ。そういったものの全くないこの辺りでの暮らしで、私の経験が役に立つかは分からない。

　もしかしたら私は、見事なまでに足手まといになってしまうかもしれない。そう思ったら、少し怖くなった。でもすぐに考え直した。役に立てないのなら、役に立てるようになればいいだけだ。

　幸い、私を出迎えてくれたメイド長のイネスは親切な人のように見えた。彼女にしっかり指導してもらえれば、私だってきっとやっていける。

　深呼吸して、どきどきする胸をなだめながらイネスの返事を待つ。彼女は明るい青の目をまん丸にしていたが、やがて心配そうに声をかけてきた。

「ちょ、ちょっと落ち着きな。……その、無理はしてないかい？　ずいぶんと意気込んでいるようだけど」

　力強くうなずくと、イネスはまた目を丸くした。それから、一転して苦笑する。

「実はね、元貴族のお嬢様が来ると聞いて少し困ってたんだよ。そんな子に、本当にメイドが務まるのかって。そうしてやってきたのは、可愛らしくて上品な、どこからどう見ても令嬢そのものの娘さんだった。ああこれは厄介なことになるだろうなって、そう思ってたんだ。きっとめそめそされるだろうな、ってね」

　そこまで言って、彼女はふっと目を細める。

「でも、どうやら取り越し苦労だったみたいだね。アンヌマリー。あんた、やる気と根性はありそうだしね。これならあたしとしても、教えがいがあるってもんだよ」

イネスはうんうんとうなずきながら、嬉しそうな目で私を見ている。夕日に照らされて、彼女の赤みがかった栗色の髪が力強く輝いていた。

「これだけ骨のありそうな新人は、久しぶりだ。あんたならきっと、立派にメイドとしての仕事もこなせるようになるさ」

「あ、ありがとうございます……」

褒(ほ)められて照れる私がおかしかったのか、イネスは豪快に笑う。

「それより、こんなところで立ち話もなんだし、屋敷を案内しよう。ついておいで」

大きな革のトランクを手にして、彼女の後に続く。やはり落ち着いた雰囲気の母屋(おもや)を、順に歩いていった。時々すれ違う使用人たちは、みんな興味深そうに私を見ていた。新人が珍しいのか、それとも私の事情が知れ渡っているのか。正直、落ち着かない。

最後にイネスは、母屋の裏手にある建物に私を連れていった。こちらは比較的新しい、飾り気のない建物だ。そこの一室の扉を開けて、彼女はこちらに向き直る。

「ほら、今日からここがあんたの部屋だよ」

少し緊張しながら、その部屋に足を踏み入れる。部屋の中には質素なベッドが置かれ、小さいタンスが置かれていた。壁には作り付けのクローゼットがあるし、別の壁には小さな鏡がかけられている。決して広くはないけれど、居心地のよさそうな部屋だった。

「必要なものはそろってるはずさ。足りなきゃあたしに言っとくれ。食事はこの棟……使用人棟の食堂でとってもいいし、部屋に運んでもいい。料理長の邪魔をしなければ、母屋の厨房(ちゅうぼう)も使えるよ」

部屋の中を見渡しながらそこまで一気に言い切ったイネスが、ふとこちらに歩み寄ってきた。そっと顔を寄せてきて、小声でささやく。

「それでね、一つだけ言っておかないといけないことがあってね。……実は、元貴族がメイドとしてやってくるって聞いてから、妙にぴりぴりしているメイドが何人かいるんだよ。あの感じだと、あんたのことを目の敵(かたき)にしてつっかかってくるかもしれない」

彼女の説明によると、ここの屋敷のメイドのほとんどは、近隣の村や町から集めた平民なのだそうだ。見た目の良い者をよりすぐって最低限の行儀作法を仕込んでから、メイドとして働かせているらしい。元がつくとはいえ貴族の出なのは、私だけなのだ。

「でも、どうして元貴族だと目の敵にされるのでしょうか……?」

「そこのところは、あたしにもよく分からないんだ。無理やり問い詰める訳にもいかないしねえ」

イネスはため息をついて、肩をすくめてみせた。

「まあ、あたしも目を光らせておくし、そうおおごとにはならないとは思うけど……困ったら、いつでも遠慮せず言っておくれよ」

考え込むような顔でそう言って、イネスは微笑んだ。さっきまでの豪快で威勢のいい笑いではなく、母親のように慈愛に満ちた表情だった。彼女もついていてくれるのだし、前向きに頑張ろう。身分やら何やらで多少行き違いがあっても、じっくり話していけばきっと何とかなる。

「それじゃ、明日からよろしく頼むよアンヌマリー。明日の朝、みんなと顔合わせをしよう。制服を着て、一階のホールにおいで。メイドたちは、毎朝そこに集まって打ち合わせをするから」

そう言って、イネスは部屋を出ていった。一人になって、もう一度周囲を見渡してみる。見知らぬ部屋、でも今日からはここが私の部屋だ。両親と離れ離れになったのは心細いけれど、イネスはとっても頼りになりそうだ。

とはいえ、イネスの忠告は気になっていた。私の新しい生活は、順風満帆（じゅんぷうまんぱん）とはいかないのかもしれない。革のトランクをそっと床に置いて、気合を入れるようにゆっくりと深呼吸した。

そして次の日の朝、ちょっとわくわくしながら、生まれて初めてメイド服に袖（そで）を通した。スカートの長いクラシックなタイプで、結構上質の生地だ。着丈や袖丈は問題ないけれど、少し胴回りが余りぎみかもしれない。
メイド服の上からエプロンをつけ、後ろのリボンをきっちりと結ぶ。それから、くるりと回ってみた。多少大きいけれど、エプロンをつけていれば問題なさそうだ。
そうして、軽い足取りで部屋を出る。私がホールに顔を出すと、そこには既にメイドたちが集まっていた。年頃の女性が半分、中年女性が半分といったところだ。ここのメイドは見た目で選ばれていると聞いてはいたけれど、確かに見事なまでに美人ぞろいだ。
彼女たちはいくつかのグループに分かれて小声でお喋りをしていたが、私の姿を見るとみんなぴたりと黙ってしまった。視線が一斉にこちらを向く。

「おや、来たねアンヌマリー。みんな、彼女を紹介するよ！」

ホールの中央に立つイネスが、私を手招きしていた。そのまま彼女の隣に歩み寄ると、彼女は明るい声で話し始めた。

その間、メイドたちは興味と警戒が混ざったような目で私を眺めていた。私がどんな人間なのか、自分たちの仲間としてやっていけるのかといったことを見定めようとしているらしい。

「……とまあ、こういう訳さ。アンヌマリーは元令嬢だけれど、やる気は人一倍あるみたいだからね。みんな、元の身分なんて気にせずに仲良くしておやり」

元気のいいイネスの声に、あいまいな同意の声がいくつか返ってくる。イネスは少しも気にしていない顔で、話を締めくくった。

「それじゃあ、あたしは一足先に行ってるよ。今のうちに、アンヌマリーと話しておきな」

そう言って、イネスは母屋のほうに向かっていった。そうして残された私は、戸惑いながら他のメイドたちをそろそろと見渡す。

彼女たちは、みんな遠巻きに私を眺めていた。私に話しかけようか、それとも放っておいて仕事に行こうか迷っているような顔だ。

勇気を出して、こちらから話しかけてみようかな。そう思いはしたものの、どう声をかけていいか分からなかった。こういう時は世間話が定番だけれど、ちょうどいい話題が思いつかない。

そうして困り果てていたら、いきなりホールに明るい声が響き渡った。

「あっ、ええと……アンヌマリー……さん？　アタシ、クロエっていうの。よろしくね！」

可愛らしいメイドが跳ねるような足取りで、こちらに駆け寄ってきた。

年の頃は私と同じくらいか、よく手入れされた銀色の髪と、黒に近い深い青の目をした、表情豊かな子だ。彼女は私のすぐ目の前までやってきて、にっこり笑う。人懐(ひとなつ)っこい犬に似ているかも。

「初めまして。さっきイネスさんから紹介してもらったけど、改めて名乗っておくわね。私はアンヌマリーよ。さんはいらないわ。以前の身分はともかく、今はもうあなたと同じメイドだもの。……その代わり、私もクロエって呼んでいいかしら？」

どきどきしながらそう答えると、クロエはぱっと顔を輝かせた。

「うん、もっちろん！　あ、アタシちょっとなれなれしいって時々言われるんだけど、いきなり話しかけて大丈夫だった？」

なれなれしい、か。確かに、そういう見方もできるのだろう。けれどクロエは他のメイドたちの何とも言えない視線をものともせずに話しかけてくれたのだ。その積極性は、今の私にはとてもありがたいものだった。

「大丈夫どころか、あなたがそうやって話しかけてきてくれて嬉しかった。これからも、どんどん気にせずに話しかけてもらえると、もっと嬉しいわ」

彼女ともっと仲良くなりたいな、そんな思いを込めてそう言ってみる。返ってきたのは、とびきり素敵な笑顔だった。

「やったあ！　だったらアタシたち、友達ってことでいい？　仲良くなれそうな気がするし」

「ええ、もちろんよ。こちらこそよろしくね。あなたは友達で、先輩だから。頼りにしてるわ」

「任せてよ！　ふふ、アタシが先輩かあ……ちょっとくすぐったいね」

クロエはすっかりはしゃいでしまっていて、私の両手をしっかりとにぎってぶんぶんと振っている。ものすごくフレンドリーだ。そして彼女は、何かに気づいたように目を丸くする。

「うわ、手がすべすべ！　……わあ、髪も綺麗……黒くてつやつやで、毛先も傷んでないし」

「あの、そう褒められるとちょっと恥ずかしいわ……でも、その……ありがとう」

「もしかして、アンヌマリーって照れ屋さん？」

「……自覚したことはなかったけど、そうかも。それより、あなたの髪もとっても綺麗よね」

「ふふっ、ありがとね。どれだけ忙しくても、髪の手入れだけは欠かさないんだ。……アナタって元貴族っていうより、普通の女の子みたいだね。こんな話で盛り上がれるなんて思わなかった」

「そうよ、私は普通の女の子よ。もう貴族じゃないのだし、特別扱いはしないでね」

そんなくだらない会話をしながら、自然と緊張がほぐれていくのを感じていた。高校生の頃、よくこんな風に友達とじゃれあっていたなあと、そんなことを思い出しつつ。

しかしほっと息を吐いたその時、ホールの壁際にたたずむ数人のメイドたちの姿が目に入った。

彼女たちは、ぞっとするような冷たい目で私だけを見ていた。昨日のイネスの忠告が、頭をよぎる。話し合ってどうにかなる相手だとは思えない。あれは、はっきりとした敵意だ。

「どうしたの、アンヌマリー？　……あ、あの子たちか」

私が見ているものに気づいたのか、クロエが声をひそめる。

「あの子たち、貴族の世界に憧れがあるみたい。玉の輿を狙ってる子もいるの。……だから、アナタのことが気に入らないんじゃないかな。えっと、生まれとか教養とか？　あの子たちがとっても欲しくてたまらないものを、アナタはもう持ってるからだと思う。たぶんだけど」

「そうだったの……だったらいつか、私自身を見てもらえるように、気長に努力するしかないわ

ね」

「……アナタって、前向きなんだね。その気持ち、あの子たちにも伝わるといいね」

クロエが励ますような声でつぶやいて、それから一転して明るく笑う。

「ねえ、そろそろ仕事に行こうよ。アタシも今日は同じ作業の担当だから、一緒に、ね」

「あ、うん、そうね」

腕を組んできたクロエに引っ張られるようにして、二人で歩き出す。背中に感じるじっとりとした視線を、ことさらに無視しながら。

怖くないと言ったら、嘘になる。でも、だからといってひるんで縮こまっていたくはなかった。私は一人ではない。イネスも彼女たちに気をつけてくれると言っていたし、クロエという友達もできた。それにきっと、他にも力になってくれる人がいるはずだ。

だから胸を張って、前に進み続けた。腕に感じるクロエの温もりに、すがるようにして。

そうして、私はその日からメイドとして働き始めた。予想通り、最初はかなりてこずった。
掃除はまだ何とかなっていた。ほうきで掃き掃除、雑巾で拭き掃除、それにはたきやモップかけ。どれも、一応経験はある。だからやり方だけは分かっていた。やり方、だけは。
しかしながら、屋敷はとにかく広かった。他のメイドたちは慣れているからか楽々こなしていたけれど、不慣れな私は一日ぶっ続けで掃除しただけで、全身筋肉痛になってしまった。

そしてそれ以上に、洗濯は大変だった。だって、たらいに洗濯板って。実物は初めて見た。しかも洗濯の間ずっとかがんでいるから体が痛くなるし、明らかに私だけ手際が悪いし。最初はみんなこんなもんだよって、イネスは慰めてくれたけど。

他のメイドたちの憐れむような視線に見守られながら、懸命に頑張ってどうにかこうにか作業を覚えていく。そんな私の前に、新たな試練が立ちはだかっていた。

それは、かまどの扱い方だった。食事は料理長たちが作るので、私たちメイドが料理をする必要はない。それでも必要に応じてお湯を沸かしたりすることはあるから、覚えておくに越したことはない。

「ほら、思い切って薪を押し込みな。かまどの奥までしっかりね」

「頑張れ、アンヌマリー！　いい感じだよ！」

苦笑するイネスと応援するクロエに見守られながら、必死にかまどの火を調節する。火力を上げる時は薪を入れて、下げる時は金属の火かき棒で薪を引っ張り出す。単純明快。

でも正直怖い。火が大きくて怖い。かといって小さくすると、いつまでたってもお湯が沸かないし。かまどの上にかけたやかんは、さっきからうんともすんとも言わなかった。

おっかなびっくり作業していたら、クロエがやけに明るく、思わせぶりに言った。

「アタシ、アンヌマリーの沸かしたお湯でお茶が飲みたいなあ。いいお茶菓子、持ってるんだ」

「おや、それはいいねえ。とっておきの茶葉があるし、少し休んでおやつにしたいねえ」

二人のそんな言葉を聞いた瞬間、私の手は勝手に動いていた。お茶とおやつ。その魅惑的な響きが、火への恐怖に打ち勝ってしまったのだ。

「……見違えるくらい、動きが良くなったねえ。そんなにおやつを食べたかったのかねえ」

「……もしかしてアンヌマリーって、食い意地……張ってるのかな?」

そうつぶやく二人に答えるかのように、やかんの注ぎ口からは勢いよく湯気が吹き出していた。


そんな風に毎日一生懸命に頑張っていたのが良かったのか、他のメイドたちや使用人たちとも徐々に打ち解けることができていた。もっとも、私を敵視しているらしい数人のメイドだけは、相変わらずだったけれど。何度か声をかけてはみたものの、ろくに相手にしてもらえなかったのだ。

ちょっぴり低空飛行ではあったけれど、私はどうにかこうにかメイドとして頑張れていた。しかし一つだけ、どうしようもなく重大な問題が立ちはだかっていた。

「はあ……物足りない……」

このところ私は、毎晩のようにため息をつくようになっていたのだ。

私の中にある、もう一つの記憶。それのおかげで、少なくとも私は役立たずになることだけは避けられた。しかしその記憶は、とんでもない副作用を引き起こしていたのだった。

昼間は仕事で忙しくしているから、余計なことを考えずに済んでいた。でもこうして自室に戻って一人ぼんやりしていると、決まって同じことを考えるようになってしまっていたのだ。

「……味噌汁が……飲みたい……とっても飲みたい……」

あったかい味噌汁が恋しい。鰹節(かつおぶし)と煮干しで出汁(だし)を取った、ちょっぴり素朴なお味噌汁。昆布出汁も上品でいいな。具は、今は豆腐とワカメの気分かなあ。柔らかい豆腐とこりこりしたワカメの歯ごたえのハーモニーがたまらない。

味噌汁とくれば、ご飯も欠かせない。どうせならおにぎりが食べたい。ふっくら炊き立てのご飯を、手に塩をちょっとつけて、あちあち言いながらにぎったつやつやのおにぎりがいい。軽くあぶってふわんといい香りになった海苔を、食べる直前に巻いて。具材は……スタンダードに梅干しかな。鮭もいいかも。明太子やツナマヨも捨てがたい。

付け合わせはお漬物。さわやかな浅漬けもいいし、味わい深いぬか漬けもいい。たくあん、柴漬け、野沢菜、キムチ……正直何でも合う。

「ああもう、思い出してたらお腹が空いてきた……晩ご飯、ちゃんと食べたのに……」

ベッドに腰かけて頭を抱えながら、今度はさっきの夕食のことを思い出してみる。トマトとズッキーニ、それにオクラの入った具だくさんのコンソメスープ、ライ麦パンとチーズ。

うん、あれはおいしかった。そもそも、ここの食事はいつもおいしい。裕福な男爵家の令嬢として暮らしていた頃の食事に比べるとかなり質素だけれど、味も栄養も量も文句なしだ。何でも、私たち使用人のまかないについては料理長に一任されているらしい。彼には感謝しなくては。

思い返せばミルラン男爵家に生まれてから十六年、私が食べてきたのは全て洋食だった。コンソメ味にトマト味、塩バター味にチーズ味にハーブにスパイス、それとデミグラスとかのソース。だいたいみんな、そんな感じの味だった。

でも、私が今食べたいのはそのどれでもない。

「晩ご飯……おいしかった……すっごくおいしかったけれど、やっぱり和食が食べたい……」

そうして、また思考が同じところに戻ってくる。味噌汁、おにぎり、お漬物。さらに色々なメニューが、ものすごい勢いで頭の中を駆け巡る。

男爵令嬢として暮らしていた頃、ずっと私は物足りなさを感じていた。その正体はこれだったのだ。私はもう一つの記憶がよみがえる前から、無意識レベルで和食を欲していたのだ。

「……食いしん坊にもほどがあるわね、私……。でも、そろそろ我慢の限界……なんとかしなくちゃ……」

このまま放っておいたら、私は昼夜を問わず味噌汁の幻を見るようになってしまうかもしれない。その前に、どうにかしなくては。

和食といえば、やはり味噌や醤油だ。しかし私が暮らしているこの辺りには、味噌も醤油も存在しない。少なくともここ十六年、見たことも聞いたこともない。

「……ないのなら、作ってみよう、調味料。うん、それしかないわ」

味噌や醤油を一から作る。途方もない話だけれど、一つだけ当てがあった。

以前に大学で受けた、とある講義。私はそれを思い出していた。『伝統の食文化』と銘打ったその講義では、味噌や醤油といった調味料の作り方から、様々な加工食品の作り方まで、とにかく丁寧に丁寧に説明していた。ほぼ料理番組だった。

自他ともに認める食いしん坊の私は、講義のタイトルを聞いた瞬間に受講を決めた。それはもう真剣に講義を受けて、そして大いに満足した。ついでに、かなりの好成績を収めることもできた。

「ああ、あの講義のノートさえあれば……完璧に作れるのに……」

両手で顔を覆って、深々とため息をつく。しかし、ないものを嘆いても仕方がない。必死に記憶をたどり、講義の内容を思い出してみる。

「……確か、醤油より味噌のほうが作りやすかったような気がする。だったら、まずはそっちから取りかかってみよう。それに味噌が完成すれば、念願の味噌汁が飲めるし」

そう考えているうちに、自然と心が浮き立っていた。ずっと料理のことをぶつぶつとつぶやいていただけの状態から、やっと一歩前に進めた気がした。

「味噌の材料は……大豆と塩だったかな。この二つはここでも安く手に入るし、問題ないわね」

この辺りでも大豆は普通に食べられている。そして海が近いので、塩も多く流通している。

「材料、もう一つあったような……白くてふわふわした綿菓子みたいなのが。ああ、思い出した。コウジ、だわ」

よし、いい調子だ。笑みが浮かぶのを感じながら、どんどん講義の時の記憶をたどっていく。

「稲穂の表面に生えた黒い粉を、蒸した米に植えつけて作るのだったわね。写真も見たけど、黒い粉がびっしりと稲もみを覆っていて、なんだか不思議な感じだったわ。あんなもので調味料を作ろうだなんて、昔の人は面白いことを考えるなあって、そう思ったっけ」

ともかくも、味噌の材料は全て思い出せた。とても順調だ。しかし喜びにガッツポーズを決めた次の瞬間、頭を抱えてうずくまる。とんでもないことに気づいてしまったのだ。

「……ちょっと待って。ということは、あの黒い粉がついた稲穂がないとどうしようもないってことで……イコール、稲穂を一つずつ見て回って、黒い稲穂を地味に探すしかない……」

この辺りではリゾットにパエリア、それにピラフなんかがよく食べられている。そんなこともあって稲作も盛んだ。細長い米から見慣れた短い米まで、色んな種類の米が育てられている。

頭を抱えたまま、ちらりと窓のほうに目をやった。今は夜なので見えないけれど、そちらにある明るい森のすぐ向こうには、一面に田んぼが広がっているのだ。

そして今は実りの秋、そろそろ稲刈りの時期だ。つまり、黒い稲穂探しを決断するなら今しかない。今を逃せば、次は一年先だ。そんなに待てない。

「近くに田んぼがあるのはいいけれど……黒い稲穂って、どれくらい見つかりにくいのかしら……」

金色の稲穂がびっしりと実っている広い田んぼの中を、目的の稲穂が見つかるまでさまよう。想像しただけでうんざりするような作業だった。

やっぱりやめようかなと、そんな弱気な考えが頭をよぎる。両手で頬（ほお）をぱちんと叩いて、自分に言い聞かせた。

「駄目よ、アンヌマリー。ここであきらめたら、もう二度と味噌汁は飲めない」

重々しくそう言って、ベッドから降りた。部屋の真ん中に立って、こぶしを高々と突き上げる。

「こうなったら、何が何でも味噌を作ってみせるわ！　そして、恋しい和食を再現するの！」

真夜中の静かな部屋の中で、私の抑え気味の決意表明は誰に聞かれることもなく消えていった。相づちを打つかのように、お腹の虫がまたきゅるりと情けなく鳴いていた。

その数日後、お休みの日。私は張り切って朝一番に屋敷を出て、その足で近くの田んぼに向かっ

た。田んぼの持ち主を見つけて、これこれこういうものを探しているのだと説明する。

私の話を聞いて、田んぼの持ち主は首をかしげていた。あからさまに、うさんくさげな目で私を見ていた。遠く異国に伝わる料理を作るのに必要なのだと言ったら、どうにか納得してくれた。

「稲穂を数本譲ってもらえることになったのはいいけれど……暑い……それに長いスカートで田んぼに入るのって、ものすごく動きづらい……」

ため息をつきながら、田んぼの中にそろそろと分け入っていく。稲を傷めないように気をつけながら稲穂を一つずつ見て回るのは、思った以上に骨の折れる作業だった。

今日は快晴で、秋だというのに暑くてたまらない。そして長くてたっぷりとしたスカートは、ちょっと目を離すと稲を豪快になぎ倒してしまう。しかも、ずっと中腰なのでとても疲れる。

「そのうち、もっと動きやすい服を買ったほうがいいかしら……外で動き回るたびにこれじゃあ、ちょっとね」

今私が着ているのは、屋敷のメイドの制服だった。家を出る時にできるだけ地味な私服を持ってきてはいたけれど、あれを着て田んぼにいたらものすごく目立つ。

貴族の地味な私服は、平民からすれば上等のおしゃれ着でしかないのだと、メイドになってようやっと理解できた。みんなの私服は、もっとずっと質素だったのだ。

ともかく、今は黒い稲穂を見つけなくては。一度伸びをして体をほぐしてから、またかがみ込む。

「ない、ない、ない……いいえ、きっとどこかにあるわ。絶対に見つけて、おいしいお味噌汁を飲むんだから」

そんな言葉を呪文（じゅもん）のように小声でつぶやきながら、一つ一つ稲穂を見て回る。いつの間にか太陽は頭の上に来ていて、頭や肩がじりじりじりと熱い。

「ふう、そろそろお昼にしましょうか。休憩もしたいし、いい感じにお腹も空いたし」

軽やかな足取りで田んぼを抜け出し、近くの大木の陰に歩いていく。そこに置いておいた荷物を探って、小ぶりの布包みを取り出した。

木の根に腰かけて布包みを開けると、中からは小箱が一つ出てくる。いそいそと蓋（ふた）を開けると、大きなおにぎりが二つと漬物が姿を見せた。朝早く起きて、自分で準備したお弁当だ。

「ああ……見てるだけで幸せ」

この辺りでは、お米をふっくらと炊いて食べるという習慣がない。リゾットみたいに芯が残ったままにするか、あるいはピラフみたいに思いっきり水分を飛ばしてぱらぱらにするかのどちらかだ。だからこのご飯も、一から自分で炊かなくてはいけなかった。当然ながら炊飯器なんてない。とはいえ、そこまで困りはしなかった。

というのも、大学生だった頃はいつも普通の鍋でお米を炊いていたからだ。一人分の米を炊くためだけに炊飯器を買うのももったいないなあと思って、試しに鍋で炊いてみたら案外簡単だったのだ。洗い物も楽だし時々おこげも食べられるので、結局ずっと鍋で米を炊いていた。その経験がこんなところで活きるなんて。ほんと人生、何が役に立つか分からない。

そんなことを思い出しつつ、目の前の素朴なお弁当を眺める。うっとりと、心ゆくまで。

おにぎりは白身魚の塩焼きをほぐして、白ゴマと一緒にご飯に混ぜ込んだものだ。ほんの少しだけオリーブオイルを混ぜてあるので冷めてもぱさつかないし、固くなりにくい。油を入れすぎるとまとまりにくくなるので注意だ。

本当は、海苔を巻いた具入りのおにぎりにしたかった。けれど梅干しも塩鮭もなかったし、それ以前に海苔がない。というかこの辺りでは、海藻を食べる習慣すらないのかも。この十六年、海藻のたぐいを食べた覚えがないし。

なので、こうやって混ぜご飯のおにぎりにしたのだ。これなら比較的簡単にそれらしいものができる。つやつやと光るお米、その間から顔をのぞかせるお魚とゴマ。うん、おいしそう。

お漬物は塩と砂糖、それとビールで一晩漬けたキュウリとナスだ。どちらも食べやすいスティック状に切ってある。ビールは安価でみんな水みたいに飲んでいるから、料理にも気軽に使える。

「それでは、いよいよ……いただきます」

わくわくしながら両手を合わせて、いよいよ食事に取りかかる。まずはおにぎりをがぶり。ふっくらと炊けたご飯に、淡白でほのかに磯の香りがする魚。そこに白ゴマが香ばしい風味とぷちぷちした食感を添えている。

「おいしい……芯のないお米……最高……柔らかいのに噛み応えがあって、ほんのり甘くてしょっぱくて……あ、嬉しすぎてちょっと泣けてきた」

思わず目を閉じて、おにぎりの味を存分に堪能する。お米の甘さと魚の塩気のハーモニーが最高だ。おにぎりって、ここまでおいしいものだったかな。一人ぷるぷると喜びに打ち震えながら、さらに食べ進めていった。

漬物も、目分量で適当に漬けた割にはいい感じに仕上がっていた。ごく普通の浅漬けにビールを入れると、不思議なくらいに複雑でコクのある、妙に上等そうな味に化けるのだ。今度は酢やショウガ、ニンニクなんかを利かせてみてもいいかも。唐辛子の輪切りもいいな。

きっと今の私は、めいっぱい顔が緩(ゆる)んでしまっていると思う。でもいいんだ、誰も見ていないし。今はこのおいしさに、心ゆくまで浸っていたい。

「ああ、久しぶりの和食……とってもおいしい……ここにお味噌汁があったら、言うことなしなのに。これは何が何でも、黒い稲穂を見つけるしかないわね」

決意も新たに、あっという間におにぎりを一個ぺろりと平らげる。水筒に入れたお茶を飲んで、一息ついた。辺りに人の気配はなく、遠くから鳥の声がする。

「のどかね……おいしいお弁当を食べるにはぴったりの場所だったかも」

しみじみとつぶやいたその時、いきなり近くで声がした。

「お前、さっきから何をしているのだ？」

「きゃっ⁉」

油断し切っていたところに背後からいきなり声をかけられて、びっくりして飛び上がる。どうにかお弁当箱をひっくり返さずに済んでほっとしていると、背後の大木を回り込むようにして足音が近づいてきた。

「田の中を歩き回り、木陰で食事とは……農夫ならともかく、なぜメイドがそんなことをしているのだ。訳が分からん」

そうして私の前に姿を現したのは、貴族にしか見えない青年だった。

「あの、ええと……」

無意識のうちにお弁当箱をしっかりと抱えて、青年を見上げる。

私よりちょっと年上か、それとも同年代か。割とシンプルな貴族の略装をまとっている彼は、一応かなりの美形ではあった。少々偉そうではあるけれど。

　軽く波打った淡い金髪、アメジストのような鮮やかな紫の目。少々気の強そうな目つきに、自信たっぷりに引き締められた口元。気品にあふれるその姿は、田んぼにはびっくりするほど似合っていなかった。

　そもそもどうして、こんなところに貴族がいるのだろう。というか、彼はどこの誰なのだろう。

　面倒なことにならないといいなあと思いながら立ち上がり、礼儀正しく頭を下げる。

「今日は休みをいただいているのです。訳あって、少々探し物をしておりました」

「探し物？　田の中に、そのようなものがあるというのか」

「ええ、その……少々、個人的な理由がありまして」

　田んぼに、個人的な探し物。我ながら苦しい言い訳だとは思う。実際彼も、なんだそれはと言わんばかりの顔で眉をひそめていた。

「……まあ、いい。お前、アンヌマリーだろう。伯父上……サレイユ伯爵のところに新しく雇われたと聞いているぞ」

　意外な人物の名前が出てきたことに驚いて、目を丸くする。どうやら目の前の彼は、私の主であるサレイユ伯爵の甥らしい。

「私はディオン・サレイユ、まだ十八歳ではあるが、いずれ伯父上の跡を継ぐことになる者だ。つまり、そのうち私はお前の主人となる。そんなこともあって私は伯父上のところにしばしば滞在しているから、また顔を合わせることもあるかもしれないな」

　やはり堂々と言い切った彼は、どことなく得意げな顔をしていた。そんな彼の姿は、やはり偉そ

うではあるけれど、同時に微笑ましくもあった。何というか、褒めて褒めてと胸を張る子供を思い起こさせるのだ。どうも彼は、内心が割と顔に出るタイプらしい。

それはそうとして、ここはどう答えれば失礼にならないのだろうか。私の雇い主の甥で、いずれ私の主になる者。そう言われても、ぴんとこないのだ。誰かに仕えるとか、初めてだし。

そもそも、まだ主人たるサレイユ伯爵にすら会ったことがない。彼は私室からあまり出てこない上、身の回りの世話は年長のメイドたちが担当している。おかげで私は日々のびのびと、気楽に働くことができていたのだ。

困惑をごまかすように、また優雅に頭を下げた。ゆっくりと顔を上げると、やけに熱心にこちらを見ているディオンと目が合う。

「あ、あの？　どうかされましたか？」

その奇妙に熱い視線にどぎまぎしながら、そう尋ねる。その時気がついた。彼は、私が手にしたお弁当箱を見つめていたのだ。

「見たことのない料理のようだが、それはいったい何だ？　ずいぶんと幸せそうにそれを食べていたようだが……そんなに美味なのだろうか？」

「……炊いた米に焼いた魚を混ぜて丸くにぎった、おにぎりと呼ばれるものです。こちらは漬物……野菜のピクルスのようなものです」

そう説明してやると、ディオンは身を乗り出すようにしてお弁当箱の中をのぞき込んできた。彼はおにぎりと漬物がかなり気になっているらしい。その目が、きらきらと輝いている。

「……あの、ディオン様」

「なんだ、アンヌマリー」

どうも彼は、さっきからやけにそわそわしているように思える。まさかそんなはずはないよねと思いつつ、社交辞令として一応尋ねてみた。

「よければ少し、味見されますか？」

「もらおう」

まさかの即答だった。もしかして彼はお腹が空いているんだろうか。でもそれなら、サレイユの屋敷に戻ればいいだけのことなのに。一面の田んぼの向こうに見えている森をぐるっと回り込めば、もう屋敷は目と鼻の先だ。

けれど味見するかと言い出したのは私だし、腹ぺこかもしれない人間を放っておくのも落ち着かない。仕方なく、二つ目のおにぎりを半分に割ってディオンに差し出した。このおにぎりは大きいから、半分でも十分に小腹は満たせるだろう。

しかしディオンは目を真ん丸にして、差し出されたおにぎりをじっと見つめるだけだった。

「……皿は？　フォークはないのか？」

「ございません。これは手でつかむのが、正しい作法なのです」

きっぱりとそう答えたら、彼はさらに戸惑った様子を見せた。それもそうか。貴族が素手（すで）でつかむ食材といったら、せいぜいブドウなどの小さな果物かパンくらいのものだ。こんな風に手が汚れる、それも結構な大きさのあるものを、手づかみで丸かじりすることなんてまずない。

やっぱり無理だよね、と半分のおにぎりを引っ込めようとしたとたん、すっと彼の手が伸びてきた。指の長い綺麗な手が、この上なく優雅なしぐさでおにぎりをつかむ。美形で上品でちょっぴり偉そうな雰囲気の貴族と、素朴そのもののおにぎり、しかも半分だけ。何ともミスマッチだ。

「……米……にしては、妙にもっちりとしているな。力を入れてもばらけない……」

ふっくらと炊き上がったご飯は、その存在そのものが彼にとっては珍しいものだったらしい。眉間(みけん)にしわを寄せて、間近でおにぎりをじっと観察している。そのとても真剣な表情に、ついうっかり笑いそうになる。

唇をぎゅっと引き結んで笑いをこらえながら、ディオンの反応をうかがう。笑ってはいけないと思うほど、笑いが勝手にこみ上げてくる。彼にばれないように、こっそりと自分の太ももをつねって耐えた。

「米と……魚か。それにゴマだな。ただ混ぜてあるだけのようにも見えるが……本当に美味なのか？　お前はおいしいおいしいと連呼していたが」

彼はそんなことを言いながら、疑いの目をこちらに向けている。どうやら彼は、さっきの私の独り言を聞いていたようだった。で、気になって実物を見にきたものの、そんなにおいしそうに見えなくて疑っている、そんなところだろう。

疑うなら食べなくて結構ですよ、という言葉が喉元まで出かかっているのを押し戻して、礼儀正しく頭を下げる。

「はい。少なくとも私は、とても美味なものだと思っています」

そう答えると、ディオンはふうむ、などとうなりながら、おにぎりを一口大に割ろうとした。ひとまず食べてみようと思ったらしい。そんな彼を、あわてて押しとどめる。

「あの、実はこのおにぎりは、こうやって食べるのが正しい作法なんです」

お手本とばかりに、自分の分のおにぎりを一口かじってみせた。ディオンがまた目を見開く。外で食べるおにぎりの醍醐味は、やはり丸かじりだと思う。かじって食べるとさらにおいしく感じられる気がするのだ。その感覚が、貴族であるディオンに通じるかは怪しいけれど。

ディオンはおにぎりをつかんだまま固まっていたけれど、やがて顔をきりりと引きしめて、ぱくりとおにぎりにかじりついた。その表情が、目まぐるしく変わっていく。戸惑いから驚きに、そして、子供のような無垢な笑みに。弁当箱を抱えたまま、思わず見とれる。

そんな見事な笑顔のまま、彼は感想を口にする。

「ほう、これは……素朴だが、悪くないな」

ちょっぴり偉そうな口調ではあるけれど、彼がおにぎりを気に入ったことは一目瞭然だった。分かりやすいなあ、この人。

彼はもう一口おにぎりを頬張って、それから私の弁当箱に視線を落とす。

「そちらの野菜……漬物、だったか？　そちらも、一口分けてくれ」

「構いませんが、手が汚れますよ？」

「今さらだ」

どうやら彼は、意外と思い切りがいいらしい。弁当箱を差し出すと、手を伸ばしてキュウリの漬物のひとかけをつまみ上げ、上品に口に運んだ。そうしてまた、目を丸くした。

「この風味は何だ？　さっぱりとしているのに、味に深みがあるような……ただのピクルスとは思えない」

「隠し味に、ビールを使いましたので」

ディオンが驚いているのが面白くて、笑いをこらえながらそう答える。彼はおにぎりと漬物と私を順に見て、おそるおそる問いかけてきた。

「……もしかしてこれらの料理は、お前が作ったのか？」

「はい。これくらいなら、すぐに作れますから」

「まさか。メイドがここまでのものを作るなど、到底信じられない」

うなずいた私に、ディオンがすかさず言葉を返す。そんなに思いっきり否定しなくてもいいだろうに。おにぎりなんて、米さえ炊ければ幼稚園児でも作れる。まあ、料理の味を褒めてもらったと言えなくもないけれど。

私がちょっぴり気を悪くしていることにも気づいていないのか、彼は眉間にしわを寄せて独り言のようにつぶやき始めた。

「これだけのものを、しかもすぐに作る……料理人でもないというのに、か……そもそも、お前は男爵家の娘で、料理などできないはずだ。それらしくないせいですっかり忘れていたが」

男爵家の娘らしくない。そんな最後の一言にちょっぴりかちんときた。もう一つの記憶がよみがえってから、確かに自分がちょっぴり令嬢らしくなくなったというか、すっかり庶民っぽくなったなあとは思っていた。けれど正面切ってそう言われると、やっぱりちょっと嬉しくない。

腹の中で色々と考えつつ、ありったけの自制心をかき集めてあいまいに微笑む。彼は主であるサレイユ伯爵の甥で、私はただの使用人だ。おとなしくしておくに越したことはない。

ディオンは、真剣に考えこんでいるような顔でおにぎりを食べ終えた。それからはっと我に返ったように目をまたたいて、こちらに向き直る。

「ふむ。……美味だった。ありがとう、アンヌマリー」

とても素直な礼の言葉が返ってきたことにびっくりしたせいで、とっさに言葉が出なかった。ひとまずぺこりと、また頭を下げる。そうしたら上から、こんな言葉が降ってきた。

「また機会があれば、お前の料理を食べさせてくれ。興味がわいた」

やっぱり面倒なことになってしまったみたいだなと、下を向いたまままちょっと顔をしかめる。彼は悪い人ではないと思うけれど、彼はサレイユ伯爵の甥で、いずれ私の主になる。つまり私は、彼の前ではメイドらしくおとなしくしていなければならない。そうやってかしこまっているのは、少し窮屈だと思えてならなかった。

「分かりました。またいずれ」

そんなことを考えながら、顔を上げて礼儀正しく答える。ディオンはそれを見て、嬉しそうな顔になった。ああ、この人は本当におにぎりを気に入ったんだなあと、ふとそう思った。彼にはあまり近づきたくない、でも彼のこの笑顔は見てみたい。そんな相反する気持ちに、戸惑いを覚えた。

「ありがとう。それでは、私はもう行く。お前の個人的な探し物を邪魔しては悪いからな」

それだけ言い残して、彼はサレイユの屋敷のほうに歩いていった。その背中が遠ざかり、森の向こうに消えていく。

そうして一人になってから、こっそりと口の中だけでつぶやく。

「……結局、どうして彼はこんなところにいたのかしら。そしていったい、何がしたかったのかしら。おにぎりにつられて近づいてきたのだとしても、それ以前にこんな田んぼだけのところに来ていた理由が分からないし……」

深々と息を吐いて、天を仰いだ。雲一つない、吸い込まれるように高い青空だ。

「……何だか、白昼夢でも見たような気分だわ……」

小さく息を吐いて、手にした弁当箱に視線を落とした。さっき私がかじってみせたおにぎりの残りが、先ほどの出来事が夢ではなかったということをはっきりと物語っていた。


何とも言えない落ち着かない気分で残りのお弁当を食べ終えて、気を取り直して探し物に戻る。けれど自然と、またディオンのことを考えてしまっていた。

ディオンがどういう人物なのか、やっぱりよく分からない。偉そうにふるまっていた割には素直に礼を言ってくるし。令嬢らしくないなどとデリカシーのないことを言っておきながら、探し物の邪魔をしないでいようと考えるくらいには気遣いができるし。

そして何より、おにぎりを食べていた時のあの顔。子供のように無邪気な、嬉しそうなあの顔。

「……まあ、考えても仕方ないわね……どうせ、彼と深く関わることなんてまずないと思うし。もしかしたらもう一度くらい、料理をふるまうことになるのかもしれないけれど、ね」

苦笑しながら視線をそらす。そうして、目を丸くした。黄金色の稲穂の海の中に、一筋の黒がすっと伸びていたのだ。

飛びつくようにその黒の前にかがみ込み、ぐっと顔を寄せる。垂れ下がる稲穂の粒には、真っ黒い粉のようなものがべったりとくっついていた。間違いない、講義で見たものと同じだ。

「あった！」

午前中いっぱい探しても見つからなかったものが、ディオンに出会った直後に見つかった。まさか彼は、幸運の女神だったり……。

「そんなはずないわね。ただの偶然。そうに決まってるわ」

用意してきたはさみで注意深く稲穂を切り落とし、ハンカチでくるんだ。頭の中に妙にちらつくディオンの面影を無視しながら、足取りも勇ましく屋敷へと戻っていった。

黒い稲穂を手に、厨房に駆け込む。今の時間なら、まだ厨房は空いている。料理長たちが夕食の準備を始める前に、大急ぎで作業を済ませてしまわないと。

これから、味噌の材料の一つであるコウジを作るのだ。かつて受けた講義『伝統の食文化』、その中で聞いたことを必死に思い出しながら、厨房の隅でごそごそと作業を始める。

「……まずはコウジを育てるための培地として、蒸した玄米を用意する」

稲穂から最初のコウジを作る時は玄米のほうがいいと聞いた覚えがあるので、今回は玄米を用意した。今朝屋敷を出る時に水に浸けておいたものを、蒸して冷ます。

「そこに、アルカリ性の灰を混ぜて余計な菌を殺す。……コウジも死んだりしないわよね?」

これで合っているのか、正直自信はない。コウジの培養とか選別は、普通なら実験室で行うような手順だ。でもずっと昔は、こうやって灰を使っていたらしい。

これでうまくいくかどうかは分からない。でも私は、ひたすら突き進むしかない。全ては味噌のため、和食のため。

「蒸した玄米と灰を混ぜたものを木箱に敷き詰めて、稲穂の黒い粒を上にばらまく。濡らして絞った布巾を木箱にかぶせて、湿気を補う」

そうしていると、足音が聞こえてきた。まずい、料理長たちがやってきたのかもしれない。彼らが仕事を始めたら、私は厨房から出ていかないといけない。急がないと。

少し焦り(あせ)ながら、小さな火鉢にほんの少しだけ炭をいけて、灰をかぶせて温度を調節する。

「木箱を火鉢に乗せたら、ひとまず完成……ほんのりあったかいくらいの温度を保てばいいのよね……高温になると、コウジがやられるから」

どうにかこうにかやりきった。ほうと息を吐いて、両手で胸を押さえる。

「温度と湿度を保ちながら、一週間ほど待つ……あとは、天に祈るしかないわね……」

「おい」

厨房の反対側から、ぶっきらぼうな声がした。そちらを向くと、腕組みして椅子(いす)に腰かけた料理長と目が合った。

貴族のお屋敷の料理長というよりもラーメン店の店主のような雰囲気のごつい中年男性である彼は、眉間にくっきりとしわを寄せて木箱をにらんでいた。

「アンヌマリー。いったいそれは何なんだ？　蒸した米の匂いがするし、机の上には灰がこぼれてやがる」

「ええっと……実験です。うまくいけば、変わった調味料ができる……かもしれません」

「調味料、なあ。そんな作り方をする調味料なんて、俺は知らないが」

料理長の眉間のしわが深くなった。信じられないと言わんばかりの顔だ。

「ま、毒ではなさそうだし、おかしな臭いもしないから大目に見てやるが……俺の仕事場で、あんまり妙な真似(まね)をするなよ。度が過ぎたら、出入り禁止にするからな」

「はい、気をつけます」

料理長は少々柄(がら)は悪いけれど、料理についてはとても真剣だと聞いている。彼にとっては謎極まりないコウジの仕込みは、どうにか大目に見てもらえたようだ。

深々と頭を下げて、それからちらりと木箱に目をやる。できあがった味噌を見せてみたら、料理長はどんな反応をするのかなと、ふとそんなことを考えた。

そうして、田んぼで黒い稲穂を見つけてから一週間後の夜遅く。

「白い、ふわふわ……大学の講義で見た写真と、同じ……」

木箱の中の蒸した玄米、その表面にはぽわぽわとした白いものがびっしり生えていた。たぶんこれがコウジだ。おそらく、だけれど。

「玄米に生やしたから、玄米コウジ……ということはこれをそのまま使うと、玄米味噌ができるはず」

コウジを何に生やすかで、味噌の種類が変わるのだと習った。白米に生やした米コウジ、麦に生やした麦コウジ、大豆に生やした豆コウジ、などなど。それぞれ米味噌、麦味噌、豆味噌の材料になる。そして私が食べ慣れているのは、白米を使った米味噌だ。

なので今度は白米を蒸して、そこにふわふわのコウジをそっとすくいとってまき散らした。それからまた布巾をかけて、火鉢で保温。材料がちょっと変わっただけで、やることはほぼ同じだ。

それからさらに三日後の昼過ぎ、私は意気込んで厨房に立っていた。見事に育ったコウジの木箱を手に。今日は休みなので、昼間から堂々と作業ができる。

「これで、米コウジが完成したはず。さあ、いよいよ味噌作りね」

昼食の後片付けをしている料理長の微妙な視線がちくちく刺さっているのを感じながら、改めて作業に取りかかる。

一晩水を吸わせた大豆を蒸してつぶす。コウジは下の米ごと、塩とよく混ぜる。これらをしっかりと混ぜて、おにぎりくらいの大きさにちぎって丸める。この塊(かたまり)を、味噌玉と呼ぶらしい。

味噌玉をぎゅっとにぎって空気を抜いてから、酒で消毒しておいた樽(たる)の内側にみっちり詰めていく。ここで空気が残ると、カビが生えてしまうらしい。念入りに、ぎゅぎゅっと。

そうやって樽いっぱいに味噌玉を詰め込んでから、板と石で落とし蓋をする。ラップがあれば一番なんだけど、当然ながらそんなものはない。とにかく空気に触れさせるな、と言われた覚えがあるので、たぶんこれが最適の形だろう。

「後は、これを数か月寝かせれば完成、ね……」

正確には、これで終わりではない。一、二か月ごとに取り出して詰め直す工程がある。その時にカビが生えていませんように。今が夏場じゃなくてよかったと、心からそう思う。

「アンヌマリー、本当にそれが調味料になるのか？　ずいぶんたくさん豆を使っていたが」

濡れた手を拭いていた料理長が、やはりぶっきらぼうに声をかけてくる。

「たぶん、ですけれど。答えが出るのは数か月後です」

「……そのでかい樽、邪魔になるから厨房には置くんじゃないぞ」

「大丈夫です、自室で保存しますから。ほら、ちゃんと室内用の小型荷車も持ってきてますし」

「ならまあ、いいけどな……」

複雑な顔をしている料理長に会釈して、味噌樽を荷車に乗せ厨房を出る。鼻歌を歌いたいのをぐっとこらえながら、軽い足取りで自室を目指した。

愛しの味噌汁に、また一歩近づいた。そんな手ごたえを確かに感じていた。

《幕間1》ディオンはおにぎりが気になっている

アンヌマリーがディオンと出会ったその日の夜、ディオンはサレイユ伯爵の屋敷の客間にいた。普段の彼は、ここから馬車で数時間のところにある屋敷に住んでいる。彼はサレイユ家の跡継ぎとして、この屋敷で当主に必要なあれこれを学んでいるのだった。

「アンヌマリー、か」

伯父であるサレイユ伯爵が、没落した元令嬢をメイドとして雇った。そう聞いた時、ディオンは少なからず憤りを感じた。元令嬢を行儀作法の教師として雇うというのならまだ分かる。だが、メイドとは。本人は辛い思いをするに決まっているし、周囲もやり辛いだろう。

しかしディオンはサレイユ伯爵の跡継ぎということもあって、表立ってサレイユ伯爵に逆らうことはできなかった。

今のところ、アンヌマリーは元気にしているようだった。どうにか仕事もこなせているようだし、他のメイドや使用人たちとも、だいたいうまくやっているらしい。

それを聞いてほっとしていたディオンだったが、今朝妙なものを見かけた。なぜかそのアンヌマリーが、屋敷の近くにある田んぼのほうに向かっていたのだ。彼女はあんなところで何をしようというのか。どうにも気になって仕方がなかったディオンは、こっそり屋敷を抜け出して田んぼのほうに向かってみたのだ。

そして彼はそこで、思いもかけない体験をした。その時のことを思い出したのか、彼の口元におかしそうな笑みが浮かんでいく。少し気の強そうな彼の顔立ちが、ふっと和らいだ。

大きな木の向こうから聞こえてきた、おいしいおいしいという声。その向こうに座っていたアンヌマリー。彼女は令嬢らしい気品に満ちた顔を幸せそうに緩ませて、何かを手づかみで食べていた。

あんなふるまいをする令嬢なんて、ディオンは見たことも聞いたこともなかった。まったくもって彼女は、令嬢らしくない。彼は賞賛の意味を込めて、あの時そう口にした。もっともアンヌマリー本人には、逆の意味で伝わってしまっていたのだが。

愉快そうに目を細めたまま、ディオンは部屋の中央にあるテーブルに歩み寄った。その上には、バターたっぷりの美しいクッキーが並べられた皿が置かれている。

彼はクッキーを手にして、一口かじる。昼間、おにぎりをかじった時と同じように。

「……あのおにぎりと漬物は、美味だったな。これも美味ではあるが……違う」

彼の口の中には、上品な甘さとかぐわしいバターの香りが広がっていた。けれど彼が思い出しているのは、もっと別の味だった。柔らかくふっくらとした、ほのかに甘く素朴な米の味。

普段の彼は、食事にはさほどこだわりがない。美味であればそれでいい、その程度でしかなかった。それなのに今の彼は、あの米の味がどうしても忘れられなかった。

手についたクッキーのかけらを見ながら、ディオンは決意する。また、彼女に会ってみようと。

「結局、おにぎりの礼を言いそびれてしまったからな」

窓のほうに目をやって、彼はぽつりとつぶやく。おにぎりを食べていた時と同じ、子供のような表情をしていた。

《第2章》作れるものから作ってみよう

深夜の厨房、そこで私は一人こそこそと動き回っていた。かたわらには、ぐつぐつと静かに煮えている鍋が一つ。

ふんふんと鼻歌を歌いながら、鍋をゆっくりとかき混ぜる。中身は下ゆでした鶏ガラ、それに臭み消しのネギとショウガだ。夕食後すぐに仕込み、アクを取りながら煮込み始めてはや数時間。

「スープから作る塩ラーメン……うまくいくといいけれど」

そっと鍋をのぞき込む。よだれが出そうなくらいに素敵な香りが、パワフルに押し寄せてきた。

こんなことをしているのには訳があった。先日、無事に味噌を仕込んでほっと一息ついていると、和食が欲しいなあという思いがまた頭をもたげてきたのだ。自室のベッドで、一人つぶやく。

「ラーメン……食べたい……あれって中華だけど、もうほとんど和食みたいなものだと思う……ああ、食べたい…………味噌バターラーメン、コーンたっぷり……あ、でもやっぱり醤油ラーメンもいいな……昔ながらのシンプルなタイプの……鶏ガラ出汁の塩ラーメン……こってり豚骨……」

カップ麺、袋麺、お店で食べるちゃんとしたラーメン。全部違って全部いい。そう断言できるくらいには、私はラーメンが好きだ。そして日に日に、ラーメン食べたい欲がつのっていた。

「よし、作ろう。塩ラーメンならぎりぎりなんとかなるかもしれないし」

味噌ラーメンや醤油ラーメンはまだ作れないし、豚骨ラーメンは……貴族の屋敷で作られる繊細な料理の数々と比べると、豚骨の香りはパンチが効き過ぎている。それにちょっと……いや、かなり野性味にあふれている。あれを作ったら、残り香だけで料理長に怒られる。間違いなく。

「塩ラーメン一つ取っても、鶏出汁に貝出汁、昆布出汁と色々あるのよね」

先日のお弁当や味噌の材料、それに今塩ラーメンを作るために用意した材料は、屋敷の食料庫にストックされている食材を有償で分けてもらったものだった。

この屋敷の周囲には森や農村ばかりということもあって、ちょっと気軽に買い物に、という訳にはいかない。だからどうしても、屋敷の食料庫に置いてある食材に頼るしかないのだ。

そして食料庫に昆布は置いてなかった。貝の干物は少しあったけれど、それはお館(やかた)様、つまりサレイユ伯爵の食事に使うから駄目だと料理長に言われてしまった。幸い、鶏ガラはただでたくさん分けてもらえたけれど。

そんなこんなで、今に至る。どうにか鶏のお出汁は取れたようなので、鍋をかまどから下ろした。こぼさないように注意しながら、中身を静かに布でこす。布に残った鶏ガラの見た目が割と気持ち悪いけれど、そちらは見なかったことにする。

下に置いたボウルには、ほんのりと淡い黄色をしたスープの海。黄金色の油が浮いていて、見ているだけでお腹が空いてくる。おそるおそる味見をして、そのおいしさに震えた。後は塩を足せば、立派なラーメンスープになる。

「ああ、このまま飲み干したい……でも我慢よ、次は麺を用意して……」

別の鍋を用意して、そこにボウルの中身を移す。誘惑するような香りを放っている鍋を横目で見ながら、今度はパスタ、というかスパゲッティと重曹を手に取る。重曹を入れたお湯でパスタをゆでるとラーメンの麺っぽくなると、そう聞いたことがあるのだ。

「重曹を入れすぎたら駄目だって話だけれど……これくらいでいいかしら？」

さらに別の鍋でお湯を沸かし、重曹を適当に入れてパスタをゆでる。何となく湯気の匂いがそれっぽくなったような気がする。パスタの色も鮮やかな黄色になって、どこからどう見てもラーメンの麺だ。

その間にちょっとスープが冷めたので、温め直して塩で味を調える。やっぱりラーメンには、あっつあつのスープだ。最近夜はちょっぴり肌寒くなってきたし、ぬるいスープなんて興ざめだ。

ゆで上がった麺を器に盛って、スープを注ぐ。それからハムの端っこと、さっとゆがいた葉野菜をのせた。鶏皮を焼いて作った鶏油を少々加えて、コクを追加する。

「素敵……見た目も香りも、ラーメンそのもの……我ながら、見事なできばえね」

盛りつけてあるのはスープ皿だし、箸もレンゲもないのでフォークとスプーンを添えてはあるけれど、そんなことが気にならなくなるくらいに目の前のラーメンは魅惑的だった。懐かしい香りに、お腹がくうと鳴る。早く食べさせろと、熱烈に主張している音だ。

「うふふ……深夜のラーメン……最高に背徳的な響きだわ」

うきうきしながら席に着こうとしたその時、厨房の入り口に人影が現れた。

「こんな時間に料理をしている気配がするから誰かと思ったが、まさかお前がいるとはな、アンヌマリー」

寝間着にガウンを羽織った姿のディオンが、そんなことを言いながら厨房に入ってきた。この屋敷にちょくちょく滞在しているとは言っていたけれど、よりによって今日がその日だったのか。

ラーメンが伸びる、スープが冷める。その前に帰ってくれないかなあなどと必死に祈りつつ、頭を下げる。

「夜食を作っておりました。おやすみの邪魔をしたのであれば、謝罪いたします」

「いや、構わない。まだ寝るには少し早かったしな」

祈りも空しく、彼はそんなことを言いながら厨房に入ってくる。そうして、立ったままの私のすぐそばの机に置かれたラーメンに目を留めた。

「しかし、夜食か。パスタ……にしては、汁気が多いな。それに、変わった香りだ。やけにかぐわしい」

困ったことに、ディオンはラーメンに興味を持ってしまったらしい。すぐ近くまでやってきて、真上からラーメンをまじまじとのぞきこんでいる。

それも仕方のないことだろうか。彼は今十八歳だと聞いた。まだまだ食べ盛り、三食だけでは足りないこともあるだろう。それに、ラーメンのかぐわしい香りに逆らえる人間などいない。

どうしよう。彼は明らかに、少し分けてほしいと思っている。わくわくした顔で、食い入るようにラーメンを見つめているのだし、間違いない。やっぱり彼は分かりやすい。

けれどこのラーメンは一人分しかない。私としても十六年ぶり？　のラーメンなのだし、どうせならお腹いっぱい食べたい。太っても悔いはない。スープはまだあるから、これは彼に譲ってもう一杯作り直すべきだろうか。しかしそれまで、私のお腹の虫が耐えてくれるだろうか。

いや、待てよ。こないだのおにぎりの時も、彼は料理が気になってたまらないという顔をしていた。けれど彼は、その料理をよこせと言ってはこなかった。私が社交辞令としていかがですかと勧めたら、即食いついてきただけで。

だったらこのまま知らん顔していれば、この場を乗り切れるだろうか。でも、こんなにきらきらした目でラーメンを見ている人間をそのまま追い返したら、それはそれで罪悪感がつのってしまいそうだ。

私が無言で盛大に悩んでいると、ディオンはふとこちらに向き直った。一つ大きくうなずいて、口を開く。

「そうだ、また忘れるところだった。先日のおにぎりと漬物の礼を言っておこうと思っていたのだ。……その、どちらも美味だった。あんな米と野菜は初めてで、面白かった」

ほんの少し照れくさそうな、やけに素直なその言葉と表情に、私はついに決意を固める。

「……………こちら、少し召し上がられますか」

抗議の叫びを上げようとしている腹の虫を抑え込んで、どうにかそんな言葉をしぼり出した。我ながら少々、いやかなりぎこちない口調ではあったけれど、ディオンはそのことに気づいていないのかぱっと顔を輝かせている。

「ああ、頼む。きっとこの風変わりなパスタも同じように美味なのだろうと、さっきからずっと気になっていたのだ」

別のスープ皿を用意して、そちらにラーメンを取り分ける。フォークとスプーンを渡してやると、ディオンはうきうきとした顔でそれを手にした。ごちそうを前にした子供のような顔だった。

そうして彼は、とても優雅なしぐさで麺を口にする。たちまち、ぱっと満面に笑みを浮かべた。

ラーメンの取り分が減って悲しいと思っていたことを、うっかり忘れそうになるくらい見事な笑顔だった。

「ほう、変わった食感と香りだな。どうやらただのパスタではなさそうだ。あっさりしているようでコクのあるスープといい、癖になりそうだな」

ディオンはラーメンがよほど気に入ったらしく、私のほうを見ることなく、せっせと笑顔で食べ続けている。どうやら、見事にラーメンのとりこになってしまったようだ。

私は立場上、彼より先に食べ始める訳にはいかなかった。なので今まで待っていたけれど、もういいだろう。フォークを手に、自分の分のラーメンに向き直る。そうして、ついにラーメンを口にした。

ふくよかな鶏の香りを塩がきりりと引き締めていて、それらを濃厚な鶏油が優しく包み込んでいる。塩を入れただけなのに、スープはさっき味見した時よりもずっとずっとおいしくなっている。初挑戦の重曹パスタも、香りといい食感といいラーメンの麺そのものだった。具材もあり合わせとは思えないくらいに麺とスープにマッチしている。

ラーメンの再現、大成功だわ……‼

叫びだしたいのを我慢しながら、フォークとスプーンで上品にラーメンを食べる。ディオンさえいなければ豪快に麺をすすれたのだけど。ちょっともどかしい。

ディオンはディオンで、スプーンを器用に使ってスープの最後の一滴まで飲み干していた。満足

げにため息をついて、こちらに話しかけてくる。

「これもまた、たいそう美味だ。先日のおにぎりや漬物といい、お前は変わった料理を思いつくのが得意なのだな。メイドより、料理人に向いているのではないか」

「……私の料理はあくまでも、こうやって個人的に楽しむためのものですので」

この辺では、おにぎりもラーメンも存在しない。私が知っている和食の数々は、間違いなく変わったものだ。しかしどう考えても貴族に食べさせるには向いていない。本格割烹とかならまだしも、私が作れるのは家庭料理ばかりだ。だから私には料理人なんて務まらない。

男爵令嬢として十六年生きて、その間貴族の料理を毎日食べ続けていた私には、そう断言できる。貴族たちはもっと上品で、もっと繊細な、そして全体的に似通った雰囲気の料理を食べているのだから。見た目は綺麗だし複雑な味がするけれど、いまいち代わり映えがしないというか。

一方で私が作ろうとしている数々の和食は、シンプルな味付けで素材の風味を活かす傾向がある。しかもこのラーメンみたいによその国の料理を積極的に取り入れて進化し続けているせいもあって、料理ごとに味も雰囲気もがらりと変わる。とにかく私の料理は、保守的な貴族たちには刺激が強すぎる。

「個人的に、か。少々もったいないような気もするな。お前の料理は少々地味ではあるが、非常に美味だというのに」

ところが困ったことに、ディオンは私の変わった庶民的な料理に抵抗がないようだった。抵抗がないどころか、明らかに興味を持ってしまっている。

ただ、地味というのはちょっぴり腑に落ちない。丁寧に盛りつければおにぎりだって結構素敵な見た目になると思うし、ラーメンは地味じゃないと思う。トッピングをたっぷり盛れば、むしろかなり派手になるというのに。いっぺん見せてやろうかなあ。

ひとまずそんな考えは横に置いておいて、名残惜しそうな顔で空っぽのスープ皿を見つめているディオンにそっと声をかける。

「それでは、もうお休みください。ここは私が片付けておきますので」

「……ああ、馳走になった。また何か、面白いものを作ったらぜひ呼んでくれ」

「分かりました」

ディオンはちょっぴり寂しそうな顔で、厨房から去っていった。そんな彼の背中を、礼儀正しくたたずんで見送る。足音が聞こえなくなってから、さらにしばらく待った。

もう大丈夫だろうと思えるくらいに待ってから、大急ぎでラーメンのスープが入った鍋に駆け寄る。ちょっと冷めているけれど、この感じなら沸かし直さなくてもいいかな。

軽い足取りで、別の小鍋を取ってくる。鶏ガラを煮込んでいる間に、少しだけご飯を炊いておいたのだ。

スープ皿にご飯をよそい、まだ温かいラーメンのスープを注ぐ。要するに、鍋のしめの雑炊のようなものだ。あっつあつが最高のラーメンとは違い、こちらはちょっと冷めたくらいのほうが好みだったりする。そのほうが、よりスープの味が際立つ気がするし。

大変お行儀が悪いが、私はこうするのが好きなのだ。おいしいおいしいラーメンのスープを残すことなく味わえるし、お腹もふくれる。炭水化物と塩分がちょっと……いや、かなり過剰だけれど、それは見なかったことにする。

アクセントに黒コショウをぱらりと散らし、スプーンを手にする。それでは、改めていただきます。ふふ、楽しみ。

「忘れ物をした。……なんだお前、まだ食べているのか？」

スプーンを雑炊に突っ込もうとしたまさにその時、厨房の入り口からまたしてもディオンが顔をのぞかせていた。しかもその目は、私の目の前のスープ皿にくぎづけだった。

まあ、いいか。まだご飯もスープも残っているし。それにきっと、彼はまたさっきの見事な笑顔を見せてくれるのだろう。

そんなことを考えながら立ち上がり、彼を招き入れた。気のせいか、彼の足取りもやけに軽かった。

「味噌はいい感じ。醤油についてはまたいずれ仕込むとして……ひとまずお出汁が欲しいところね。昆布か鰹節があれば最高。煮干しや干し魚、干し貝でもいい」
ある日、私は一人でせっせと拭き掃除をしながらそんなことをつぶやいていた。
この屋敷ではメイドたちは基本的に二人以上で作業に取り組むことになっている。誰がどこで何の仕事をするのか振り分けるのは、メイド長のイネスの仕事だった。
しかし今日私とコンビを組んでいるメイドは、私のことをよく思っていないグループの一人だったのだ。彼女は最初のうちこそだるそうに仕事をしていたけれど、じきにどこかへ行ってしまった。

私はちょっと用事で出かけるだけよ、さぼりじゃないわ、だから告げ口するんじゃないわよ。そんな言葉を残して。

相変わらず一部のメイドたちは、いまだに私のことを目の敵にしているようだったのだ。声をかけても無視されてしまうし、かと思えば遠巻きに私のことをにらんでいたりする。

ただ彼女たちはそれ以上のことはしてこなかったし、イネスも時々注意してくれていた。それに、クロエの他にも友達と呼べるメイドたちも増えてきたし。ちょっと仲の悪い人がいるくらい、我慢しなくては。

しかし、まさか仕事を放りだすなんて思いもしなかった。イネスに相談したら、たぶん余計に状況が悪くなりそうだし、どうしよう、これ。

「まあ、いいかな。このほうが気が楽だしね。それよりもお出汁よお出汁」

そんなことをつぶやきながら、のんびりと手を動かす。気まずい空気の中で働くよりもずっとましだし、こうしてじっくりと考え事もできる。

「魚介類のお出汁を使えれば、さらに作れる料理の幅が広がるのよね」

この前、ラーメンのために鶏ガラスープを作った。けれど結構手間がかかったし、あれだとどうしても中華寄りの味になってしまう。やっぱり和食を作るなら魚介類が欲しい。

「……どうして、この屋敷の食料庫には魚介類がほとんどないのかしら。ここ、確か海が近いはずなのに。たまに白身魚があるくらいで」

「簡単な話さ。お館様は魚や貝があんまりお好きじゃないんだよ。臭いとかおっしゃってさ」

「わっ⁉」

独り言に返事があったことに驚いて飛び上がり、振り向いた。そこには、苦笑を浮かべたイネスが立っていた。

「ああ、びっくりしました」

「驚かせてごめんよ、アンヌマリー。ずいぶんと熱心に考え事をしてたみたいだね？　ま、仕事はきちんとこなしているようだからいいけれど」

イネスはそんなことを言いながら、周囲を見渡している。どきどきする胸を押さえて、口を開いた。

「は、はい。……でも、そういうことだったんですか。でしたら、あの食料庫の状況もうなずけます」

納得しながらも雑巾がけを続けている私に、イネスが問いかけてきた。

「ところで、どうしてあんた一人でここを掃除してるんだい？　もう一人はどこにいるのかねえ」

「あ、それは……」

答えかけて、口をつぐむ。あのメイドがどこに行ったかは知らないし、さぼっていることを告げ口するのも気が引ける。口止めされたからとかそういうことではなく、こんなささいなことでさらに恨みを買うのも馬鹿らしかったからだ。

口ごもっていたら、イネスが深々とため息をついた。

「……あの子も駄目だったか。あんたとあの子たちがいつまでもぎすすしてるのもどうかと思ったから、比較的おとなしいあの子をあんたと組ませてみたんだけどね。すまないねえ、ここはあたしが手伝うよ」

どうやら彼女は、私と反目しているメイドたちとの間を修復しようとしてくれたらしい。そうと知っていたなら、あのメイドを引き留めるとか、話しかけるとか、もうちょっと頑張ってみたのだけれど。いや、そうしても無駄だったとは思うけど。

ひとまず、手伝ってくれるというイネスの申し出をありがたく受けることにして、二人一緒に雑巾がけを再開した。

「そう言えば、こないだ料理長がぼやいてたんだけど……あんた、厨房にちょくちょく出入りしてるんだって？」

「はい。夜食を作ったりしているんです」

そう答えると、イネスは拭き掃除の手を止めて、上から下まで私の全身をじっくりと見た。何とも言えない、複雑な顔をしている。

「……あんた、ほっそりしてるとは思ったけど……もしかして、食事が足りないのかい？　だったら料理長に言って、まかないを増やしてもらおうか？」

ちょっぴりずれた心配をされている。何でもないんだという顔をして、あわてて首を横に振った。

「いえ、そうではないんです。お腹が空いたからというより、ちょっと料理がしてみたいだけで。ですから、夜食もほんのちょっとしか作りませんよ」

「料理、ねえ。あんたは掃除は上手だし、かまどの取り扱いにもすっかり慣れた。料理くらいしていても驚かないけどね。ま、料理長ににらまれないようにおやりよ。あれは料理に関しては強情だからねえ。怒らせたら、あたしでもとりなしてやれないから」

「気をつけます」

イネスは強い。腕力的な意味でも、権力的な意味でも。腕っぷしなら男たちにも負けないし、メイドたちを束ねるメイド長の地位についている。彼女は、使用人たちを束ねサレイユ伯爵のそばに仕える執事長と、ほぼ同等の立ち位置にいるらしい。

そんな彼女が、料理長についてそんなことを言っている。うん、料理長を怒らせないよう気をつけよう。確かにあの人、頑固そうだし。頑固一徹のラーメン店の親父さんって感じだ。

ついうっかりそんな想像にふけっていた私を、イネスの声が現実に引き戻す。

「それより、あんたもしかして魚を料理したいのかい？」

こくりとうなずくと、彼女はにやりと笑った。

「だったら、いいところがあるよ。ちょっと歩くけど、あんたなら大丈夫だろう」

そうしてイネスは興味深いことを教えてくれた。この屋敷の近くにあるメーアという港町では、新鮮な魚介類が山のように売られているのだそうだ。

「朝一番にここを発てば、女の足でも昼には着くよ。あたしもたまに遊びにいくのさ」

「……メーアですか。ぜひ行ってみたいです。それこそ、今度の休みにでも。あの、道を教えてもらえませんか？」

「ああ、もちろんだよ」

拭き掃除をする手を止めることなく、イネスは道を説明する。ここからメーアまでは一本道で、しかも馬車が楽々通れるしっかりした道だから、まず迷うことはないよと彼女は断言していた。

「精が出るな、二人とも。今、メーアと言っていたか？」

ちょうどその時、ディオンが通りがかった。思えば、食べ物を持っていない時に彼と出くわすのは初めてかもしれない。仕事の手を止めて、イネスと二人で頭を下げる。

「ええ。アンヌマリーが、あそこの魚に興味があるみたいなんですよ」

「魚に？　……そうか」

ディオンはちらりとこちらを見る。お前はまた何か、面白いものを作るのか。彼の軽く見開かれた目は、そんなことを物語っていた。

「この子ったらずいぶん乗り気でしてねえ。今度の休みにでも行ってみようって言ってましたて」

「今度の休み、か……」

イネスが重ねて言うと、ディオンは何事か考えているような顔をした。それからもう少しだけ話して、彼はさっさと立ち去ってしまう。

「さあ、あたしたちも仕事に戻ろうか。あと少しで終わるから、一緒に休憩にしよう」

そうして、また拭き掃除を再開する。ディオンの様子がちょっとおかしかったような気がするのが、何となく気になっていた。

そんなやり取りから数日後、念願のお休みの日だ。前に田んぼに行った時と同じように、メイドの制服を着てリュックを背負い、朝食の後すぐに屋敷を出る。
メーアに行くのなら、正門の脇の通用口から出て、目の前の街道をまっすぐに進めばいい。イネスから教わったそんな言葉を思い出しながら。

しかし屋敷の正門の前には、馬車が一台停まっていた。御者席には御者がいて、そして馬車の前にはなぜかディオンが立っていた。気のせいか、彼はどことなくそわそわしているような。

私の通り道を半ばふさぐように立っているディオンに、一応声をかける。一刻も早くメーアに行きたいけれど、彼を無視する訳にもいかない。

「おはようございます、ディオン様。これから出かけられるのですか？」

「いや、私は……その、暇だ。お前こそ、どこに行くのだ？」

「今日は休みですので、メーアに向かおうかと」

そう答えた瞬間、ディオンがぱっと顔を輝かせた。どういうことだろう、この反応は。

「……ならば、お前を私の馬車に乗せてやろう。メーアまで連れていってやる。私は暇だから、気にせずに乗るといい」

彼の申し出に、とっさに返事ができなかった。確かに、何時間も歩かずに済むのはありがたい。けれど、メーアまでは馬車でも一時間はかかると聞いた。そんなに長い間、ディオンと馬車で二人きり。どう考えても気まずいことこの上ない。

「あの、そこまでしていただく理由がありませんから……」

だから、こんな理由をつけて断った。ディオンは一瞬がっかりしたような顔をしたが、そのまま口を閉ざして考え込んでいる。どうしたのかと見守っていると、やがて彼がまた口を開いた。

「……うむ、ちょうど私も、メーアに行きたいと思っていたのだ。しかし供も連れずに向かうのもどうかと思う。こんな思いつきに、仕事中の使用人を付き合わせるのも悪い。その点、ちょうど休みのお前なら問題ない。休日を駄目にした分の給与は払う。これならどうだ」

口調こそ堂々としていたけれど、いつになく棒読みだ。しかも、これならどうだ、って。

つまりこれは、彼がとっさにこしらえた言い訳なのだろう。どうやら彼は、何がなんでも私を馬車に乗せたがっているらしい。それは分かったけれど、その理由がさっぱり分からない。

はっ、まさかまた夜食をよこせとか、そういうつもりなのだろうか。ここでディオンに貸しを作ってしまったら、今後彼を追い払いにくくなってしまう。それでなくても彼は、とてもいい顔で料理を食べるのだから。前のラーメンの時も、それにほだされてしまった。

別に、彼のことが嫌いな訳ではない。ちょっぴり偉そうだけど。ただ彼は未来の主になるのだし、うかつに近づくと面倒かもと思ってしまうのだ。たとえるなら、そう……学食でのんびりと一人ランチを楽しんでいたら、向かいに厳格な教授が座ってしまった時のような、そんな心境だ。

それはともかく、彼の命令、というか提案には乗っておくべきだろう。彼の供をすることに時間を取られるのはあまり嬉しくないけれど、メーアについてから自由時間をもらえるようかけあえばいいかな。移動時間は短縮できるから、プラスマイナスゼロだと思う。

そんなことを考えて、こくりとうなずいた。ディオンがやけにほっとした顔をしたのが、印象深かった。


そして案の定、馬車の中は非常にぎこちない空気になっていた。それもそうだろう、私たちはただの主従でしかない。雑談をするような関係ではないのだ。

だから私は、メイドらしく行儀よく座っていた。メーアで私を待っているであろう魚介類に思いをはせて、意識を飛ばしながら。退屈な講義をやり過ごすのと同じ要領だ。

けれど向かいのディオンは、何だか様子がおかしかった。時折口を開きかけては、またすぐに黙り込んでしまうのだ。

ずっと、何か言いたそうにしている。彼のその様子が気になって、つい意識が現実に引き戻されてしまう。私は魚介類のことを考えていたいのに。

おかげでメーアに着いた時には、すっかり疲れ果てていた。やっと、二人きりの気まずい空気から解放される。

とはいえ、ここからは彼の供をしなくてはならない。馬車を降りて、ディオンの斜め後ろに控えた。しかしなぜか、ディオンは一歩も動かない。

どうしたのかな、と思いつつ、じっと待つ。もう秋も深まっていて、すっかり涼しくなっていた。ほんのりと潮の香りがする風に目を細め、さらに待つ。けれどもやはり、ディオンは立ち尽くしたままだ。

「……おい、アンヌマリー」

「はい」

「お前は、どうして動かないのだ」

「私はあなたの供ですから。こうして控えているのは当たり前です」

私の答えを聞いて、ディオンはしまった、とつぶやいた。それからかしこまって、さらに言う。

「…………今日は、趣向を変えることにする。お前が先に行って、自由に買い物をしろ。私はその後をついていく」

「趣向……ですか？　それはどういう意味があるのでしょう？」

「ああ、それはその、こほん。つまりだな、つまり……暇つぶしだ。お前は面白い料理を作る。ならばお前が目をつける食材も、きっと面白いものだろうと思うのだ。どのみち、私もメーアは初めてだからな。特に行きたい場所がある訳ではない」

なるほど、それなら筋が通っているような気がする。それでディオンは、私を馬車に乗せようと妙に頑張っていたのか。しかし回りくどいことをするものだ。それならそうと、さっさと言ってくれればいいのに。

「分かりました。それではさっそく、店を探しにいきますね」

色々あったけれど、ようやく念願の買い物だ。しかもどうやら、たっぷりと買い物の時間が取れそうだ。とっても嬉しい。

気分を切り替えて、軽やかに歩き出す。イネスによれば、海産物を扱っている市場は町の入り口とは反対側、海のそばにあるのだそうだ。だから町に入ってからひたすらまっすぐ突き進んで、町を横断すれば市場に出られるらしい。

そうして町を歩きながら、ふと首をかしげる。隣のディオンに、小声でささやきかけた。

「メーアって、意外と大きな町なんですね……新鮮な海産物が取引されている地だと聞いていましたから、港に張りついたような小さな町、漁師たちが盛んに行き交うような町だろうと、勝手にそう想像していたのですが」

今私たちがいる通りには、比較的新しい石造りの大きな建物が整然と並んでいる。上等な服を着た人々が、のんびりと歩いていた。

実のところ、きっとメーアは漁師町みたいなワイルドなところなのだろうなあと思っていた。なので、この雰囲気はかなり意外だった。町並みも人々も普通におしゃれだし、通りに面した店はどれも上品な雰囲気を漂わせている。

きょろきょろと辺りを見渡していると、ディオンが答えてくれた。

「昔のメーアは、港とその周りの家々からなる小さな村だったらしい。お前が想像していたのは、たぶんそういった姿だろう。ここ数十年で一気に栄え、大きくなっていったのだそうだ」

ディオンのそんな解説を聞きながら、さらにまっすぐ突き進む。そうしていると、町並みの雰囲気が変わっていった。より古く、より小さな建物が増えてきたのだ。

そして行く手から、にぎやかな声が聞こえ始めた。せっせと足を動かしながら耳を澄ますと、安いよ安いよ、という威勢のいい掛け声が聞こえてくる。

どうやら目的の市場はもうすぐそこらしい。自然と心が浮き立つのを感じる。やっぱり市場っていったら、この呼び込みの声あってこそ。

あ、焼き魚の匂いがしてきた。この匂いは塩焼きかな。ちょっぴり醤油を垂らして、大根おろしとスダチで食べるとおいしいんだよね。

うっとりしながら深呼吸していたら、ディオンが話しかけてきた。

「ふむ、何やら香ばしい匂いがするな」

「たぶん、魚を焼いているのだと思います。……食欲をそそる、いい匂いですよね」

「そう……だと思う。私は魚の焼ける匂いなど、まともにかいだことがないが……悪くはないな」

彼の言葉に、そうだった、と気づく。普通の貴族は、厨房で調理されたものを食堂まで運ばせて、そこで食べる。だから、魚がじゅうじゅうと焼ける匂いを間近でかぐことなんてまずない。

それに貴族向けの魚料理は、臭い消しのスパイスやハーブをたっぷりと使うものが多いから、魚そのものが焼ける匂いはほとんど隠れてしまう。新鮮な魚が手に入るのは沿岸部のごく一部ということもあって、そんな調理法が当たり前になっているのだ。

かく言う私も、焼き魚の匂いをかいだのは十六年ぶりだったりする。もしかしなくてもこの先にある市場って、ディオンには刺激が強すぎるような……？

そろそろと隣を見上げて、様子をうかがう。ディオンは楽しそうに目を細めていた。その口元には、わずかに笑みが浮かんでいる。午前中のさわやかな秋の日が、彼の淡い金髪をきらきらと輝かせていた。

ひとまず、彼はこの状況を楽しんでいるようだった。ほっとしながら視線を前に戻して、通りをさらに進む。と、いきなり視界が開けた。

「うわあ……すごい……」

そこは、大きな市場になっていた。海岸に沿った大通りの両側に、ずらりと木の小屋が並んでいる。どうやらみんな、何かのお店らしい。たくさんの人たちが楽しげにあれこれと買い物をしている。人の話す声と波の音とが交ざり合って、とてもにぎやかだ。

集まっている人たちの雰囲気も、町の入り口の人たちのそれとはまるで違っていた。ここにいるのはほとんどが、質素で丈夫な服を着てよく日に焼けた、いかにも漁師町の住人といった感じの人々だった。みんな声が大きくて身振り手振りも大きいので、陽気な印象を受ける。

入り口周辺で見たような上等な服を着た人たちもちらほらと見かけるけれど、雰囲気からして貴族ではなく商人だろう。店主とあれこれ交渉していたり、従者たちに買ったものを運ばせていたり。かなり雑多でごちゃごちゃしているけれど、とっても楽しそうな場所だ。それに、並んでいる品物ときたら。

うっとりとため息をつきながら、ふらふらとその辺の店に近づいていく。ずらりと並ぶ店では、とっても新鮮な魚介類やその加工品が売られている。さらにそれらを使った料理を売っているお店もあった。市場というより、魚河岸(うおがし)と呼んだほうがぴったりくる。

見ているだけでも幸せな気分になってくる。きちんと朝ご飯は食べてきたのに、もうお腹が空いてきた。

「活(い)きのいいお魚がいっぱい……干物もよりどりみどり……素敵……おいしそう……」

「おい、どうしたアンヌマリー。ほうけた顔をして」

若干(じゃっかん)引き気味に、でもやや心配したような顔でディオンが口を挟んでくる。いけない、嬉しさに我を忘れて素(す)が出ていた。とっさにきりりと顔を引き締めて、上品に答える。

「いいえ、あまりにたくさんの品が並んでいたので、つい見とれてしまいました」

「やはりお前は……変わっているな。それで、何を買うつもりだ？」

「特に決めてはいません。ぐるりと見て回って、良さそうなものがあれば魚でも貝でも、思うまま買っていこうかと」

「ふむ、そうか。ならばあれはどうだ？　魚の良し悪しは分からないが、面白そうだぞ。いっそ私が買って帰ってもいいな。お前、あれで何か作ってみないか？」

ディオンは近くの店先に並んだ魚を指さしている。そこには特大のマグロが丸ごと一匹、ずどんと置かれていた。血抜きのために首元につけられた傷が、とっても生々しい。鮮度はいいんだろうなと思うけれど、ちょっと怖い。

ほんの少しマグロから視線をそらしつつ、考える。

あんな大きなものをどうやって持って帰れというのか。馬車の荷物置き場には乗りきらない。座席に置いたら生臭い。たぶんしばらく、臭いが抜けないと思う。というかあれを買うのなら、誰かに頼んで屋敷まで運んでもらったほうがいいだろう。その手配をするのは私だ。正直面倒くさい。

それ以前に、マグロのさばき方なんて知らない。店の人にさばいてもらえるかもしれないけれど、それはそれで別料金を取られそうだし。

そもそも、マグロってどんな料理に使えたかな。鉄火丼、ネギトロ、漬け丼……ああ駄目だ、醤油がないとどうしようもない。

そんなこんなを考え合わせて、短く答える。

「……確かにあの魚はおいしいですが、大きすぎて私の手には余ります」

「そうか。あれだけ大きければ、みなで食べることもできるかと思ったのだが……まあ、ただの思いつきだ。忘れてくれ」

「みな？　お館様と、ディオン様では？　それとも、ご実家のほうに持って帰られるつもりだったのでしょうか」

ディオンのその言葉に、首をかしげる。彼は今、自分の屋敷ではなくサレイユ伯爵の屋敷に滞在している。そしてそこにいるのは、サレイユ伯爵とディオン、それにメイドや使用人たちだけだ。

みな、というのは誰のことなのだろう。

「……いや、気にするな」

深く考えずに口にした問いに、ディオンはちょっぴりはにかんだような顔をして首を横に振った。もしかして彼は、メイドや使用人たちにマグロをふるまおうと、そう考えたのだろうか。まさかね、とそんな考えを頭の外に追い出す。多くの貴族は、メイドや使用人なんかのことをいちいち気にかけたりはしない。彼が言う通りに、気にしないでおこう。

気を取り直して、店を見て回る。貴族であるディオンの供として恥ずかしくないよう、精いっぱい行儀よく、しとやかにふるまいながら。要するに、特大の猫をかぶりながら。

しかしその猫は、あるものを目にしたことで吹っ飛んでしまった。

「あっ、焼きイカ売ってる！」

近くの店先に、金属の台と金網を組み合わせたバーベキューコンロのようなものが置かれていたのだ。その金網の上では、竹串に突き刺した小ぶりのイカがいくつも焼かれている。食べやすいよう胴体に切れ目を入れてはあるけれど、足も付いていてほぼ丸のままだ。

男爵令嬢として生まれてからこっち、丸ごと焼いたイカなんて口にした覚えはない。たまに、輪切りにされて煮込みなんかに入っているイカを食べたくらいで。しかもそのイカの煮込みときたら、ハーブとスパイスの匂いが強すぎて、イカの風味も何も分からなくなっていた。イカの足にいたってては、ここ十六年見たことすらない。

「おっ、そこの嬢ちゃん、これが気になるかい？」

イカを焼いていたおじさんが、満面の笑みで手招きする。明かりに誘われた虫のように、ためらうことなくおじさんのところに向かう。

目の前には、じゅうじゅうと焼けているイカ。その表面には、何かの粒がまぶしてある。香ばしい素敵な匂いがする。何だろう。なじみのないハーブだ。

「塩焼き……にしては、ちょっと違ういい匂いがしますね」

「だろう？　俺の家に代々伝わる秘伝の塩を使ってるんだぜ。こいつを一振りすれば、とれたてのうまいイカがさらにうまくなる！　どうだ、食べてみたくないか？」

とっても食べたい。ものすごく食べたい。我慢できない。流れるような動きでお財布を出して、焼きイカを買った。イカが刺さった竹串を両手に持って、大きく息を吸う。ううん、いい匂い。たまらない。大きく口を開けて、まずは胴体にかぶりつく。

弾力のあるぷりっぷりの歯ごたえに続いて、塩とハーブの香りが口の中いっぱいに広がった。ハーブが結構強いけれど、イカの持ち味を殺すことなく見事に引き立てている。これ、何を使ってるんだろう。知りたいなあ。

焼きイカなら焦がし醤油一択だ。そう思っている私にも、素直においしいと思える味だった。お世辞抜きにおいしい。

「まあ、とってもおいしいですね。こんなに素敵な焼きイカがいただけるなんて、ついていました」

上品な口調でそんなことを言いながら豪快にイカを食べ進める私を、おじさんはさらに嬉しそうな顔で見ていた。その時、すぐ後ろから声が聞こえてきた。

「これが、イカ……だと？　元は、こんな形をしていたのか……奇妙な……」

思い切り戸惑っているその声に、すっかりディオンを置き去りにしてしまっていたことをようやく思い出した。

そちらを見ると、信じられないものを見るような目をしたディオンと視線がかちあった。

あの表情からすると、彼は丸のままのイカを見ることすら初めてなのかもしれない。というか、その可能性が高い。初めて見ると、結構不気味に思えるかもしれないな、この形は。

「おや、そっちのお連れさんは貴族様ですかい？　それならさすがに丸かじりは、ちょっと無理でしょう。味には自信があるんですがねえ」

「とってもおいしいんですよ、ディオン様。でもさすがに、これに挑戦するのは難しいですよね」

困惑するディオンに見せつけるように、焼きイカの足を一本食いちぎってじっくりと噛む。こりこりとした強い歯ごたえ、はっきりとしたイカの香り、後から塩とハーブが追いかけてくる。こんなにおいしいものが食べられないなんて、貴族はかわいそうに。いたずら半分に、そんな視線を送りながら。

「……店主！　私も、一つもらおう！」

突然、ディオンがそんなことを言い出した。半ばやけになっているような口調だ。私と店主のおじさんが、きょとんと顔を見合わせる。

ディオンのことを少しばかりからかったのは認めるし、この焼きイカがおいしいのも事実だ。しかしまさか、ディオンが丸かじりに挑戦するとは思わなかった。おにぎりの時やラーメンの時も思ったけれど、彼は本当においしいもの、珍しいものに弱いらしい。

「焼きイカ、か……見れば見るほど、恐ろしい姿だ……だが、この香りは……」

私とおじさん、それに周囲の店の人間や通りすがりの人たちが注目する中、ディオンは手にしたイカを食い入るような目で凝視していた。ほんの少し、悲壮感の漂う表情だ。にぎやかなこの市場の中で、彼の周りだけが恐ろしく静かだった。

ディオンは肩を動かして、ゆっくりと深呼吸していた。それからおそるおそる、焼きイカを一口かじる。それは小鳥がつっついたような小さな一口ではあったけれど、彼はすぐに顔を輝かせた。前にも見た、子供のように無邪気で晴れ晴れとした笑顔だ。

「なるほど、これは確かに美味だ！　見た目で敬遠して食べずにいたら、損をするところだった！」

固唾（かたず）をのんで見守っていた周りの人々から、歓声が上がる。なんだか、すっかり見世物になっているような気もする。

それからディオンは、あくまでも上品に、しかし一生懸命焼きイカを食べ進めていた。周囲のざわめきも、全く耳に入っていないらしい。焼きイカに夢中だ。

私も自分の分の焼きイカをかじりながら、どうにも不思議な感情がこみ上げてくるのを感じていた。

ディオンとは年こそ近いけれど、立場も身分もまるで違う。それに彼はちょっぴり偉そうで、しかもほんのりと失礼なことを時々口にしたりもする。悪気はないみたいだけれど。

普段の私なら一歩も二歩も引いて、表面だけの付き合いに留めるような相手だ。けれど私は、彼に……親近感、のようなものを抱き始めているような気がしていた。おいしいものを求め、そのためなら多少の苦行もいとわない、そんな人間同士として。

自分の気持ちがよく分からなくて、ディオンから目をそらして焼きイカを食べ終える。その時、周囲がさらに騒がしくなっていることに気がついた。

ほとんど平民ばかりのこの市場で、なぜか貴族がおいしそうに焼きイカにかぶりついている。そのさまが面白かったのか、それとも焼きイカを食べているディオンの幸せそうな表情にそそられたのか、周りの人々が次々と焼きイカを買い始めたのだ。

辺(あた)りには人だかりができ、焼きイカは飛ぶように売れていった。「焼くのが追いつかないぜ！」と、おじさんは嬉しい悲鳴を上げていた。

私たちは大いに感謝され、そしておみやげまで持たされて、その店を後にしたのだった。


「ああ、たくさんいいものが買えました。満足です」

「お前は買い物が好きなのだな」

それから改めて市場を回り、色々なものを買い求めていった。私の背中のリュックは、もうぱんぱんだ。ほくほく顔で歩く私を、ディオンは少しあきれたような、けれど楽しそうな目で見ていた。もっともそういう彼はあの焼きイカがすっかり気に入ってしまって、もう一つ買って食べ歩いていたのだけれど。

「買い物が好き、というよりも、ずっと魚介類を探していましたので。質、量ともに文句なしです。ここを教えてくれたイネスさんに、後でお礼を言わないといけませんね」

私が買ったのは、干しエビにアサリの干物、煮干しをたくさん。それに干したホタテの貝柱も見つけた。ホタテはここで水揚げされたものではなく、よそから運ばれてきたものだとかで、ちょっぴり高かった。なので予算と相談して、少しだけ買った。欲しくなったら、また来ればいいし。

「しかしその……昆布、だったか。それを見つけた時のお前は大喜びだったが……そんなに大切なものなのか？」

今日一番の収穫は、干した昆布だった。硬くてほんのり粉を吹いた板状のあれが、とある店の片隅にひっそりと置かれていたのだ。この辺りでは出汁を引くために使うのではなく、水で戻して煮物にするのだそうだ。

昆布を戻すのに使った水はどうするのですか、と店の人に聞いたら、捨てるよ、という無情な答えが返ってきた。よりによってそれを捨てるなんて、信じられない。

悲鳴を上げそうになるのをこらえながら、あるだけの昆布を買い占めた。リュックに入りきらなくなったので袋も買って、そこに詰め込めるだけ詰め込んだ。それなのに、ものすごく安かった。どうやらここでは、昆布は貧乏人の食料とされているらしい。確かにただの海藻だけど、ひどい。

「とっても大切ですよ。私、ずっとこれを探していたんですから」

干した昆布がぎっしりと詰まった袋をしっかりと抱きしめて笑う私に、ディオンがうさんくさげな目を向けてくる。

「しかしお前は、その昆布で煮物を作る訳ではなさそうだが……」

「ええ。煮物にしてもおいしいですが、戻し汁を使うともっと色々な料理が作れるんです。ああ、昆布が見つかって本当に良かった」

るんるん気分でそう答えると、ディオンは戸惑いつつもうなずいた。

「……お前の料理は変わっているからな。変わった食材を用いるのも当然か。ところで、一つ聞いていいだろうか」

「はい、何でしょう」

「お前はなぜ、さっきから干物ばかり買っているのだ？　新鮮な魚介も、山のように売られているぞ」

「生のものは日持ちがしませんから。せっかくここまで来たのですし、今夜の夜食は魚にしてみようかとは思っていますが」

そう答えてから、余計なことを言ってしまったかなと思う。彼はラーメンを嬉々として食べていたし、また何か食べさせろとも言っていた。ならば今日の夜食も、きっと欲しがるのだろう。

「そうか。ならば私にも、少し分けてくれないか。きっとまた、私の知らない料理を作るのだろう？」

予想通りの答えだった。こうなったら仕方がない、彼の分も作るとするか。彼の供をするはめになったとはいえ、結果として楽にメーアに来ることができたのだし、その礼も兼ねて。

それはそうとして、何を作ろうか。どうもディオンは、珍しい料理を食べたがっているように思える。それに私も、どうせなら和食を再現してみたい。

でも、私の魚のレパートリーはあまり多くない。焼き魚に煮つけ、あとは刺身に寿司……醤油か味噌がないと和食っぽさが出ないものばかりだ。

昆布出汁のおすましに、白身魚を具として入れるとか……駄目だ、シンプルすぎてインパクトに欠ける。

うんうんうなりながら辺りの店を眺めていると、あるものに目が留まった。それを見てすぐに、とある料理を思い出す。

私も大好きなあの料理はとても変わっていて、刺激的だ。焼きイカに挑んだディオンなら、あれも食べられるかもしれない。でもきっと、ディオンがあれを受け入れるまでに、大いに葛藤（かっとう）することになるだろう。ちょうど、焼きイカを初めて見た時のように。

けれどもしあの料理が、ディオンの口に合ったなら。美味を求める彼の思いが、恐怖や嫌悪感に打ち勝ったなら。

その時は、私はこの胸の中に芽生えている親近感のようなものに向き合ってもいいのかもしれない。彼を敬遠するのではなく、料理を愛する仲間のようなものとして認めてもいいのかもしれない。

そう、思った。あれが食べられるのなら、たいがいの和食は食べられるだろうし。

ゆっくりと深呼吸して、ディオンに向き直る。静かな声で、おごそかに告げた。

「……新鮮な魚を使った珍しい料理に、一つ心当たりがあります。ですが……」

私の真剣な様子に、ディオンも何かを感じ取ったのだろう。きりりと顔を引き締めて、私の話を聞いている。

「ただその料理は、あなたには少々……いえ、かなり受け入れがたいものになるかもしれません。それでも、食べにこられますか？　その、覚悟はありますか？」

ディオンは目をわずかに見張って、一瞬たじろいだ。しかし彼は、すぐに胸を張って言い切った。

「ああ、もちろんだ」

彼の目はどことなく不安げに揺らいでいたけれど、ひとまずそれは気にせずにうなずき返した。

それからもう一度市場を回り、必要なものをさらに買い集めていく。そうして一通りの買い物を終えた私は、またディオンの馬車に乗せてもらって帰路についた。

行きの気まずい空気はかなり薄れ、私たちはぎこちないながらも会話を交わすことができていた。といっても、話題はさっきの買い物や、料理のことばかりだったけれど。主従らしくないなとは思ったけれど、案外楽しかった。

そうして屋敷に戻ると、それではまた夜に、と言ってディオンと別れる。そのまま、いったん自室に引っ込んだ。

今のうちに下準備をしておきたいけれど、この時間の厨房では料理長たちが忙しくしている。絶対に邪魔をしてはいけない。

最近しょっちゅう厨房でごそごそしているせいか、料理長が私に向ける視線が少しずつ険しくなってきているのだ。厨房出入り禁止を言い渡されては困るので、できる限り作業は自室で済ませることにする。

器を二つ用意して、水を張った。その片方には小さく切った昆布を、別の器には頭とわたを取った煮干しを数匹入れる。

要するに、念願の出汁を取っているのだ。鰹節があったらなあと思わずにはいられないけれど、昆布と煮干しが手に入っただけでも大きく進展したのだし、贅沢は言わないでおこう。

それから買ってきたものを整理したり、これらの食材で作れそうな料理を考えたりしながらのんびりと過ごした。みなが夕食を済ませて自室に戻り、屋敷が、というより厨房が静かになった頃。出汁の入った器を両手に持ち、食材の入ったリュックをしょって、忍び足で厨房に向かう。そうしたら、なんとディオンが既にそこで待ち構えていた。

びっくりして器を取り落としそうになったけれど、ぎりぎり持ちこたえる。ふう、危なかった。

「どうせなら、作っているところが見たい。邪魔はしないと約束する」

そんなものを見ていて楽しいのかなと首をかしげつつ、二人一緒に厨房に入った。それから、てきぱきと準備を進めていく。ディオンがいてもいなくても、私のやることは同じだ。そう、料理。まずは出汁を合わせて鍋に入れて、軽く煮立たせる。沸騰する前に昆布を取り出して、薄切りにしたシイタケを放り込んだ。こちらはお吸い物になる予定だ。

鍋を火にかけている間に、大きなカツオの切り身に鉄串を数本、平行に刺す。初めての作業だということもあって、少し不格好になったけれど気にしない。

さらに別のかまどにわらを入れて火をつける。たちまち、大きな炎がふわりと広がった。こんな風にかまどを扱っても構わないということは、イネスに確認済みだ。……料理長に聞いたら怒られそうな気がしたので、彼女に聞いたのだ。

しかしそれを見て、ディオンが血相を変えた。

「おい、火が上がっているぞ！」

「大丈夫です。わらはすぐに燃え尽きますし、かまどの周囲は特に熱に強いレンガでできていますから。フライパンで焼いてもいいのですけれど、やはり直火（じかび）で焼いたほうがおいしいので」

そう答えながら、カツオを炎にさっと突っ込む。表面だけに焼き目をつけるのが正式なやり方だけど、今回は気持ち長めに火を通した。後は冷めるまで待ってから、薄切りにすればいい。

次は、薬味の準備だ。タマネギをスライスして水にさらす。ニンニクとネギ、それにショウガをとにかく刻んで刻んで刻みまくる。薬味はどっさり添えるのが私の好みだ。

刻み終えた薬味はひとまず横に置いておいて、さらに鍋で煮えている出汁を少しだけ取り分ける。今度は、これを使ってタレを作るのだ。

取り分けた出汁を小さいフライパンで煮つめ、塩コショウで味を調える。小さなボウルに移して粗熱(あらねつ)を取り、レモンをたっぷりと絞って加えれば塩レモンダレの完成だ。本当ならここに醤油を入れたいのだけれど、ないものは仕方がない。それに、塩レモンダレもそれはそれでおいしいとは思う。味気ない分は、きっと薬味が補ってくれるだろう。

「……ずっと見ていても、何がどうなるのか見当もつかないな」

「だいたいの作業は終わりました。もうすぐですよ」

厨房の隅でそわそわしながら首をかしげているディオンに、そう答える。空腹の子供に食事を作ってやる母親の気持ちが分かったような気がした。

さあ、いよいよ盛りつけだ。大きな皿に薬味を敷いて、薄く切ったカツオを並べる。さらに上からも薬味をたっぷりとのせた。それから小皿を二つ用意して、それぞれにタレを入れる。

シイタケ入り出汁の味を塩で整えて煮干しを取り除き、出汁とシイタケをスープ皿によそう。仕上げに、イタリアンパセリを数本浮かべた。三つ葉の代わりだ。

そうしてできあがった料理を、座っているディオンの前に置く。そしてその向かいの席に、自分の分を。

「ディオン様、できましたよ。カツオのたたきとシイタケのお吸い物です」

「また、聞いたことのない名前の料理だな。ところでこの魚……中央が生のままのようだが……生の魚を食して、体など壊しはしないのか……？」

貴族は生魚を食べる風習がない。私もこの十六年、食べたことがない。というか、見たことすらない。だからディオンにとって、これは間違いなく珍しい料理だ。

ただ、一応彼にも配慮してはいる。本来のカツオのたたきはさっと表面だけをあぶるから、八割がた生だ。でもこれは少し長めに火を通してあるから、生なのは中心だけだ。

「昼間、メーアの人たちが生魚を食べているのを見ましたよ。このカツオも生で食べられるものだと、店主はそう言っていました」

メーアの市場では、白身魚の薄切りに塩と油とハーブとレモン汁をかけた、カルパッチョのような料理を売っている店が何軒もあったし、刺身に塩をつけて豪快に頬張っている漁師らしき人たちもいた。おいしそうだったなあ、あれ。

貴族はともかく、平民、それも海の近くの民は普通に生魚を食べているらしい。ディオンはそのことに気づかなかったのだろうか。それとも、彼らが食べていたあれが魚だとは思わなかったのだろうか。たぶん後者だな。

「ともかく、お吸い物が冷めてしまう前にいただきましょう」

呆然としているディオンに、早く食べてくれと目でうながす。

私は使用人なので、彼が口をつけてからでないと食べられない。おいしそうな料理を目の前にしてお預けは辛い。メインディッシュは冷めたり伸びたりしないのが救いだ。

ディオンは目の前の料理をじっと見つめていたが、やがて顔を上げて気まずそうに言った。

「その……お前が先に食べてくれ。大丈夫なのだろうと、頭では理解しているのだが……」

焼きイカには果敢に挑戦した彼も、生魚にはかなり抵抗があるらしい。恥じらうように視線をそらしている。

わあい、だったら遠慮なくお先に食べようっと。正直、一刻も早く食べたくてたまらなかったし。昼間みたいに、目の前でおいしそうに食べてみせれば、彼もつられるかもしれないし。

小さく息を吐いて、カツオのたたきに向き直る。その一切れにたっぷりと薬味をのせて、小皿のタレにどぼんとつける。大きく口を開けて、一気に頬張った。

カツオの外側はほんのりと焦げて香ばしく、内側にはたっぷりの脂。長めに火を通したおかげで余計な脂が落ちて、思ったよりもさっぱりしている。さらに薬味がつんとよく効いているので、生臭さはほとんど感じない。実はカツオを直火で焼いたのは初めてだけど、うまくいった。

塩レモン味のタレも、意外といける。醤油のようなコクはないけれど、さっぱり感はこちらのほうがずっと上だ。

「……おいしい……これ絶対、お米に合う……」

感動に打ち震えながら、小声でそんなことをつぶやいた。あくまでもこれは夜食だ。ご飯までつけたら、さすがにカロリーオーバーだ。先日のラーメンの時はかなりやらかしたけれど、毎回毎回あんなに爆食する訳にはいかない。

だから今夜はご飯を炊かなかったのだけれど、少しだけ炊いても良かったかもしれない。そんな後悔も、カツオのおいしさの前には長く続かなかった。幸せだなあと思いながらお吸い物を一口飲んで、またカツオを頬張る。

その時、向かいのディオンが動いた。恐ろしくのろのろとした動きでフォークを手にする。それはもうゆっくりと、カツオの小ぶりの一切れに薬味をのせ始めた。気のせいか、ちょっぴり手が震えているような。

食事の手を止めて、ディオンの様子をじっと見守る。彼は私のほうを見ることなく、カツオと薬味をタレにつけ、口に運んだ。無表情のまま、そろそろと咀嚼して、飲み込んだ。

「…………美味、だ。……たぶん」

そう言った彼は、何とも複雑な顔をしていた。生魚を食べたことによる戸惑いと、カツオのたたきがおいしかったという喜び。その二つの感情の間で、激しく反復横跳びをしているように見える。

やっぱり、これを勧めたのはちょっと無理があったかな。そう思っていると、彼はまた手を動かして二切れ目を口にした。やがて、その口元に小さな笑みが浮かんでくる。

「……まさか、生の魚を食べることになろうとはな」

「やはり、抵抗がありました……よね」

「まあな。だがお前には、感謝している。お前は今までにも変わった料理を食べさせてくれたが、これはとびきりだ。また一つ、新しい味に出会うことができた」

ディオンは素直に礼の言葉を口にしている。いつもの偉そうな態度は、すっかり鳴りをひそめていた。

彼は昼間も、焼きイカを食べて子供のように笑っていた。そうして今、生の魚をおいしそうに食べている。こんな貴族、彼の他に知らない。やっぱり彼は、普通の貴族とは違う。
昼間に感じた親近感のようなものが、ちょっぴり育っていくのを感じていた。

《幕間2》ディオンは一日を振り返る

夜食を食べ終えたディオンは、すっかり静まり返った屋敷の廊下を一人歩いていた。背後からは、アンヌマリーが厨房で片付けをしている音がまだかすかに聞こえている。

「……今日は、とんでもない一日になったな」

ディオンは少し疲れたような、それでいてとても満足げな顔をしていた。

先日彼は、アンヌマリーが次の休みにメーアに向かうつもりだということを知った。あそこでは、たくさんの海産物が取引されている。きっと彼女は、それらを使ってまた面白い料理を作るつもりなのだろう。そう思ったら、彼は居ても立ってもいられなくなってしまった。

アンヌマリーの料理は面白い。ふっくらとしたおにぎり。スープパスタに似ているが、まるで違うラーメン。それらを思い出すだけで、ディオンは胸が浮き立つのを感じていた。

彼女はメーアで、いったいどんな食材を選ぶのだろう。彼はそんなことが気になって気になって、仕方がなかったのだ。

だから彼はイネスに頼んで、こっそりとアンヌマリーの休みの日を調べた。そうして今朝、彼は朝一番に馬車を準備し、アンヌマリーが出てくるのを待っていた。彼女は元貴族なのだし、メーアまでの道のりを歩いていくのは大変だろう、きっと馬車は喜ばれるだろうと、そう思っていたのだ。

しかしここで、彼は大いに戸惑うことになった。彼女は喜ぶどころか、気乗りがしないという態度を見せていたのだ。それはディオンにとって、まったく予想外の反応だった。

どうしても彼女が買い物をするところが見たかったディオンは、どうにかなだめすかして彼女を馬車に乗せることに成功した。

そうして彼は、彼女の新たな姿を見ることになった。焼きイカを子供のように無邪気(むじゃき)な顔で嬉しそうにかじっていた彼女。あんな風に笑う令嬢を、彼は他に知らなかった。

アンヌマリーが自分について、同じように称していたことを彼は知らない。アンヌマリーも、彼が自分についてこんなことを考えているとは知らない。

そしてディオンは、彼女のもう一つの記憶のことを知らない。けれどそんな彼も、彼女がただの元令嬢ではないということを薄々察し始めていた。何せ彼女ときたら、覚悟はいいですか、などと言いながら生の魚を出してきたのだから。

令嬢にありがちな弱々しさはみじんもなく、明るくさっぱりとしたアンヌマリーに、ディオンは戸惑いつつもどことなく惹(ひ)かれるものを感じていた。

廊下を歩く彼の顔に、とろけるような笑みが浮かぶ。年頃の女性であれば一瞬で恋に落ちてもおかしくなさそうな、そんな笑みだった。

ディオンは足を止め、振り返る。もう厨房からはかなり離れていて、物音は聞こえない。

彼女の作る料理に興味があるのか。それとも、アンヌマリー自身に興味があるのか。そのどちらの思いがより強いのか、ディオンは分かっていなかった。ただ自分はこれからも夜の厨房に足を運ぶのだろうなと、彼はそう確信していた。

今日は何を作ろうかな。休日の午後、自室でのんびりとそんなことを考えていたその時、ふとあることを思い出した。

そろそろコウジを作り直そうと、そう考えていたのを忘れていた。なにぶんこの辺りには冷蔵庫なんてないし、コウジは生き物だ。そのまま常温で放置していたら、増えすぎてしまうか傷んでしまうか、どちらにせよあまりよくないことになりそうな気がする。

だから、時々コウジを作り直すことにしたのだ。古いコウジを少々すくい取って、それを蒸した米の上に置き、温めて培養する。要するに、植物の株分けとか挿し木とかと同じようなものだ。

そんなことを考えつつ厨房に行き、新しくコウジを仕込み直す。これから気温が下がっていくし、春先まで放っておいても大丈夫だろう。そうしてほっと一息ついたところで、残った古いコウジが目についた。

これ、どうしようかな。一部は作り直しに失敗した時のためにとっておくとしても、半分くらいは処分しなくては。捨てるか、何かに使うか。さもないと、部屋がコウジの箱で埋まる。

コウジとにらめっこしながら、考えを巡らせる。これだけコウジがあれば、醤油を仕込んでみてもいいかもしれない。けれど、中々踏ん切りがつかなかった。

醤油は味噌よりも熟成に時間と手間がかかる。つまり、失敗した時の精神的ダメージが大きい。

あと、失敗したものの処分も大変だ。下水道も下水処理場もないここで、大量の腐った塩水を処分するのはかなり面倒だ。適当に捨てると、植物を枯らしたり地下水を汚染したりするかもしれないし。味噌なら、最悪失敗したとしても燃やせば済むけれど。

だからせめて、味噌がきちんと完成したのを確認してから醤油を仕込もうと考えていた。味噌を成功させられれば、それの応用で醤油もいけるはずだし。

「古いコウジがどれくらいもつのか分からないけれど……できれば、早いところ使い切ってしまいたいところよね。……あ、そうだ」

ぽんと手を合わせて、そのまま屋敷を飛び出す。しばらくして、一抱えもある袋を手にして厨房に戻ってきた。

「ちょうど精米しているところに行き合えるなんて、ラッキーだったわ」

この袋の中には、米ぬかがみっしりと詰まっている。以前、コウジのもとになる黒い稲穂を摘み取らせてもらったあの田んぼ、その持ち主のところにひとっ走り行ってきたのだ。

「ただでたくさん譲ってもらえてよかったわ。これだけあれば、ちょっとくらい失敗しても大丈夫だし」

うきうきとそうつぶやいて、ふっと目を伏せる。田んぼの持ち主とのさっきのやり取りを思い出したら、思わず苦笑が浮かんだ。

「……『そんなもの持っていってどうするんだ、豚の餌（えさ）くらいしか使い道がないだろう』って言われた時は、ちょっと複雑だったけれどね……私、絶対おかしなメイドとして顔を覚えられてしまったと思う……噂にならないといいんだけど」

この辺の人たちにとっては豚の餌でしかなくても、私にとっては大切な食材、というか料理の材料なのだ。文化の違いをひしひしと感じながら、作業に取り掛かることにする。

「さあ、そんなことよりさっさとぬか床を作ってしまいましょうか。あれがあれば、おいしいお漬物が毎日でも食べられるし。浅漬けもいいけれど、どうしても味や材料が単調になりがちなのよね。その点ぬか漬けなら、材料や漬け時間を変えれば色んな味が楽しめるし」

ぬかに色んなものを混ぜて熟成させ、ぬか床を作る。あとはとにかく何でも、お好みのものを漬けまくればいい。野菜ならだいたい何を漬けてもおいしいし、ゆで卵やチーズなんかもいけるらしい。難点は、ついうっかり漬けすぎてしまって食べるのが追いつかなくなることだったりする。食べるのは私一人だけなのだし、気をつけないと。

「塩水とぬかを合わせてよく混ぜて、コウジを加えて陶器のかめに入れる。昆布も追加して、さらに混ぜる。混ぜ終わったら、野菜の端っこを漬け込んで蓋をする。よし、できた」

数日経ったら野菜の端っこを取り出して、また新たに野菜の端っこを漬けてやる。何回か繰り返せば材料がなじんで、ぬか床ができあがるはずだ。

コウジは入れても入れなくてもいいけれど、入れたほうがよりぬか漬けのうまみが増すと聞いたような気がする。ともかくこれで、余っていたコウジは消費できた。

使った道具を片付けて自室に戻ろうとした時、料理長の低い声が背後から聞こえてきた。

「おい、アンヌマリー。それは本当に食い物なんだろうな？　ぬかだの野菜くずだの、妙なものばかり使って……」

振り返ると、ごつい顔をさらに険しくした料理長が立っていた。あ、ちょっとまずいかも。そう思ったけれど、ひとまず涼しい顔をして答える。

「ええ。これ自体は食べられませんが、ええと……ピクルスの漬け液みたいなものになる予定です」

そう説明したけれど、料理長は少しも信じていないような目でこちらを見るだけだった。

ごまかすように微笑んで優雅に礼をし、その場を逃げるように立ち去った。ぬか床が詰まったかめを、しっかりと抱えたまま。


それから毎日、深夜にこっそりと野菜の端っこを出しては新たに漬け直しを繰り返した。新しい料理に目がないディオンに見つかったら面倒なことになりそうだし、料理長に見つかるともっと面倒なことになりそうだったので、誰にも見つからないようにこっそりと。

そうして一週間後、お休みの日。育成中のぬか床に新しく野菜の端っこを漬け直そうと、かめを抱えて昼の厨房に入る。

ディオンに隠れて作業するなら、昼間のほうが楽だ。ディオンは夜の厨房には高確率で現れるけれど、昼間はまず来ないからだ。それにこの時間なら、料理長たちも昼食後の休憩に入っている。なのでしばらく、ここには誰もこない。

さて、ぬか床の状態はどうかな。作業台の隅っこにかめを置いて、蓋を開ける。ふわんと漂う、なじみ深い独特な匂い。おばあちゃんちの台所の匂いを思い出させる、食欲よりも懐かしさをかきたてる匂いだ。

「あ、やった。成功っぽい」

次の瞬間、料理長の怒号が飛んできた。

「やっぱりあんただったか、アンヌマリー！　嫌な予感がして後をつけてみれば……」

ごつい顔いっぱいに怒りを浮かべて、かすかに震える声で料理長がつぶやく。

「……最近、早朝の厨房で妙な臭いがすると思ってたんだ……あんたが作ってたそいつが原因だったか」

うわ、料理長って鼻が利くんだなあ。そう思いつつ、あわててかめの蓋を閉める。

料理長はつかつかと歩み寄ってくると、すぐ目の前で仁王（におう）立ちになった。ちらりとかめに目をやって、腹の底から声を張り上げた。

「そんな臭いものを、俺の仕事場に持ち込むんじゃねえ！　俺の料理に、おかしな臭いが移っちまうだろうが‼」

彼の顔は真っ赤だ。その大きな声は廊下にまで響いていたらしく、通りすがりのメイドや使用人たちが厨房の入り口からのぞいていた。みんな、何事かという顔をしている。

「もう我慢ならねえ。アンヌマリー、これ以上あんたを放っておいたら何をするか分からん。このままだといつか、厨房がめちゃくちゃになっちまう！　出入り禁止だ！　出ていけ！」

そんな怒鳴り声に追いやられるように、かめを抱えて厨房から飛び出す。廊下をしばらく走って、ため息をついた。

どうしよう、厨房が使えなくなってしまった。しかし今の私に、料理をあきらめるという選択肢は存在しない。和食を再現する喜びを覚えてしまった今、もう前の私には戻れない。

水についてはは外の井戸があるから何とかなるし、食材については誰か他の人に取って来てもらえばいい。

それはそうとして、煮炊きは……野宿用の焚き火台を貸してもらうしかないかなあ。使用人が野宿をしながら遠方に出かけることもあるので、ここの倉庫には野宿用の装備がたくさんあるのだ。

そんな風にしょんぼりと、けれど前向きに考えながら外の井戸を目指す。外の井戸は屋敷の敷地の端のほうにあるので、厨房からはちょっと遠い。もう一つの井戸は厨房のすぐそばなので使えないし。

ひとまず、漬けたままになっている野菜の端っこを取り出してやらなくては。ぬか床は生き物なので、こまめにメンテナンスしてやらないといけない。考え事はその後だ。

と、後ろからぱたぱたと元気な足音が近づいてきた。その足音は私を追い越して、くるりと振り返る。クロエだ。

「ねえアンヌマリー、アナタ何したの？　料理長のものすごい叫び声が聞こえたから、様子を見にきたんだけど。……あとさ、それ何？　何か臭くない？」

ちゃんと蓋をしているというのに、どうも匂いがもれているらしい。クロエは微妙な顔で、私が抱えているかめを見つめていた。

「あっ、クロエ、ちょうどいいところに！　お願い、野菜の端っこ、少しもらってきて！」

そう頼み込むと、彼女は可愛らしい眉をきゅっと寄せた。

「え、うん。別に構わないけど、何がどうなってるのか、後でいいから説明してほしいなあ。アナタは変な噂が立っても気にしないんだろうけど、アタシは気にするもん。だって友達だし」

「ええ、必ず説明するわ。だからお願いクロエ、今はあなただけが頼りなの！」

拝まんばかりにして頼み込むと、彼女はまだ戸惑いつつもくるりときびすを返した。分かったわ、と言って立ち去る彼女の背中に、外の井戸のところで待ってるから、と声をかける。彼女は振り返ることなく、ひらひらと手を振っていた。


そうして外の井戸のそばで待っていると、すぐにクロエが駆けてきた。野菜の端っこがのせられた小ぶりのざるを手にして。

ざるを受け取ってかがみ込み、足元に置いたかめの蓋を開ける。クロエが私のすぐ隣に突っ立ったまま、鼻の頭に薄くしわを寄せた。

「あっちでだいたいの状況は聞いてきたよ。その中身が、料理長が怒った原因かあ……うん、納得」

「え、一日で納得しちゃうの⁉」

「うん。だって、どう見ても臭い土だよね、それ。裏庭の日陰の粘土でも掘ってきたの？」

「違うわよ。これ、ぬか漬けっていうの。野菜の漬物なのよ。おいしいんだから」

必死に主張しながらぬか床に手を突っ込み、漬け込まれていた野菜の端っこを取り出す。水で洗って、ぱくりと食べてみせた。

あっさりとした塩気と、深みのあるコク。軽く漬けただけなので、酸味はほとんど感じられない。とってもなじみのあるぬか漬けの味だ。ほっこりするおいしさが懐かしい。

そうしてにっこりとクロエに笑いかけたのだけれど、彼女は明らかに引いていた。一歩あとずさりして顔をしかめている。

「とりあえず、アナタがそれをおいしいって思ってるってことだけは分かった」

「分かってくれた⁉」

「うん。まかないで好物が出た時の顔してるから。アナタって、かなり顔に出るよね」

「だったらクロエも」

「遠慮しとく」

みなまで言う前に拒まれてしまった。そこまで抵抗あるのかな、ぬか漬け。確かに、ぬか床の見た目と匂いは、不慣れな人には少々インパクトが強いかも。でも、ちょっぴり残念。

ひとまず気を取り直して、作業に取り掛かる。漬けてあった野菜の端っこを取り出して洗い、クロエに持ってきてもらった野菜の端っこを新たに漬け込む、それだけだ。明日からは、普通の野菜も漬けてみよう。

そうやってせっせと動いていると、クロエがしみじみと言った。

「……アナタって、料理のことになるとすっごく真剣な顔をするよね。普段から真面目だけど、料理が関わってくると雰囲気が変わるよ」

「そう？　自分ではよく分からないけど」

「うん。実はメイドより、料理人のほうが向いてるんじゃない？」

「ふふ、無理よ。なんと言われてもこのぬか漬けをあきらめる気はないし、料理長が許すはずないもの」

「そっか、ちょっともったいない気もするけど。あ、料理長で思い出した。伝言があったんだった」

そうしてクロエは、伝言とやらを話し出した。それも、料理長の口調と表情をそっくりまねて。

『厨房には基本的に出入り禁止だが、俺たちが引き払った後の夜間なら、まあ使っても構わない。ただし、使った後は念入りに掃除すること、それとあの臭いかめとその中身は絶対に、絶対に持ち込むなよ！』

クロエの見事な演技に笑いながらも、その内容に胸がいっぱいになる。頑固そうで料理のこととなると絶対に折れなさそうな料理長が、そんな風に譲歩してくれたなんて。

「……今度、お礼を言っておかないとね」

「そだね、そのほうがいいと思うよ。料理長、顔は怖いけどいい人だから。顔は怖いけど」

そんなことを話していると、別のメイドが近づいてきた。手には水桶を提げている。彼女は手際よく井戸で水を汲むと、何も言わずに立ち去ろうとする。しかし彼女はふと立ち止まり、鼻をふんと鳴らしてこちらを見すえた。

「……なあに、この変な臭い？　まさか、そのかめ？」

彼女は私が抱えているぬか床のかめと、いい感じに漬かった野菜の端っこがのっているざるを見て、大げさに顔をゆがめた。単に臭いが嫌だからというよりも、もっとこう、私のことを軽蔑しているような、そんな顔だ。

「まあ嫌だ。元令嬢って、そんな臭いものを持ち歩くの？　変な習慣ね。私は平民だから、理解できないわ」

これはその、と答えようとしたものの、彼女はそれを聞くことなくさっさと立ち去ってしまった。しばらくぽかんとして、それからつぶやく。

「……何だったのかしら、今の」

たぶん嫌味だとは思うけれど、何だってまた、出合い頭にそんなことを言われなくちゃいけないのか。臭いと言って嫌がられるまではまあ分かる。けれどそこに、令嬢とか平民とか、そんなことをからめて悪口を言われるとは思いもしなかった。

首をかしげている私に、クロエがそっと耳打ちしてくる。ちょっとおかしそうな声だ。

「……前に、玉の輿狙いのメイドがいるって言ったの覚えてる？　彼女もその一人。つまりね、彼女はディオン様狙いだったりするんだよね。あ、これ内緒にしててね」

その言葉に思わず目を真ん丸にしながら、クロエのほうを見た。言われてみれば、彼は未来の伯爵だし、見た目も良い。性格もまあ悪くはない。玉の輿狙いなら、いい相手かもしれない。

でもどうしても、ディオンと玉の輿という単語とがうまく結びつかなかった。珍しい食べ物が好きな腹ぺこ青年という印象が強すぎて、彼が恋愛するとか結婚するとか、そういったイメージがさっぱりわかなかったのだ。

クロエはさらに声をひそめて、周囲を気にしながらささやきかけてくる。

「ディオン様はあの子のこと、まったく相手にしてなかったけどね。メイドの一人として、ごく普通に接してたよ。ところがそのディオン様が、最近アナタにずいぶんと目をかけてる、というか気にしてるみたいだし？　だから彼女、アナタのことが気に食わないんだと思う」

「確かに、こないだ供を命じられたけれど、あれはたまたま私が休みだったからだし……玉の輿とか、そういう感じじゃないのだけどね。ディオン様からしたら、私もただのメイドよ」

私と彼は、おいしいものを求める仲間のようなものなのだ。変に勘違いされてしまったら大変だ。私は別にどうでもいいけれど、きっと彼は困る。

「ただのメイド、かあ……うーん、アタシの意見はちょっと違うけど……まいっか。だったら、変な勘違いされないようにもっともっと気をつけたほうがいいと思うよ」

「ありがとう、クロエ。そうするわ。本当に、いつもあなたには助けられてばかりで……何か、お礼しなくちゃね」

「アタシたち友達だし、助け合うのは当然だもん。お礼なんて別にいいよ」

「私があなたに、感謝の思いを伝えたいの。そうだ、ちょっと変わった髪の編み込み方を知っているのだけれど、今度教えましょうか？」

「わあ、それ素敵！　うん、教えて！」

そうして二人、井戸のそばで笑い合った。ここには私を嫌っている人もいるし、うまくいかないこともある。でも、友達がいてくれれば大丈夫だ。そんな思いが、胸には満ちていた。

そんなこんなで、私はしばらくおとなしくしていることにした。休みの日の昼間にすることがなくなったのは痛いけれど、今まで通りに夜食を作ることだけでも許してもらえてよかった。最悪、屋敷の外でキャンプ料理かなあと、そんな覚悟を決めかけていたのだし。

ちなみに料理長には、もめたその日のうちに謝罪しにいった。もちろん、ぬか床のかめは部屋に置いて。料理長も頭が冷えたのか、黙り込みつつも私の謝罪と感謝の言葉を受け取ってくれた。

夜食もしばらくは、奇抜な匂いのしない地味なものにした。変わったものに挑戦するのではなく、昆布と煮干しのお出汁をメインとした煮物や汁物を中心にしたのだ。それでも私は十分に和食への飢えを満たすことができていたし、ディオンも満足しているようだった。

しかしぬか床をあきらめる気もさらさらなかった。なので私は毎晩、右手にランタン、左手にぬか床のかめを抱えて外の井戸に行き、ランタンの明かりだけを頼りにぬか床をかき回していた。うん、ちょっとホラーだ。周囲に町も村もない屋敷だからいいようなものの、町中でこれをやったら都市伝説になっていたかもしれない。妖怪漬物女とか、そんな感じの。

昼間は、前にもまして仕事を頑張っていた。洗濯もそれなりにはこなせるようになってきたし、掃除をしていると頭もすっきりする。ひとまず、元の平和が戻ってきていた。

そうして今日も、モップを手にせっせと廊下の床を磨いていた。ぴかぴかになった石の床はとても美しい。この廊下は、客人がまず通らない奥まったところにあるから、そこまで気合を入れて磨かなくてもいい。でもやっぱり、きれいなほうが気持ちがいい。

ところがそこに、ふらりとディオンがやってきた。妙に足取りが重い。

「おい、アンヌマリー。今から何か、変わったものを食べさせてくれ。小腹が空いた」

彼は今まで、私が食べているもののおすそ分けをねだってくることはあった。でもこんな風に、食事を作ってくれと正面切って頼まれたのは初めてかもしれない。

不思議なこともあるものだと小首をかしげながら、ディオンを見る。

いつになく疲れているようだし、顔色が悪い。しかも目に力がない。というか、焦点が合っていない。淡い金色の髪はどことなく乱れているし、いつもはこざっぱりとした服にもところどころしわが寄っている。明らかに疲労困憊(こんぱい)している。何があったのだろう。

「……あの、体調でも悪いのでしょうか？　でしたら料理長にお粥(かゆ)か何か、作ってもらっては……」

心配になりながらそう問いかけると、彼はいつになくぶっきらぼうに首を横に振った。

「どこも悪くはない。ただ……少し、疲れただけだ」

いつも生き生きとしている紫の目は、どことなく苦しげでくすんだ色をしていた。ただ疲れているだけではなく、何かちょっぴり辛いことがあったような雰囲気だ。大丈夫かな。

彼は視線を落としたまま、ぼそぼそとつぶやくように話している。

「少し、ではないな。かなり疲れた。だからお前の変わった料理が食べたい。一人で食べるのも味気ないから、二人分作ってお前も同席してくれ。いつもの夜食の時のように」

だから、の使い方がおかしい気はするけれど、そこまで言われては断れない。ただ、私にはすぐにうなずけない事情がある。

「……見ての通り、私は今仕事中です。ただそれは、イネスさんに事情を説明すればどうにかできるでしょう。しかしもう一つ、問題があって」

「問題だと？」

「はい。……今まで黙っていましたけれど、私は夕食後まで厨房への立ち入りを禁止されていまして……」

ためらいつつもそう打ち明けると、ディオンはちょっぴりクマの浮いた目を見開いた。

「どうして、そんなことに？」

「……私が厨房に持ち込んだ料理、というか食材の匂いが、料理長には耐え難いものだったようで」

素直にそう答えると、ディオンはさらに目を丸くした。それからぷっと吹き出して、肩を震わせている。笑いをこらえているようだ。気のせいか、彼は少し元気が出てきたようだ。

「まったく、どんな匂いだったのだ……しかし確かに、お前の料理は変わっているからな。そういうこともあるかもしれない」

ひとしきり震えて、ディオンは顔を上げる。そこには、とてもおかしそうな苦笑が浮かんでいた。その目は、またいつものようにきらきらと輝き始めている。

「よし、料理長の説得は私に任せろ。お前はイネスにかけあって、時間を空けてこい。厨房で待っている」

そう言い残すやいなや、ディオンはきびきびとした動きで立ち去っていく。さっきまで疲れ果てた様子だったのが、嘘のようだ。

少しの間ぽかんとしてから、モップを手にイネスのもとに向かう。本当にディオンは食いしん坊なのだなあと、ちょっぴり苦笑しつつ。

仕事を離れることについてイネスの許可を取ってから、おそるおそる厨房をのぞく。わくわくした顔のディオンと、仏頂面の料理長、そしておろおろしている料理人たちがそこにはいた。

「どうした、アンヌマリー。そんなところで突っ立っていないで、早く入ってこい」

ディオンが朗らかに呼びかけてくる。料理長たちは無言で、昼食後の片付けをしていた。料理長は私のほうを見ようともしない。かなり怒っているように思える。

「は、はい……。あの、失礼します……」

料理長のほうにぺこりと頭を下げて、申し訳なさを精いっぱい表現しながら厨房に入る。そのまままそそくさと食料庫に足を踏み入れ、辺りをぐるりと見渡した。気分を切り替えて、まずは何を作るか考えなくては。

「ところでディオン様、昼食が終わってからあまり経っていませんが、もう小腹が空かれたんですか?」

苦笑しながら何気なくそう尋ねると、ディオンは一瞬暗い顔をして、それから何事もなかったかのように答えた。

「……少々事情があって、軽いものにしてもらったのだ。だがそのせいで、今頃になって空腹を覚えてしまった」

なるほど、そういうことか。けれど夕食に響いてもいけないし、小腹を満たすくらいの軽いものにしよう。ちょっとつまめるものがいいかな。ディオンは疲れていたみたいだし、元気の出そうなものがいいかも。

そしてもちろん、変わったものにしなくては。ディオンがわざわざ私を指名したということは、普通ではない料理を食べたいのだろう。その期待には応えたい。

ちょっと難しいかもしれないけれど、試してみたいメニューがある。あれならきっと、ディオンも驚くだろう。いつもの深夜クッキングよりもたっぷりと時間を取れるし、それに物音も気にしなくていい。

という訳で、これから餃子に挑戦してみようと思う。お腹が空いているならたくさん、食欲がないなら少しだけ食べればいいいし、肉と野菜たっぷりで栄養もある。

食料庫を歩いて、豚肉を一塊、葉のついた小さなカブ、ニンニクの小さなひとかけら、それと小麦粉の袋を手に厨房に戻る。それからいったん自室に戻って、こないだメーアで買ったホタテの貝柱とエビの干物を持ってきた。

「お前はこれで、何を作るつもりなのだ？」

「餃子と言って、肉団子を皮で包んで焼いた料理です」

材料をじっと見つめているディオンにそう答え、手早く作業に取り掛かる。

小麦粉に湯と塩を加えて、よくこねる。水でこねるのと、熱湯でこねるのとで食感が変わったような気がするので、間を取ってちょっと熱めの湯を使ってみた。

生地を両手でこねて、作業台に力いっぱい叩きつけて。じきに、もっちりした塊ができあがった。

こちらは、ひとまず寝かせておく。どれくらい寝かせればいいのか分からないけれど、とにかく生地というものは寝かせておけば何とかなると思う。理屈は知らないけれど。

生地を寝かせている間に。餃子の具を作る。まずは、包丁で肉を叩きまくってミンチにする。豪快に音を立てながらミンチを作るのはちょっと楽しかった。普段はスーパーでミンチ肉を買っていたので、実はミンチ作りは初めての体験だ。

それからカブをさっとゆでて適当に刻み、絞って水気を切る。白菜が一番ベーシックではあるけれど、まだこの季節だと手に入りにくい。カブを使うと少々柔らかめの餃子になるかもしれないけれど、それもまたおいしそうだ。消化にも良さそうだし。

ミンチ肉とカブ、それに細かく刻んだニンニクを合わせてしっかりと混ぜ合わせる。ここまではまあまあ順調だった。問題はこの次、味付けだ。

いつものことながら、醤油もオイスターソースも、あと鶏ガラスープの素もない。ないない尽くしだ。仕方がないので、塩コショウで味をつけた。

でもこれだけだとうまみが足りないような気がするので、水で戻しておいたホタテとエビの干物を細かく刻んで加えてみる。ちょっぴり海鮮の風味が強くなるかも。……だんだん、食べ慣れた餃子とは違う方向に向かっているような。

「アンヌマリー、こちらのパン生地のようなものは放っておいていいのか？」

「そうですね、そろそろそちらにも手を加えようと思います」

興味津々(しんしん)のディオンが見守る中、生地をつついてみる。もちもちしてなめらかだ。たぶんそろそろいいだろう。

寝かせておいた生地を細長く伸ばして、適当な大きさに切る。それをさらに丸めて麺棒で伸ばして、手のひらに収まるくらいの小さな丸い皮を作っていく。今日は数が少なめだからいいけれど、餃子の皮づくりって結構面倒くさい作業かも。いつもはスーパーで買ってたから、気にしたこともなかった。

「……思っていたのと形が違うな。ここからどうなるのだろう」

「ここからが、この料理の一番変わっているところですよ」

積み重なった皮の山を見ながら首をかしげているディオンにそう答えて、皮を一枚手に取る。スプーンで具を少し取り、皮の真ん中に置く。それから皮をぱたんと半分に畳んで、ふちをひだ状に折りながら閉じていく。

「おお、見事だ。料理というより、芸術のようだな」

私の手元をじっと見ていたディオンが、心底感心したような声を上げる。離れたところで片付けを続けていた料理長と料理人たちが、その声に驚いたのか一斉にこちらを見た。

料理長は私の手の上の餃子を見て目を丸くしたが、すぐにそっぽを向いてしまった。料理人たちは手を止めたまま、こちらをじっと見ていた。料理長が目を光らせているからか近づいてはこないけれど、興味を隠せていない。

注目されている。そう気づいて、急に恥ずかしくなってきた。思えば、これだけの人数の前で料理をするのは初めてだ。そんな気持ちをごまかすように、あわててディオンに話しかける。

「そうだ、ディオン様も少しやってみませんか。結構面白いですよ」

「私にもできるだろうか？　よし、もう一度手本を見せてくれ」

とっさの思いつきにあっさりとディオンが食いついてきたことに、一瞬固まる。彼は前からずっと、私が作る変わった料理に興味を持っているようではあった。

けれど、まさかこんな作業に手を出すとは思いもしなかった。そもそも彼は、料理なんてしたことがないだろうに。……親の手伝いをしたい子供のようだなあという考えが、ものすごい勢いで頭の中を走り抜けていった。

いいのかな、こんなことさせて。戸惑いつつも、もう一つ餃子を包んでみせる。一つ一つ説明しながら、ゆっくりと。

「この皮の中心に、こちらの具をひとさじのせて……これくらいですね。そうしたらこうやって、皮のふちに水を塗って折りたたみます。こちらに、こうひだをつけて……」

そうやって説明が終わるやいなや、ディオンはいそいそと餃子の皮を手にした。意外と手つきはいいけれど、具をのせすぎてうまく閉じられなくなっている。私も子供の頃同じような失敗をしたものだ。懐かしいな。誰もが一度は通る道なのかも。

「むっ、これはなかなか……難しいな……」

「具を少し減らしてください。欲張るとうまくいきませんよ」

「なるほど、そうか……よし、どうにかなった。しかしお前は器用だな。私が一つ作る間に、三つも四つも作り上げている」

「慣れていますので。子供の頃から、よく手伝いを……」

ついうっかりそんなことを言ってしまって、焦りながら口を閉じる。違う、それは男爵令嬢だった私の思い出ではなく、もう一つの記憶、大学生の私の思い出だ。令嬢が料理の手伝いをすることなど、あり得ない。

案の定、ディオンは手を止めてけげんな目でこちらを見つめていた。あわてて言い訳を考える。

「……ああ、ええと、手芸の作業によく似ているんですよ、ええ」

とっさにごまかすと、少々納得がいかないという顔をしながらも、ディオンはまた作業に戻っていった。そういうものなのだろうか、などと小声でつぶやきつつ。

元々そこまでたくさん皮を作っていなかったこともあって、包む作業はすぐに終わった。それでも、二人でたっぷり食べてまだ余るくらいの数はある。

そして具がちょっと余った。やっぱりね、と苦笑する。餃子を作るたび、必ず皮か具のどちらかが余っていた。レシピ通りに作っても絶対に余っていた。一度くらいぴったり使い切りたいよねと思いつつ、まだ達成できていない。

まあ、余ったら余ったで活用はできる。ひとまず、残りの具を一口大に丸めて肉団子にした。

「あとは、焼けば完成です。でもその前に、ついでにスープを作ってしまいましょう」

小さな鍋に水とホタテの貝柱の干物を入れて、ことことと煮る。ホタテが柔らかくなってきたら塩で味を調え、肉団子を放り込む。肉団子に火が通ったところで、餃子に使った残りのカブの葉を入れてもう少し煮込む。

全て目分量、しかもその場での思いつき。でもちょっと味見してみたら、大変いい感じのスープになっていた。余り物クッキングは自炊生活の必須スキルだ。食費は節約できるし、ゴミも減る。

ディオンはスープができあがっていくのを、すぐ隣で見ていた。私の料理を食べている時と同じように、目をきらきらさせて。彼は食べるだけでなく、料理が作られていく過程にも興味があるのだろうか。さっきも、餃子を包むかという誘いにあっさり乗ったし。

料理長たちは片付けを終えて、夕食のメニューの打ち合わせをしている。彼らも私が何を作っているのか、気になっているのだろう。一定の距離を保ってはいるものの、時折ちらちらとこちらを見ている。

「さあ、それではいよいよ餃子を焼きますね」

フライパンに油を引いて火にかけ、ほどよく温まったところで餃子を並べる。じゅうじゅうという音を聞いていると、心が浮き立つ。おいしいものが完成に近づいている音だ。

「そして、ここで一工夫……」

餃子に火が通り始めて、いい感じにつやつやしてきた。そんな餃子が並ぶフライパンに、水溶き小麦粉をざっと流し込む。これで、羽根つきのぱりぱり餃子になる。蓋をして、しばらく蒸らしたら完成だ。羽根を壊さないように気をつけながら、皿に盛りつける。

いつもなら酢醤油にラー油で付けダレを作るところだけれど、醤油がないのでレモン汁と塩、それに粗びきコショウを混ぜてそれっぽいものを作ってみる。餃子自体にもしっかり味をつけたし、たぶんこれで何とかなるだろう。よし、これで準備完了だ。

スープ皿と餃子の皿を、ディオンと自分の前にことりと置く。それから、タレの小皿も。

「はい、お待たせしました。餃子とスープのできあがりです。そのままでも、こちらのタレをつけてもいいですよ。熱いのでお気をつけて」

「おお、これがお前の新たな料理か……！」

ディオンはしっかりとフォークをにぎりしめ、うっとりとしたため息をついている。料理長たちも全員固唾をのんで、こちらを遠巻きにじっと見つめていた。

「では、まずは一つ……そのまま食べてみようか」

銀のフォークに手作り感あふれる餃子をのせて、ディオンは優美なしぐさで口に運ぶ。

「なるほど、熱いな……が、美味だ」

餃子を一つかじったディオンが、そう言って目を細めた。料理長たちが、かすかにざわついているのが聞こえる。まるで彼らに聞かせているかのように、ディオンが目を閉じてつぶやいた。

「もっちりとした皮を噛むと、うまみのある肉汁と脂がじわりとにじみ出てきて……それでいて重たくないのは、貝の風味と野菜の水気のおかげなのだろうか。それに、この外側の薄い皮ときたら……このぱりぱりとした食感が、また心地良い……」

料理長たちが身を乗り出して、耳をそばだてている。それに気づいているのかいないのか、ディオンはもう一つ餃子をすくい上げ、今度はタレにつけてぱくりと食べた。彼は満面の笑みのまま、かすかに身を震わせている。

「ああ、レモンの風味がとてもさわやかだ……さっぱりとしていて、いくらでも食べられそうだ……。このスープも良い。餃子と似た風味ながら、口の中に残る脂を洗い落としてくれる……食べ進めるほどに、空腹が増していくようだ」

それにしてもディオン、以前より味の表現がちょっぴり増えたような。これは成長と言っていいのだろうか。

心の中でそんなことを思いながら、夜食の時と同じように彼の向かいに腰を下ろす。まずは、スープを一口。

うん、おいしい。ホタテのおかげか、それとも肉団子の風味なのか、何となく中華っぽい雰囲気のスープになってる。

よし、次は餃子だ。フォークで餃子を刺すと、じわっと肉汁がにじみ出てくる。タレにつけて、大きく口を開けてかぶりつく。

機械を使わずにミンチにしたからか肉の噛み応えが残っているし、カブを使ったからか柔らかくジューシーだ。ホタテとエビが香る海鮮風味の餃子に、レモンと塩のタレはぴったりだった。ちょっと厚めの皮も弾力性があっていい感じ。皮はもちもちで、羽根はぱりぱりだ。レシピなしのぶっつけ本番で作ったとは思えないくらいおいしい。

にっこり笑ったけれど、胸の中にはほんの少し空しさが漂っていた。おいしい。でも、これじゃないんだよね。

これを正しく表現するなら、『近所のスーパーのお総菜コーナーに並んでいる、ヘルシーさを売りにした海鮮餃子（新商品！）』といったところだろう。おいしいはおいしいんだけど、あんまりなじみがないというか。庶民的なのに、妙におしゃれぶっているというか。

私が今食べたいのは、いつも家で作っていた、半ば和食と化したおふくろの味の餃子なのだ。そしてその餃子には、醤油が欠かせない。

ディオンはこの海鮮餃子をおいしいおいしいと言いながら食べているけれど、醤油を使った餃子はもっとずっとおいしいのだ。そう思えてならないだけに、もどかしくてたまらない。

よし、こうなったら醤油を作ろう。きっとこの餃子は、いい加減覚悟を決めろという天の声に違いない。ああだこうだ言っていないでさっさと挑戦しろと、そういうことなのだろう。

そうして決意も新たに餃子を食べていると、ふと視線を感じた。料理長が、こちらにゆっくりと歩み寄っていたのだ。ごつい顔に怒りは浮かんでいないけれど、思わず背筋を伸ばしてしまうくらいに真剣な表情だった。

「……アンヌマリー。思えば、あんたがちゃんとした料理を作っているのは初めて見たな」

「あ、あの、昼間の厨房出入り禁止についてはちゃんと覚えていますので……今日は特別なんだって、分かってますから」

すぐに立ち上がり、頭を下げる。先日の私はぬか床を育てることしか頭になかったけれど、思えば料理長には結構失礼なことをしてしまった。慣れない人間にとっては、ぬか床の匂いはかなり珍妙な、凶悪な臭いに感じられるかもしれない。その可能性に、少し遅れてようやっと思い至ったのだ。

クロエや他のメイドですらあんな顔をしていたのだ。毎日様々な料理を作っていて、人一倍繊細な味覚や嗅覚を持つであろう料理長には、ぬか床の匂いは結構きつかったに違いない。

逆に考えてみればいい。和食に慣れ親しんだ私にとって、一部のチーズは臭いがきつすぎると感じる。というか和食の中でも、くさやなんかは結構すごい臭いだ。あれを持って近づかれたら、こっち来るな！　くらいは言う。

全力で恐縮しながら頭を下げていると、上のほうから困ったようなため息が聞こえてきた。

「正直、納得がいかない気持ちはまだある。この厨房は俺の職場で、俺の城だからな。料理人でもない人間に荒らされるのは許せん」

きつい言葉とは裏腹に、料理長の声音は妙に穏やかだった。あきらめているような、苦笑しているような、そんな響きがあった。

そろそろと視線を上げると、気まずそうに視線をそらしている料理長の顔が見えた。その口元が、ほんの少しだけ笑いの形にゆがんでいる。

「だが、あんたの料理は確かに変わっているし、その腕前は確かなものだ。さっきからの手際とディオン様の表情を見れば、料理を食べなくても分かる。……あんたの料理をディオン様が気にされるのも、当然なんだろうな」

「ああ、彼女の料理はとても面白いぞ。どうせならお前も、一つ食べてみるか？」

黙って様子を見ていたらしいディオンが、明るく笑いながら料理長に餃子の皿を差し出す。それから不意に真顔になって、静かに言った。

「料理長、お前に折り入って頼みがある。これからも、彼女がここに自由に出入りすることを許してやってくれ。深夜だけでは、時間のかかる料理を作ることはできない」

ディオンが、私のために頼みごとをしている。いや待て、たぶんあれは料理目当てだろう。けれどそれでも、彼が私の味方をしてくれたのが嬉しいと、そう思えた。

料理長は一瞬目を見開いたが、すぐに眉間にしわを寄せた。腕組みして考え込んで、それから手を伸ばす。ディオンが差し出したままの皿から、餃子を一つつまみ上げた。

彼は餃子をそのままぽいと口に放り込んで、豪快に噛み締めている。料理人たちが食い入るような目で見守る中、彼は無言のまま餃子を飲み込んだ。それから、また大きなため息をつく。

「……分かりましたよ。この風変わりな料理は、確かにうまいですから。彼女が昼間も厨房に立ち入ることを認めましょう。ただし！」

料理長が、声を張り上げてこちらを向いた。何となく、この後に続く言葉の想像がつく。

「あの臭いかめだけは、何があっても持ち込むなよ、アンヌマリー！」

「料理長がそこまで拒むとは、なるほどそれが出入り禁止の理由か。こうなるといよいよ、そのかめとやらが気になるな。アンヌマリー、今度実物を見せてくれ」

けろりとそんなことを言っているディオンに、さすがの料理長も調子が狂ったようだ。何とも言えない顔で天を仰いでいる。そんな料理長を見て、料理人たちがこっそりと笑いをこらえているのが見えた。

ちょっと納得のいかない仕上がりの餃子だったけれど、そのおかげでいいこともあった。また厨房にも普通に出入りできるようになったし、これからも料理に精を出そう。他の人に迷惑をかけない程度で。

そんな私の目の前で、ディオンと料理長は餃子について楽しげに語り合っていた。廊下で出会った時の疲れた様子は、もうみじんも感じられなかった。

餃子の一件を経て、いよいよ私は醤油作りに着手することにした。今まではあれこれと理由をつけて先延ばしにしていたのだけれど、もう我慢できない。

あのおいしいのに何かが違う餃子を食べてしまった今では、何が何でも醤油を作らねばと、そんな思いに駆り立てられていた。

今のところ、味噌のほうはとっても順調だ。熟成途中の味噌をちょっと味見してみたけれど、失敗している気配はない。まだまろやかさには欠けるけれど、それっぽい味になりつつある。それに、コウジを入れたぬか床もいい感じに育っている。

大丈夫。今の私なら、醤油だってきっと作れる。そう自分に言い聞かせて、いよいよ行動に移す。

ちなみにディオンは、あの後本当にぬか床のかめを見にきた。匂いをかぎたいと言ったのでかがせてやったら、微妙な顔で硬直していた。土にしか見えないし、不思議な匂いがすると言いながら。

しかし中に野菜が漬けてあることを知ったら、案の定食べたいと言い出した。仕方がないので外の井戸でぬか漬けを洗って食べさせたら、割と気に入っていた。彼のこの順応力は何なのだろう。旺盛な食欲と好奇心のなせるわざなのだろうか。

それはさておき、もう一度大学の講義、『伝統の食文化』で語られていたことを思い出してみた。醤油を作るにあたって頼れるのは、あの講義の記憶だけだ。

醤油の材料はコウジと大豆と小麦、それに塩水だったはず。小麦が入っているのは確かだ。講義でそれを聞いた時、予想外で驚いたものだ。その日下宿に戻った後すぐに台所に走り、醤油の原材料表示を確かめたのをまだ覚えている。アミノ酸がどうとかも書いてあった気がするけれど、そちらはスルーだ。

そんな思い出に浸りながら、てきぱきと作業を進める。料理長の邪魔をしないよう、昼食の片付けが終わった静かな時間を狙って。

大豆はゆでてつぶして、小麦は炒って砕く。それらとコウジを混ぜて数日寝かし、塩水と合わせたらはい終わり。ただ味噌と違って、こっちはこまめに混ぜなくてはいけないらしい。

私の部屋の片隅には、既に味噌の樽とぬか床のかめとが並んでいる。そこに、醤油の瓶が加わった。乙女の部屋というよりおばあちゃんちの台所みたいになってきたなあと思いながらも、その光景が嬉しいと思えている自分がいた。

味噌にぬか床、そして醤油。次々と仕込みは進み、全て順調なように思えた。
しかしその陰で、別の問題がひっそりと忍び寄っていたのだった。

私がこの屋敷に来てから、もう二か月以上経っていた。その間、ここの主であるサレイユ伯爵の姿を見かけることはほとんどなかった。

サレイユ伯爵はもう年ということもあってか、あまり屋敷の中をうろうろすることはない。そして彼の身の回りの世話をしているのは、イネスを始めとした熟練のメイドたちだった。

一方新人の私に振り分けられるのは、屋敷の主人や客人はあまり立ち入らない、メイドや使用人たちが主に出入りする区画の掃除なんかが多かった。だからサレイユ伯爵と顔を合わせるどころか、彼に近づくことすらなかったのだ。

そして私は、その状況をありがたいと思っていた。私には、あまりサレイユ伯爵に近づきたくない理由があったのだ。

懐かしの和食を再現するのに忙しかったせいで半ば忘れていたけれど、私は元男爵令嬢だ。ただもう一つの記憶のおかげなのか、その地位自体にさほど執着はない。

けれど、両親が頑張って手に入れた男爵家の地位と財産があまりにもあっけなく無くなってしまった、そのことは寂しかった。貴族であるサレイユ伯爵に会って話したら、失ったものを直視することになりそうな、そんな気がしていたのだ。

それを言うならディオンはどうなんだと思わなくもないけれど、彼についてはなぜか平気だった。たぶん彼が、私が再現した料理を嬉々として食べているからなのだと思う。貴族というよりも、腹ぺこ青年といった印象のほうが強いのだ。

ともかくも、これからもサレイユ伯爵とはできるだけ距離を空けていよう。そうして気楽に日々を過ごしていこう。

そう、思っていたのに。


「ほう、お前がアンヌマリーじゃな」

気持ち良く晴れた朝、庭の掃き掃除をしていると、いきなりそんな声がした。

声の主は、渡り廊下に立っていた老人だった。どことなく中年の名残を残したその老人は、やけに豪華な、というか豪華すぎて趣味の悪い服を着ていた。体格は貧相で猫背、そのくせ腹だけがどんと飛び出ている。髪はつやのない白髪で、肌にはしみが浮き出ていた。

その姿に、一度だけ遠くからちらりと見かけたサレイユ伯爵の姿を思い出す。間違いない、この老人はサレイユ伯爵その人だ。彼の私室はここから遠いのに、どうしてこんなところにいるのだろう。

不思議に思いながらも、スカートをつまんで優雅にお辞儀をする。サレイユ伯爵は、にたにたと笑いながら近づいてきた。なんというか、人間というよりも妖怪のような雰囲気だ。正直言って、かなり薄気味悪い。

彼はすぐ近くまでやってきて、私をじろじろと無遠慮に眺めている。うっわあと心の中でどん引きしながらも、礼儀正しい表情を浮かべることに集中した。

「ミルラン男爵家が取り潰されると聞いて、仕方なくお前を引き取ってやることにしたはいいものの……仕事などできぬ、助けてくれと泣きつかれてはたまらんでな、しばらく放っておいたのじゃが」

そうして彼は、しわだらけの顔に大きな笑みを浮かべた。ねちゃっとした嫌な感じの笑いに、ついこちらの顔がひきつってしまう。

「いやはや、予想外じゃ。てっきり慣れぬ暮らしに憔悴しておるかと思うたが、もうすっかりメイドらしくなってしもうたのう。ふむ、成り上がりの家の娘など、しょせんこの程度ということか。どれだけ取りつくろったところで、ものの二代もたどればただの薄汚い平民じゃからの」

出合い頭に喧嘩を売られている。そう感じたものの、さすがにこの喧嘩を買う訳にはいかない。だからぐっとこらえて、はい、そうですねとだけ答えた。

「ほう？　お前は怒らぬのか？　わしは今、お前とお前の家を侮辱したのじゃぞ？」

「……ミルランの家がもう無いことも、私たちが成り上がりであることも、事実ですから」

つとめて冷静に言葉を返すと、サレイユ伯爵はそれは嬉しそうな顔をした。

「これは面白い。か弱い小娘かと思いきや、中々に骨があるではないか。うむ、まこと面白いのう」

彼はやけに上機嫌だ。でもこれは、どちらかと言うと良くない兆候のような気がする。根拠はないけれど、さっきからやけに胸がざわわざわするのだ。もちろん、悪い意味で。

「どれ、お前の顔をもっとよく見せてくれ。平民であるお前に、拒む権利はないがの」

そんなことを言いながら、彼はさらに近づいてくる。近すぎる。でもあとずさりする訳にはいかないし。どうしよう、困った。

ここの掃除を一緒に担当しているメイドは、落ち葉を捨てにいってまだ戻ってこない。サレイユ伯爵と二人きりは嫌すぎる、お願い早く戻ってきて。

メイドの帰りをひたすらに祈っていたら、何とサレイユ伯爵はいきなり私の手を取った。しかも両手で私の手をなで回している。気持ちが悪すぎて、ぶわっと全身に鳥肌が立った。

「おう、おう、慣れぬメイドの仕事のせいで少しばかり手が荒れておるのう……じゃがそれでも、そこらの娘よりはずっと美しい手じゃ」

振り払いたい、振り払ってはいけない、でも気持ち悪い、というかこれってセクハラ、いやここにはセクハラの概念はなかったはず、でも間違いなくセクハラだと一瞬でそこまで考えた。

そしてあっという間に結論にたどり着く。もう駄目だ、振り払うしかない。私の立場的にそれはアウトかもしれないけれど、このままだと私の精神状態がアウトだ。

覚悟を決めてぐっとお腹に力を入れたその時、焦ったような声が割り込んできた。

「お館様、こちらにおられたのですね。至急目を通していただきたい書類がございますので、どうぞ執務室までお戻りください」

やってきたのは執事長だった。彼はやや細身の中年男性で、控えめながらも頼れる雰囲気の、とても感じのいい男性だ。みんなからも一目置かれていて、この屋敷の中で彼のことを悪く言う人はいない。

普段はサレイユ伯爵のそばに控えているのであまり顔を合わせることはないのだけれど、私とも時々世間話なんかをする仲だ。お父様よりもおっとりとした人なのに、彼と話しているとお父様のことを思い出す。

歩み寄ってくる執事長の姿を見るなり、サレイユ伯爵はうっとうしそうに鼻にしわを寄せた。私の手を放して、執事長に向き直る。ふう、助かった。

「ああもう、面倒じゃのう。書類なんぞ放っておいても問題ないわ、捨て置け」

「そうおっしゃられても……国に納める税に関する書類ですから、放置すれば大変なことに……」

「放っておいたところで、いずれ国の徴税人がやってくるだけじゃろう。そやつらに押しつければいいだけの話じゃ。払う金ならうなるほどあるわ。好きに持っていかせろ」

「いいえ、徴税人が出てくるようなことになれば、サレイユ家の名誉にも関わるかと……私が補佐いたしますので……どうか、署名だけでも……」

追い払うようにひらひらと手を振るサレイユ伯爵に、執事長は必死に食い下がる。ここまで困った顔の執事長は初めて見たかも。仕事とはいえ大変だなあと、同情せずにはいられなかった。

というか、国に納める税に関する書類って。領地の統治についてはざっくりとしか知らない私で

も、その書類を無視するとまずいことくらいは分かる。

「……まったく、わしは仕事なんぞしとうないというのに」

どうやらそれが、サレイユ伯爵の本音らしい。彼はすっかりふてくされた顔で、そっぽを向いている。働きたくないという気持ち自体は分からなくもないけれど、伯爵家の当主がそれでいいのか。

そんな考えをうっかり口に出さないよう気をつけながら、どうにかして気配を消そうと試みる。このままサレイユ伯爵が自室に帰ってくれればいいのにな、と祈りながら。

それからも執事長はあれこれとサレイユ伯爵に話しかけていたが、やがて説得に成功したらしい。二人そろって屋敷のほうに歩き出した。

サレイユ伯爵はこちらを見ようともしなかったけれど、執事長は去り際に私に会釈してきた。迷惑かけてすみません、と言っているような、そんな顔だった。

いいえ、ありがとうございました、とっても助かりましたという思いを込めて、ゆっくりと頭を下げる。顔を上げた時には、もう二人ともいなくなっていた。


今の騒ぎは結局なんだったのだろうとぽかんとしていると、また別のほうから声が飛んできた。

「アンヌマリー、大丈夫だったかい？　あんたがお館様にからまれてるのを見た時は、さすがに冷や汗が出たねえ」

今度はイネスが駆け寄ってきた。彼女にしては珍しく、ほんの少し取り乱している。

「あ、イネスさん。大丈夫です。少々不快な思いはしましたけど」

ついもれ出てしまった本音に、イネスはほっとしたようなため息をついて私の肩に手を置いた。

そのまま、人気のない庭の奥のほうに連れていかれる。

「ここまで来れば大丈夫かね。……実はね、お館様は若い美人に目がないんだよ。あんたは間違いなく狙われると踏んだから、仕事場所を調整してお館様と出くわさなさそうなところに配置してたのさ。でもまさか、お館様のほうから来るなんてね」

そうささやくイネスの顔には、まったく困ったもんだよと書いてあった。そんな彼女に、おそるおそる尋ねてみる。

「……あの……お館様は、その……いつもあんな感じなのですか？」

「いつもだね。あたしの知る限り、二十年以上前からああさ。可愛い子にはすぐにからんでいくから、この屋敷はメイドがあまり居着かなくってねえ。必要な人数を確保するために、給料を高めにするはめになってるんだよ。そうでもしないと、メイドのなり手が見つからないんだ」

私はまだ平民の金銭感覚をつかみ切れていない。けれど、ここの給料は多いんだろうなということは薄々察していた。前にメーアに買い物にいった時、両親からもらった金貨を一枚も使うことなく、お給料だけで欲しいものがあらかた買えてしまったのだ。

しかし裏に、そんな事情があったとは。ありがたいような、ありがたくないような。思わず考え込んでいると、イネスが屋敷のほうに目をやってつぶやいた。

「苦労してるのはメイドたちだけじゃないよ。さっきの執事長、見ただろう？　お館様が当主としての仕事をすぐに投げ出すから、そのたびに執事長がなだめすかしてるんだよ」

「ああ、あれですか……大変そうでした」

「今日はまだすんなり引いたほうだよ。ひどい時だと一時間近くごねることだってあるからねえ」

「一時間……」

そこまでごねる気力があるのなら、さっさと仕事を済ませてしまったほうがお互い楽だろうに。

そんな思いが顔に出てしまっていたらしく、イネスが小声で笑った。

「やっぱり驚くよねえ。なんでも、跡継ぎであるディオン様ですら、お館様には手を焼いておられるらしいんだ。お館様をうっかり怒らせでもしたら、手がつけられないから」

どうやらディオンも、結構苦労しているらしい。今度、ちょっと気合を入れた夜食を食べさせてあげようかな。あのサレイユ伯爵とちょくちょく顔を突き合わせるのは、それだけで結構な苦行だろうし。

そんなことを考えている私に、イネスはさらに声をひそめて言った。

「他にも、お館様の機嫌を損ねて解雇された者も数知れずさ。もしまたお館様に出くわしちまったら、気をつけるんだよ。出くわさないのが一番だけど」

屋敷の主が猛獣か何かのような扱いをされている。どうやらこの屋敷は、思っていたよりずっととんでもないところだったらしい。

これなら、無理を言ってでも両親についていったほうがよかったのかもしれないな。そう思って、ふと考え直す。こないだ両親から来た手紙によると、二人はどうにか無事に海を渡ったらしい。今は商売に向いた場所を探して、あちこち旅を続けているのだそうだ。

そんな旅をしていては、味噌や醤油を仕込むことなんてまず無理だ。そういう意味では、ここに預けられてよかったのかもしれない。

ともかくも、サレイユ伯爵には気をつけよう。これからも、おいしい和食生活を楽しんでいくために。イネスと話しながら、私は一人こっそりそんなことを決意していた。

そうしているうちに、冬になった。早起きと水仕事が辛い季節だ。エアコンと給湯器が恋しいなあと思いながら、それでもせっせと仕事をこなす。

一つ、面白いことがあった。ディオンが夜食の代金を払ってきたのだ。彼は最初、私が使っている食材が自腹なのだと気づいていなかった。たまたまお喋りの中でそのことを知った彼は、すぐさま金貨を渡してきた。今までの分の食事の代金だと言って。

ちゃんと計算した訳ではないけれど、これではもらいすぎだ。そう主張したら、ならば今後の分の先払いも含めてくれと、そう言っていた。足りなくなったらまた払うとも。

ずいぶんと律儀だなあと思いながら、金貨を受け取る。しかしそのせいで、彼はより堂々と、少しも悪びれることなく夜食を食べにくるようになってしまった。

私としても、代金を受け取ってしまった以上断り切れなくなっていた。……まあ、代金を受け取っていなかったとしても、たぶん私は彼に夜食をふるまっていたのだろうとは思うけれど。

仕方ないなと思いつつ、毎晩のようにせっせと夜食を作る。質素極まりない炒め物や煮物なんかを、彼は嬉々として食べていた。本当に変わった貴族だなあ。向かいの笑顔を見ていると、自然と笑みが浮かぶ。きっと私は、彼と同じような顔をしているんだろうなと、ふとそう思った。

「うう、今夜は冷えるわね……」

一人静かに夜の厨房に立ち、そんなことをつぶやく。

今日は一年の最後の日。大晦日だ。この辺では、大晦日の夕食後から正月の朝まではそれぞれ自室にこもり、一人でじっとしているのが一般的な過ごし方だ。この一年を振り返り、気持ちも新たに次の年を迎えるという、そんな意味がある。

しかしもう一つの記憶を持つ私には、そんな年越しはちょっと物足りなかった。家族でコタツに入ってミカンを食べて、のんびりとテレビを見て。そんな風に過ごしてみたいなと、思わずにはいられなかった。

「コタツはないし、もちろんテレビもない。ミカンっぽいものは確保したけど、それだけじゃ足りないし。もうちょっと、年越し感が欲しいところよね」

歌うようにそう言って、集めた食材や道具を作業台の上に並べる。小麦粉とそば粉、麺棒に包丁。背後のかまどには、大鍋が二つ。一つはお湯が、もう一つはお出汁が入っている。

要するに私は、年越しそばを作ろうとしていたのだった。どうせみんな部屋にこもっているのだから、ちょっとくらい音を立ててもばれないだろうし。

「小麦粉が二割、そば粉が八割……よく混ぜて、水を入れてまとめる、と」

この辺りでもそば粉は食べられている。ただし麺ではなく、ガレットというクレープのような料理として。だからそば粉を手に入れるところまでは簡単だったのだけれど、そこからはいつも通りに手探りだ。

「小さな粒状になったら、寄せ集めて一つの塊にする……これ、本当にまとまるのかしら……」

当然というか何というか、そばを打つのは初めての経験だ。前にテレビで打ち方を紹介していたのを見た覚えがある。その時のことを思い出しながら、手早く作業を進めていった。のんびりやっていたらおいしくなくなるらしい。なぜそうなるのかは忘れたけど。

「あ、何とかなりそう。良かった……」

ほっと息を吐きながら、作業台の上に粉を打つ。こねた生地を置いて、麺棒で伸ばす。

思ったよりもいい感じかもしれない。最悪、麺ではなく謎の塊をゆでて食べる覚悟はしていたけれど、何とかなりそうだ。

「また粉を打って折りたたみ、細く切る……やだ、細く切れない……太く切れて……というか、ちぎれるわ……」

最後でちょっとしくじった感じはするけれど、まあ麺と言えなくもないものができあがった。そばというよりうどんっぽいけれど。

「ま、まあちょっと長めにゆでれば大丈夫よね」

そんなことをつぶやきながら、打ったそばをお湯に放り込む。隣の鍋の出汁に塩を入れて味を調え、おつゆを作る。

「醤油がないと、どうしてもちょっと間が抜けた感じになるわね。あと鰹節があれば、完璧なんだけれど……」

ため息をつきながら、今度はフライパンで鶏肉とネギを焼いていった。個人的には海老天も捨てがたいけれど、あれだけ手間暇かかるものはやっぱりきちんと麺つゆを作れるようになってから挑戦したい。どうせなら、おいしく食べたいし。なのでまた来年、醤油ができてからチャレンジしてみよう。……それまでに、そば打ちの練習もしないとね。

そうこうしているうちに、麺がゆで上がった。湯切りして丼、というかスープボウルに盛り付け、つゆを注ぐ。鶏肉とネギをのせてできあがり。

「なんとなく、それっぽいものにはなったかしら……?」

麺は太い。醤油はない。でもまあ、お出汁のいい香りはするし、一応そばっぽくはなっている。苦笑しながら、一口食べてみる。すぐに苦笑が大きくなるのを感じた。

「やっぱり、なんだか違うわ。味自体はそこまで悪くないし、年越しそばの気分だけはそこはかとなく味わえるけど」

そばはどことなくもっさりした歯ざわりだし、つゆはちょっぴり物足りない。焦げ目がつくまで焼いた鶏肉とネギは香ばしくていいのだけれど、主張が強すぎて麺やつゆとのバランスが取れていない。一言で言うなら、失敗作だ。本物のそばを知らない人間なら、おいしいと言うかもしれないけれど。そう、ディオンとか。

彼のことを思い出したら、自然と笑みが浮かんでいた。くすくす笑いながら、金属のフォークでそばを食べ進める。もしかすると食器のせいで、余計に違和感が出てしまっているのかもしれない。どこかで陶器の丼と木の箸を調達したいな。やっぱり、器も料理の一部だと思うし。

「今年はたくさん料理をしたわね。来年はもっともっと、色々な料理に挑戦していきましょう。味噌や醤油も使えるようになるはずだし。楽しみね」

一人きり、そばをすすりながらそんなことをつぶやく。ここ一年を振り返り、新たな気持ちで次の年を迎える。とても正しい、年末年始の過ごし方だ。自室ではなく厨房にいるというのも、私らしいかもしれない。

私らしい、か。一応私も、男爵令嬢だったのにね。そう思った拍子に、ふと去年のことを思い出してしまう。

「思えば去年の年越しは、ミルランの屋敷の豪華な自室でのんびりしていたわね……」

そばを食べる手が止まる。優しいお出汁の匂いの湯気に包まれながら、目を伏せた。

「……お父様、お母様、元気かしら……」

二人からの手紙には、前向きなことしか書かれていなかった。だから本当に二人の旅が順調なのか、それとも苦労しているのを隠しているのかは私には分からなかった。

「駄目ね。一人でいると、どうしても暗くなってしまう」

誰かに声をかけたいなあ、誰かにそばにいてほしいなあと、そう思った。でもこんな私の感傷につきあわせるのも悪い。今夜は、一人きりで過ごす夜なのだから。

「……ディオン様がいたら、こんな風に物思いにふけらずに済んだかもしれない。新しい料理ですよって声をかけたら、大晦日のしきたりなんて無視して飛び出してきそうだし」

いたずらっ子のように目を輝かせながら、でも他の人に気づかれないように忍び足で厨房までやってくるディオン。そんな姿を想像したら、またしても笑わずにはいられなかった。

けれどディオンは今日、実家に帰っている。たぶん二、三日そちらに戻ったままだろうと、昨夜そう言っていた。だから明日の夜食も、一人だ。

「……なんだかちょっと、寂しいかも」

こんな風に寂しさを感じるのは、いつぶりだろうか。ここサレイユの屋敷に来てから、毎日がとてもせわしなかった。イネスもクロエもよくしてくれたけれど、メイドたちににらまれたり料理長ともめたりと色々あった。サレイユ伯爵との面倒な遭遇なんかもあった。

でもやっぱり、私の生活を一番引っかき回していたのはディオンだった。これまで、彼の騒がしさに助けられていた部分もあったのかなと、ふと気づく。

「そろそろ、日付が変わった頃かな……」

窓の外には、ちらちらと雪が舞い始めていた。

《第4章》夢にまで見た、味噌汁!!

大学の講義、『伝統の食文化』で得たうろ覚えの知識を元に、味噌を仕込んだのが秋のこと。それから時が流れ、新しい年を迎えていた。星がとっても綺麗な、とびきり冷え込んだ夜。

自室に置かれた味噌の樽、その前にひざまずいて中をのぞき込む。中には、見覚えのある明るい茶色のペーストがみっちりと詰まっている。漂ってくるのは、懐かしい香り。

「見た目も匂いも、間違いなく味噌。さっきちょっと味見したら、ちゃんと味噌の味がした。たぶん、完成してる」

完成しているはずだ。していてほしい。自分に言い聞かせるように、小声でつぶやく。喜びと緊張に、声がちょっと震えているのを感じた。

味噌の熟成期間は、種類によってまちまちだ。短いものなら一か月くらい、長いものなら年単位だとか。なんでも、熟成させればさせるほど色が濃くなって、どっしりとした味になるらしい。

「一年なんて待てないし、私が求めていたのはちょうどこんな色の味噌だし……食べてみておいしかったら完成、ってことでいいわよね。という訳で、いざ実食！」

うきうきしながら、味噌をひとさじ小皿に取り分ける。その小皿と小鍋を両手に持って、部屋を飛び出した。廊下は息が白くなるほど冷えていたけれど、寒さは全く感じなかった。

転ばないように気をつけながら、全力の忍び足で廊下を走り抜ける。わき目も振らずに、そのまま厨房に駆け込んだ。できるだけ物音を立てないように気をつけながら、小鍋と小皿を作業台に置く。

小鍋の中には昆布が一枚と、頭とわたを取った煮干しが五匹、たっぷりの水の中で泳いでいる。今日、いよいよ味噌汁を作ると決めたので、朝一番に仕込んでおいたのだ。じっくりと水出しにした、上品で繊細な出汁だ。

いつもならこのまま火にかけるところだけど、今日はその前に煮干しを取り除く。煮干しをしっかり煮込んで出汁を取ると、少々出汁がパワフルになってしまうのだ。今日の主役はあくまでも味噌なので、煮干しは控えめに。

「昆布に軽く火を通して、その間に具材の準備ね」

いつになく緊張しているのを感じながら、ダイコンとキノコを用意する。しゃっきりとみずみずしいダイコンは薄い短冊切りにして、キノコは根元を落として手でばらす。シメジに似た、比較的癖のない味のキノコだ。

小鍋から昆布を取り出して、そこにダイコンとキノコを入れる。しばらくそのまま、ことことと煮た。

「具材に火は通った……後は、これを入れれば……」

自室から持ってきた味噌の小皿をもう一度手にして、ごくりと生唾(なまつば)をのむ。そうしていると、これまでのことが次々と思い出されてきた。

まだ暑さの残る中、一生懸命黒い稲穂を探したこと。その途中、ディオンに出会っておにぎりをあげたこと。味噌が熟成されるのを待っている間にぬか床を作ったせいで料理長ともめて、ディオンに助けられてしまったこと。それと、ディオンが意外にもぬか漬けを気に入ったらしいこと。

「……味噌の回想じゃなくて、ディオン様の回想になってるわ……」

複雑な気分でつぶやき、それから深呼吸する。おごそかな心持ちで、味噌を小鍋の出汁に溶いていった。もう少しだけ小鍋を温めて、沸騰する前に火から下ろす。小鍋の中には、見慣れた汁がたたえられている。湯気と一緒に、懐かしい香りが立ち上っていた。

「完成、ね」

そうつぶやいた自分の声は、ほんの少し震えていた。それもそうだ。だってこれは久しぶりの、たぶん十六年ぶりの味噌汁なのだから。もしここで失敗だったなんてことになったら、ショックでしばらく立ち直れない。

おそるおそる、小鍋の汁を味見用の小皿に注いだ。それからゆっくりと、口に運ぶ。次の瞬間、緊張が一気に消え去った。こわばっていた肩から力が抜けて、思わず笑顔になる。

ほんの一口飲んだだけなのに、複雑でふくよかな香りが口いっぱいに広がる。わずかに舌に触る豆の感触、優しくてコクのある塩味とほのかな酸味。それら全部が、涙が出るほど懐かしかった。

もう一つの記憶がよみがえってから、どれだけこの味を夢に見たことか。ずっと恋焦がれた味噌汁が、今、目の前にある。

「……できた、わ……念願の味噌汁が、ようやく……！」

ちょっぴり泣きそうになりながら、鍋の前で立ち尽くす。味噌の香りがする温かい空気をいっぱいに吸い込んで、じんと熱くなる目頭を押さえた。

「ああ、やっとできた……ここまで長かった……」

「ほう、何ができたのだ？」

一人感動に打ち震えていたら、いきなり後ろから声がした。びっくりして飛び上がりそうになって、ぎりぎりのところで踏みとどまった。

それはもうすっかりおなじみになってしまった、ディオンの声だった。どうやら彼はいつものように、私が夜食を作っていないか見にきたらしい。味噌汁に集中し過ぎていて、彼の足音に気づけなかった。

驚きにどきどきする胸を押さえながら、背後のディオンに向き直った。

「ええと……味噌汁という汁物で……豆を加工した、味噌という調味料を使っているんです」

私の言葉を聞いたディオンはするりと隣にやってきて、小鍋の中をのぞき込んでいた。何とも素早い。

「豆だと？　ふむ、豆は入っていないように見えるが」

目を丸くしながらディオンはつぶやく。それから慎重に、湯気の匂いをかいでいる。

「それに、どうにも不思議な匂いがするな。お前はいつも目新しいものを作っているが、これは特に奇妙なもののように思える。今までで一番、味の見当がつかない」

いぶかしむような言葉とは裏腹に、彼は明らかにわくわくしているようだった。まあ、予想通りの反応だ。

そして彼は、期待に満ちた目をちらちらとこちらに向けている。しょうがないなと苦笑しつつ、いつもと同じように問いかける。

「……たくさんありますので、ディオン様も少しいかがですか？」

「ああ、ありがたくいただこう。お前の料理は刺激と驚きに満ちていて、とても面白いからな」

そう言ってディオンは、とても嬉しそうな顔になる。うん、やっぱり予想通りの返事だ。

実のところ、味噌汁はたっぷりある。彼に気前よく分けてもまだ余るくらいに。

味噌汁を一人前だけ作るのは面倒なのだ。出汁が少なくなりすぎて、具材に火を通すのが難しくなるからだ。電子レンジがあれば話は別だけれど、当然ながらそんなものはない。具材だけ別の鍋で煮るか蒸してもいいけれど、具材に出汁の味がしみないし面倒だし洗い物が増えるので却下だ。

それにこれくらいの量なら、一人でも食べきれる自信があった。ご飯を入れてもいいし、チーズやバターを浮かべてもいい。卵との相性も抜群だ。おろしショウガや七味唐辛子なんかで味を変えてもいい。

あえて食べきらずに残しておいて、一晩じっくりと寝かせるのもいい。味がしみっしみになった柔らかい具材、よりまろやかになり深みが増した汁。温め直してもおいしいけれど、冷たいまま食べるのもおつなものだ。

一人暮らしの大学生だった頃は、一晩おいた味噌汁が飲みたくていつも多めに作っていた。たぶん、三人前ぐらい。……でも二回に一回くらいは、その日のうちに食べきってしまっていたけれど。

思えば私、当時から味噌汁が好きだったんだなあ。

と、いけない。味噌汁の無限の可能性に思いをはせているうちに、つい上の空になってしまった。

スープ皿を二つ用意し、あったかい味噌汁を注いでディオンに差し出す。

「どうぞ。……少し癖がありますし、お口に合うかは分かりませんが」

一応、そう付け加えておく。しかしディオンは全く気にしていない様子で、スプーンを手に取った。ためらうことなく味噌汁を口に運び、ほうとため息をついている。

「なるほど、やはり変わった味だ。……複雑な香りに、まろやかな塩味、かすかな酸味……これが本当に、豆の味なのか……？　もっと何か、別のもののようにも思える……奥が深いな。興味深い……」

ディオンは難しい顔でつぶやいたり、目を閉じて感動に打ち震えたりと忙しい。けれどその間も、彼の手は止まらなかった。味噌汁がよほど気に入ったらしい。ちょっと嬉しい。

そんな彼をちらりと見て、自分の分のスープ皿を見つめた。喜びと期待にちょっぴりにやけつつ、スプーンを手にする。

まずは汁を一口。ああ、やっぱりおいしい。さらにもう一口。冷え込む夜の厨房に、温かい味噌汁。最高の気分だ。身も心もあったまる。

今度は具をすくって、ぱくりと食べてみた。ダイコンを噛むと、昆布と煮干しの風味と味噌の味がじゅわっとしみ出してくる。キノコは柔らかく、けれど心地良い歯ごたえがある。そうよ、これ。これが食べたかったの。うっとりと目を閉じて、味に意識を集中する。

具材はこれで正解だった。味噌の風味を確認するために、あえて具材は汁の味にあまり影響しないものを選んだのだ。

ニンジンやネギは癖が強すぎる。ワカメはまだ手に入れていないし、豆腐や油揚げはこの辺に存在しているかどうかすら怪しい。シジミやアサリは季節が合わない。あれは春から夏のものだし。

ジャガイモもいいけれど、煮崩れたら味噌汁の食感が変わる。とろっとした優しい舌触りは、それはそれでとてもおいしいのだけれど、味噌の味を見極めるにはちょっと邪魔になる。

やりとげた達成感が、胸に満ちていく。本当、ここまで頑張って良かった。

「ああ……幸せ」

ため息まじりにつぶやくと。ディオンが味噌汁を飲む手を止めてこちらを見た。

「お前は、ずいぶんとこのスープが気に入っているのだな？」

「ええ、懐かしい味ですので」

「懐かしい？　お前はこんな風変わりなものを、いったいどこで口にしたのだ。そういえば餃子の時も、何やらおかしなことをつぶやいていたような……」

いけない、また口が滑った。どうも最近、ディオンに対してはガードが甘くなってしまっている。

もう一つの記憶がよみがえった理由、もう一つの記憶の世界とこの世界との関係など、いまだに何一つ分かってはいない。この記憶について周囲に知られたら、どんなことになるのか想像がつかない。

だからこの記憶についてはできるだけ秘密にしておこうと、そう決めたのに。なぜだかディオンと料理を食べていると、つい口が軽くなってしまう。

一生懸命頭を働かせて、必死に言い訳を考える。にっこりと笑って、小首をかしげてみせた。

「ああ、えっと……昔？　です。その、ここに来るよりもずっと前のことですので……申し訳ありませんが、詳細はあまり語りたくなくて……」

そう言って、ちょっぴり辛そうに視線を落とす。たぶんこれで、ミルラン男爵家にいた頃の出来事なのだと、ディオンはそう勘違いしてくれるだろう。

案の定、ディオンは申し訳なさそうな顔で視線をさまよわせている。これ以上追及されずに済んだのはいいけれど、ちょっぴり罪悪感。

暗くなりかけた空気を吹き飛ばすように、明るい声でディオンに話しかける。

「……この味噌という調味料を、おぼろげな記憶を頼りに再現してみたんです。我流でしたし、うまくいくか心配でしたが……思ったより、いい感じにできたと思います」

「そうか。たいそう風変わりだが、私はこの味噌汁という料理が……好きだ」

うっとりした顔で、ディオンが言う。彼も一応美形だけあって、そんな表情でそんな言葉を言うと中々に破壊力がある。玉の輿を夢見るメイドあたりなら間違いなくいちころだ。

心の中でつぶやきながら、味噌汁をさらに食べていく。ディオンはあっという間に八割がた平げてしまって、満足そうに目を細めていた。

「この味噌汁を、またいつか食べさせてもらえると嬉しい。妙に後を引く、不思議な味だ。今夜限りにしてしまうには惜しい」

「ええ、構いませんよ。味噌はまだまだありますし。ところでお代わり、どうですか」

そう答えると、ディオンは嬉しそうに笑ってうなずいた。今までに何度も見た、子供のような無邪気な笑みだった。

幸せそのものの彼の笑顔を見ていたら、ふと思った。和食って、もしかしたら他の人たちにも受け入れられるのかもしれないな、と。

今までは和食の数々を、一人でこっそりと楽しむことしか考えていなかった。もう一つの記憶について隠しておきたかったのもあるし、和食がここの人たちの口に合わないかもしれないなと思っていたのもあった。たまたま居合わせたディオンやクロエなんかに、面白半分に勧めるくらいで。

でもディオンは、私が作る和食の数々をいつもぺろりと平らげている。たまに微妙な反応をするものの、基本的にはおいしそうに食べてくれる。

だったら他の人も、いけるかもしれない。そういえば料理長も、私の餃子を褒めてくれた。あれは比較的癖のない、食べやすい部類のものではあるけれど。

よし、ちょうど味噌も完成したところだし、今度みんなにも和食を食べさせてみようかな。全員に受け入れられるというのは難しくても、和食の理解者を増やすことはできるかもしれない。ディオンみたいに。

そうしてみんなで、和食、それもできるなら味噌汁を一緒においしいおいしいと言いながら食べてみたい。それがかなったら、きっと楽しいと思う。

幸せな想像にひたっていたら、ディオンがこちらを見て笑った。

「しかし、本当にお前はよく分からない。その料理の腕は元貴族とは思えないほどだ。独創的で珍しい料理を次々と生み出していて。しかも調味料まで作ってしまうとは」

ディオンは上機嫌で、そんなことを言いながら味噌汁のお代わりをせっせと食べている。よく分からないのは、彼のほうだと思う。

彼はいつもちょっぴり偉そうで、貴族のお手本のような古風な言動が目立つくせに、どういう訳か料理に関してだけはやけに新しい物好きだ。生魚とかぬか漬けとか、まともな貴族なら口をつけるどころか嫌悪しそうなものにも果敢に挑んでいくし。

しかも彼は、食事中だけはやたらといい顔をする。普段は偉そうなのに、本当に偉そうなのに。新しい料理を見せると目を輝かせるし、まるで子供のような笑みを浮かべてきれいに完食する。正直、料理の作りがいのある相手ではあった。

そういえば、味噌を作りたくてコウジのもとを探している時にディオンに出会ったんだなあと、そんなことをふと思い出す。

「味噌がつないだ縁、なのかもしれないわね……」

また食事を再開したディオンに聞こえないように、口の中だけでつぶやいた。深夜の厨房は冷え切っているのに、不思議なくらい寒さは感じなかった。

《第5章》みんな、味噌汁飲んでみない？

ディオンと一緒に味噌汁を飲んだ次の日、私はさっそく行動を開始していた。おあつらえ向きに、その日は休日だったのだ。

みんなにも、和食を食べてもらいたい。そして味噌がどれくらいこの辺で受け入れられるのか知りたい。そんな思いに突き動かされるように、てきぱきと動く。

まず、味噌をさらに仕込んだ。しかもちょっと多めに。この味噌ができあがるまで、今ある味噌を使い切らないように気をつけよう。もう味噌なしの生活には戻れないし。それに、味噌が多くて困ることはない。……味噌樽がまた増えたせいで、元々そんなに広くない自室がさらに狭くなってきているけれど、そのことは気にしないでおこう。

それから、中くらいの鍋いっぱいに味噌汁を作った。出汁は昆布と煮干しでがっつりと、具材はこの辺でよく食べられているニンジンとカブ。

「……また妙なものを作ってるな。しかも、やけに量が多いが……前みたいに、俺の仕事場を荒らすんじゃないぞ。こいつは、まあ……臭くはないか。ちと変わった匂いだが」

「あっ、料理長。ちょうどいいところに」

たまたまやってきた料理長に、とびきりの笑顔で小さなスープ皿を差し出す。白い陶器の小皿に、とろりとした優しい赤茶の味噌汁が揺れていた。

「こちらの味を見てもらえませんか。ぜひあなたの意見を聞きたいんです。料理を仕事としている料理長なら、舌も鋭いですよね。あなたがこの汁をどう思うのか、気になっていて」

「お、おう」

意外にも、料理長は素直にうなずいてくれた。ぬか床の時にあれほど大騒ぎしたのが嘘のようだ。ほんのちょっぴり照れているようにも思える。

彼は小皿を受け取ると、一転して真剣な目で見つめ始めた。じっとにらみ、慎重に匂いをかいで、それからゆっくりと一口飲む。

「……ふむ、野菜と……魚……海の匂いが結構強いな。だが、一番多く使われているのは豆だな。ということは、前に何やらごちゃごちゃやっていたあれが完成したのか。だがこの酸味……ああ、もしかして発酵させたか？　味もまあ悪くはない。むしろ良いな。ちと風変わりだが」

「当たりです」

あっという間に、材料と加工方法を当てられてしまった。さすが本職、すごい。しかもその本職に、味を褒められた。驚きと嬉しさに目を丸くしていると、料理長は照れくさそうに、しかし嬉しそうに笑った。いかめしい顔立ちの彼がそんな風に笑うと、中々の迫力だ。

「なあ、アンヌマリー。このスープ、見たところたくさんあるな？　良ければ、他の料理人たちにも味見させてやってくれないか？　いい勉強になりそうだ」

「ええ、どうぞ。そもそも、そのために作ったんです」

「そのために？」

「このスープは味噌汁というんですが、みんながこれを飲んだ後どんな反応をするのか、それが気になったので。どうせなら屋敷中を回って、みんなに味を見てもらおうと思ったんです」

「……やっぱりあんた、変わってるな」

そうして、料理人みんなの意見を聞くことができた。日々様々な食材を取り扱っているからか、彼らは割とあっさり味噌汁を受け入れていた。どうも元々、変わった食材や料理への抵抗が薄いらしい。

ただ彼らは、この汁はちょっと玄人好みかもな、とも言っていた。発酵した豆の風味と酸味、それに出汁の潮臭さ、これらが駄目な人はそれなりにいるだろう、とも。

「感想、ありがとうございます。それでは行ってきますね」

料理長と料理人たちに礼を言って、厨房を後にする。味噌汁の鍋を提げて。


その足で、まずはイネスのところに向かった。彼女はこの屋敷の使用人の中では親しいほうだし、私のこんな思いつきを受け入れてくれるだけの度量がある。

といっても、この屋敷の人間のうち私が親しくしているのはイネスとクロエ、それに料理長と執事長、後はディオンくらいのものだ。たまに他のメイドや使用人たちと世間話くらいはするけれど。

しかし料理長については親しいというか、ちょっと微妙な関係ではある。そして執事長とは、働く場所の関係であまり会うことはない。となると、結局残るのはイネスとクロエとディオンだけ？

……あれ、もしかして……私の交友関係、狭い？

ここにきてすぐの頃は仕事を覚えるのに一生懸命で、仕事を覚えたら覚えたで和食を再現することで頭がいっぱいだった。それにしょっちゅうディオンが顔を出していたこともあって、特に寂しいとは感じていなかったのだ。元気なクロエは一人でも三人分ぐらいは騒いでくれるし。

けれどもうちょっと、周囲の人間ときちんと交流したほうがいいのかもしれないな。この味噌汁が、そのきっかけになればいいのだけれど。

そんなことを考えながら歩いていたら、洗濯室の前で執事長と話をしているイネスを見つけた。同世代のこの二人は、よくこうやって親しげに話し込んでいる。サレイユ伯爵に日々振り回されている執事長にとって、イネスと話している時間は数少ないリラックスできるひと時なのだろう。今の彼は明らかに、くつろいだ顔をしていた。

近づいていくと、二人は話を止めて同時にこちらに向き直った。私が手にしている鍋に、二人の視線が集中している。

「こんにちは。ちょっといいですか？」

すぐそばまで歩み寄り、鍋の蓋を開ける。まだ温かい味噌汁の湯気に、二人はそろって首をかしげた。

「おや、アンヌマリー。あんたは今日休みだろう？　鍋なんか提げてどうしたんだい？」

「不思議な匂いがしていますね。あなたは休みの日などに料理をしていると聞きましたが……もしかしてそれは、あなたが作られたのですか？」

どうやら二人は、鍋の中身に興味を持ってくれたらしい。持ってきていたスープ皿に味噌汁を注いで、そろそろと差し出した。味見をしてほしいと頼むと、二人とも目を丸くして匂いをかいだ後、そっと一口飲んだ。

「ふうん、今までのどんなスープとも違う、ちょっと癖のある味だねえ。慣れたら案外、病みつきになるかもしれないけれど」

「イネスさんのおっしゃる通り、人を選びそうですね。ですが私は好きですよ。寒い朝に飲んだら、とても温まりそうです」

二人の言葉に、やっぱりディオンは変わっているのかな、とそんなことを思う。玄人向けで人を選ぶと言われた味噌汁を、それはもうおいしそうに飲んでいたディオンの顔を思い出した。

「感想、ありがとうございました。それでは、他のみんなのところにも行ってきますね」

「気をつけるんだよ」

「いってらっしゃいませ、アンヌマリーさん」

豪快なお母さんのような雰囲気のイネスと、とても丁寧で礼儀正しい執事長。そんな二人に見送られ、ちょっぴりうきうきしながらその場を立ち去った。


それから私は、屋敷の中を歩き回った。サレイユ伯爵にだけは見つからないように、彼の私室のある辺りは避けて。

庭師やら馬屋番やら、遭遇した相手に片っ端から味噌汁を飲ませて回る。今のところ、『気に入った』が二割、『慣れたらおいしいと思う』が五割、『微妙かも』が二割、『正直言って無理』が一割といった反応だ。予想よりはかなり好評だ。

思いがけない反応が嬉しくてにやにやしながら歩いていたら、曲がり角の向こうからクロエがひょっこりと顔を出した。

「あ、アンヌマリーだ。お休みなのに鍋なんて提げてどうしたの？　……まさか、また妙な臭いがするものだったり……しないよね？」

どうやらクロエは、ぬか床騒動の時のことがまだ忘れられないらしい。

「さすがに私も反省したわ。この鍋の中身、私が作ったちょっと変わったスープなんだけど、別に臭くはないわよ。味はいいって、料理長のお墨付きよ」

「……あれだけ怒られて、まだ料理長に自分の料理を食べさせるとか……アナタって、たくましいね……」

「ふふ、そうかもしれないわね。でも、自分が好きなものをみんなにも食べてもらえたら嬉しいなって、そう思ったの。だから料理長だけじゃなくて、他の人たちにも食べてもらってるの」

そう言いながら、鍋の蓋を取ってみせる。クロエは鍋に顔を寄せて、眉間にしわを寄せた。

「あのかめほどじゃないけど、不思議な匂いがするね。どんな味なのか、見当もつかないなあ。アンヌマリー、これ好きなの？」

「ええ。それはもう、夢に見るくらい」

力いっぱいそう答えると、クロエは露骨に疑うような顔をした。

「……そんな顔しないでよ。本当においしいんだから。ディオン様だって、おいしいって言ってくれたし」

「ふーん、ディオン様にはもう食べさせたんだ？　そういえばアナタって、こないだディオン様に料理を作ってあげたんだったっけ？」

あの餃子の件は、料理人たちの口を経てもうみんなに知られている。でも彼がちょくちょく夜食を食べにくるということは、まだみんなには内緒にしていた。わざわざ知らせる必要もないかなと思っていたのもあるし、それになんだか気恥ずかしかったのだ。

妙に意味ありげに笑っているクロエに、味噌汁をついだスープ皿を差し出す。

「そ、それよりあなたも食べてみて、ほら！」

「……まあ、そんなに言うなら……」

クロエは戸惑いつつもスープ皿を受け取り、慎重に匂いをかいでから味噌汁に口をつけた。その顔に、ぱっと驚きと喜びの色が広がる。

「あれ、これ結構おいしいね。最初だけ匂いがきついかなって思ったけど、味はとっても優しい！妙な癖があるけど、そこまで気にならないし」

そうしてあっという間に、スープ皿を空にしてしまった。ちょっとディオンを思い出させる、見事な食べっぷりだった。

「あなたの口に合ってほっとしたわ。このスープ、味噌汁っていうのだけれど、具材を変えるとまた味が変わるのよ。よかったら、また食べてもらえる？」

「うん、もちろん！」

すぐに大きくうなずいたクロエが、ふと何かに気づいたような顔をして首をかしげる。

「うーん……匂いがちょっと苦手でも、食べてみたらおいしかった、か……だったらあのぬか漬けっていうのも、案外おいしかったりするのかな？」

「おいしいわよ。なんなら今度、あなたの部屋に持っていきましょうか？　初心者だし、軽く漬けたのがいいわね。癖のない野菜のほうがいいかしら……いえ、逆に癖が強い野菜のほうがぬか漬けの風味を打ち消せていいかもしれない、ああ、どっちにしましょう」

「ね、ねえってば、アンヌマリー！　いつになく押しが強いって！　ちょっと怖いし！」

ふと気づくと、私はクロエの手をしっかりとにぎって詰め寄ってしまっていた。

「あっ、ごめんなさい。ぬか漬けに興味を持ってもらえたのが嬉しくって」

「……ああ、びっくりした、ほんとアナタって、料理が好きなんだね。元貴族なのに、こんな不思議なスープを自分で作っちゃうし」

クロエは苦笑しながらそんなことを言っていた。しかしふと、私の顔をじっと見る。

「……今でもお嬢様に見えるのに、食事時はとっても幸せそうな顔をするし、料理は上手だし……実は昔、こっそり料理人として働いてました、なんてことは……ある訳ないか」

その言葉に、ぎくりとする。料理人でこそないけれど、私には別の人生を歩んでいた記憶がある。その記憶について周囲に知られるのは、まだ怖かった。どう思われるか、分からなかったから。

「な、ないわよ。私は単に食べるのが大好きで、それが高じて料理を作るようになっただけだから」

内心の動揺をごまかすように、鍋の取っ手をつかんだ。

「それじゃあ、そろそろ行くわね。この味噌汁を、みんなにも知ってもらいたいのよ。おいしいって思ってもらえたら、もっと嬉しいのだけれど」

「そうだね。いい感想が聞けるといいね。いってらっしゃい、気をつけて！」

クロエと別れ、また屋敷の中をさまよう。そうこうしているうちに、数人のメイドが庭の隅で休憩を取っているところに行き合った。私に対して友好的とはとても言いがたい、そんなグループだ。

さっきまで軽やかだった足取りが、急に重たくなった。

彼女たちは私に気づくと、ぴたりと口を閉ざしてにらみつけてくる。気のせいか、彼女たちの態度は日に日に悪化しているようにも思えた。こんな態度を取っているのは特定の数名に限られていて、他のメイドたちは普通に接してくれるのが唯一の救いだけれど。

「その……ちょっといいかしら」

それでもめげずに、声をかける。彼女たちは私のことを嫌っている。けれどできることなら、彼女たちとも和解できればいいなとは思っている。だったら、近づかなくては始まらない。

「これ、珍しい調味料で作った汁物なのだけど……味、見てもらえない？」

おそるおそる、味噌汁をついだスープ皿を差し出す。彼女たちはスープ皿を取り囲み、じろじろと眺めている。眉間にしわを寄せて匂いをかぎ、それから一斉にわめき始めた。

「……臭いわ。腐った臭いがする」

「これ、本当に食べ物なの？　動物の餌じゃないの？」

発酵はしている。でも腐ってはいない。とはいえ、発酵と腐敗って、基本的には同じような現象だったと思う。しかしそんなことを言うとさらに話がややこしくなるので、黙っておくことにした。

しかし私が何も言わなかったのが良くなかったのか、彼女たちはさらにいきり立ってしまった。

「こんなものを食べさせようだなんて、さすが元貴族様はやることが最低だわ」

「もう私たちと同じ平民のくせに」

「なれなれしくしないでよね」

そんなことを口々に言い立てて、彼女たちはスープ皿を押し返してくる。手のつけられていない味噌汁が満たされたそれを受け取り損ねて、落としてしまった。

かしゃん、と音を立てて、スープ皿が砕けた。こぼれた味噌汁が、石畳に水たまりを作っていく。

「今の、私たちは悪くないからね」

「皿代はあんたが出すのよ、アンヌマリー」

「そこも掃除しておいてよね、あなたが汚したんだから」

冷ややかな言葉だけを残して、彼女たちはさっさと立ち去っていった。私は一人、足元の水たまりをぼんやり見つめる。優しい赤茶色の汁が白い石畳に広がり、ニンジンとカブが数切れ、その中にぐったりと横たわっていた。

「……味噌汁、おいしいのにな。もったいないな」

味見すらしてもらえなかったことにしょんぼりしながら、ひとまず鍋を近くのベンチに置く。掃除道具を持ってきて、ここを片付けなくては。

今までどれだけ悪口を言われても、ちょっと気分が悪いくらいで済んでいた。なのに味噌汁を頭ごなしに拒絶されたことで、私は不思議なくらいに傷ついていた。たかが料理でしょう、と考えようとしても、悲しさは消えなかった。


とぼとぼと倉庫に向かい、雑巾とほうき、ちりとりを手に戻ってくる。ところがそこには、思いがけない光景が広がっていた。

鍋を置いたベンチ、その鍋のすぐ隣にディオンが腰かけていた。しかも彼は、ティーカップで優雅に何かを飲んでいた。私に気づくと、上機嫌で会釈してくる。

状況がのみ込めずにぽかんとしている私に、ディオンは堂々と言い放った。

「近くを通ったら味噌汁の香りがしたのでな、出所を探してみたらなぜか鍋だけが置いてあるのを見つけた。たくさんあったから少しもらったぞ」

そう言って、彼は手にしたティーカップを見せてくる。恐ろしいことに、その中には味噌汁がたたえられていた。しかも彼の左手には、ケーキ用のフォークがにぎられている。

美術品と呼ぶにふさわしい繊細で美しいティーカップに、味噌汁。何とも不釣り合いな組み合わせに、思わず雑巾を取り落としそうになる。

「あの……それはいいのですが、そのティーカップはいったい、どこから……」

「私物だ。たまたま運んでいた途中だったのだ」

彼の隣には、片手で運べそうな小さなトランクが置かれていた。中にはティーカップやティーポット、それに細々とした道具がきちんと収められている。野外でお茶を飲む時なんかに使うティーセットだ。私もミルラン家にいた頃、同じようなものを使ったことがある。

「状況から見て、お前はここでスープ皿を落としたのか？　そそっかしいな」

「はい。もったいないことをしてしまいました」

ディオンの勘違いを正すことなく、雑巾をにぎりしめて苦笑する。他のメイドに冷たく当たられてへこんでいたことを、彼に打ち明ける気にはならなかった。このまま、誰にも言わずに隠しておきたかった。

そんな私の内心を知ってか知らずか、ディオンは妙にのんびりと味噌汁を飲んでいる。とても幸せそうだ。

「昨日のものと具材が違うな。ニンジンの優しい甘みと、ほろりととろけるカブの舌触りが、味噌汁にまた違った味わいを与えている……汁そのものも昨日より力強いような気がするな。味噌汁とは本当に、奥深い」

彼の言葉に耳を傾け、確信する。やっぱり彼は、料理についての表現が増えている。最初の頃は、美味だとしか言わなかったのに。

「ディオン様……もしかして、料理の分析がうまくなられました？」

「おお、お前もそう思うか。お前の料理を食べてきて、お前の感想を聞いているうちに自然とな。そうやって味を表現できるようになったことで、より料理が美味に感じられる気がする」

澄ました顔で、ディオンは味噌汁を飲み干した。そして勝手に、お代わりをしている。

その姿を見ていたら、さっきのメイドたちとのやり取りでささくれだっていた気持ちが落ち着いていくのを感じた。スープ皿の残骸を片付けながら、ディオンに気づかれないように胸をそっと押さえる。さっきまで感じていた冷たい悲しさは、もうどこかにいってしまっていた。

彼が食いしん坊でよかった。わざわざ味噌汁の匂いを追いかけてくるような、しかもティーカップで味噌汁を飲んでしまうような変わり者でよかった。そう、思った。

調査の結果、おおむね味噌汁は好評だった。そのことに気を良くしながら、私はせっせと味噌料理を作っていた。また折を見て、誰かにふるまってみるのもいいかななどと思いつつ。

misosoup

野菜炒めの仕上げに、味噌をちょっと。味噌を白ワインで溶いて、干し魚に塗ってあぶる。たったそれだけのことで、ありふれた料理は味噌の香り漂う素敵な和食に化けていた。

今日も今日とていつものように、夜食を平らげて自室に戻る。ちなみに今日の夜食はサツマイモ入りの味噌雑炊だった。そしてディオンは今日もやってきて、夜食をしっかりと堪能していった。当然のような顔をして。

ベッドに寝転がって、大きく息を吐く。とっても満足。

「うん、今夜もおいしかった。でも夜食だと、どうしても食べられる量に限りがあるのよね……夕食の後だから、仕方ないけど……」

さっきの味噌雑炊も、お茶碗一杯分のご飯で二人前を作り、私とディオンとで分け合ったものなのだ。どうせなら一度たっぷりと、心ゆくまで味噌の料理を食べてみたい。

よし、だったら今度、味噌を使ったお昼ご飯を自分で作ろう。この屋敷では使用人に三食まかないが出るけれど、出かける時などは前もって言っておけば、その分の食事は作られない。だから、まかないが無駄になる心配もしなくていい。

「料理長たちの邪魔をしたら悪いし、時間をずらして遅めのお昼にすればいいかな。一人で食事っていうのも味気ないから、ディオン様に声をかけて……」

ここで当然のようにディオンの名前が出てくることに、苦笑が浮かぶ。けれどももし彼を誘わなかったら、きっと後でしょんぼりされてしまう。それは確信に近かった。

それにどうせなら、彼の喜ぶ顔が見たい。そう考えて、ふと真顔になる。私はいったい、彼のことをどう思っているのだろう。そんなことが気にかかってしまったのだ。

「子供とか犬においしいものをあげている感覚……も近いけど、ちょっと違う気もするわ。かといって、男性として意識……はしていない。だったらやっぱり、仲間ってところかしらね。おいしいものを愛する仲間。うん、それでいいわ」

自分に言い聞かせるように言い切って、また昼食に考えを引き戻す。ごろごろと寝返りを打ちながら、メニューを考えていった。ここは原点に戻って、味噌汁のバリエーションにしようかな。こんな寒い季節は、あったかい汁物が最高だし。付け合わせは何にしよう。

「……そうだ」

ふとつぶやいて、がばりと飛び起きる。そうだ、とってもいいことを思いついた。でもそれには、ディオンの協力が必要不可欠だ。

「よし、明日にでもディオン様に聞いてみましょう」

明日はまだこの屋敷にいると、そうディオンは言っていた。彼の家はここから馬車で数時間のところにあるけれど、彼がサレイユ家の跡継ぎだからなのか、割とずっとここに滞在しっぱなしだ。だいたい週に一度くらい、実家に帰っているらしい。

ここにいる間、彼が何をしているのかは知らない。昼間はだいたいサレイユ伯爵の近くにいるらしいということしか。私はサレイユ伯爵には近づかないようにしているし、ディオンも何をしているのか語ろうとしない。

ただイネスによれば、以前のディオンは月の半分弱くらいしかこの屋敷に来ていなかったらしい。ところが今では、ほぼこちらに出ずっぱりだ。そして毎晩のように、彼は私の夜食のおすそ分けをもらいにくる。彼はもしかすると、夜食目当てでこちらに留まっているのではないか。あくまでも勘だけど、当たっているような気もする。

「そんな彼なら、きっと協力してくれると思うのよね」

大きくうなずきながら、部屋の片隅にある味噌の樽に目をやる。ちょっとした思いつきが、素敵な計画へと形を変えていくのを感じながら。

それから、数日後の午後。お昼の後片付けも終わって、夕食の仕込みがまだ始まっていない静かな厨房。午後の日差しが天窓から降り注いでいて、冬にしては暖かい。そこに、私たちは集まっていた。

「今日はお招きありがとう、アンヌマリー！　……でもさ、アタシも一緒でよかったの？　その……ディオン様との食事会に……？」

いつも通りに明るくあいさつしてきたクロエが、隣に視線を移して声をひそめる。彼女の視線の先には、いつも通りに堂々としたディオンがいた。

「気にするな。これはアンヌマリーが主催した、ちょっとした親睦会だ。彼女は味噌汁を愛する私たちを特別に招いて、特別な味噌汁をふるまってくれるそうだぞ」

「あ、愛するって、アタシはそこまでじゃ……それはまあ、こないだのはおいしかったですけど」

しょっちゅうディオンと一緒に夜食を食べている私と違って、やはりクロエは落ち着かないらしい。そわそわと足を踏みかえながら、視線をさまよわせている。

ディオンの言う通り、今日は私が二人を招待したのだ。まずはディオンに話を通して、クロエを同席させてもらえないかともちかけた。私が彼女を呼びたがっている理由を知った彼は、すぐに快諾してくれた。それからクロエに、この間のものとはまた違う味噌汁を作るから、一緒にお昼にしようと誘ったのだ。

困ったなあという顔をしているクロエに、ディオンがさわやかに語りかける。

「クロエ、お前もまたこの屋敷の使用人だ。つまり、いずれは私がお前の主となる。だから私は、お前についても知っておきたい。それに、みなでにぎやかに食べるのも楽しそうだと思うのだ。細かな礼儀は気にするな、楽にしているといい」

クロエはまだ居心地が悪そうな顔をしていたが、やがて覚悟を決めたようにうなずいた。

「ええと、ディオン様がそう言うなら……アタシも気にしないことにします」

「ああ、それがいい」

そうして二人は、厨房の隅の椅子に腰を落ち着けた。

「でも、やっぱり落ち着かないなあ……」

まだ小声でぼやいているクロエと、わくわくした顔のディオン。そんな二人の前に、料理の皿を並べていく。

「まずはおにぎりです。ゴマを混ぜてあるので、食感が楽しいですよ。添えてあるネギ味噌をつけて食べてくださいね」

細かく刻んだネギと味噌を混ぜて、ちょっとだけ白ワインを入れてなめらかにしたネギ味噌は、それだけでおにぎりがいくつでも食べられてしまう驚異の一品だ。ご飯以外にもパンにも合うし、キュウリにつけてそのままかじればお酒のつまみにもなる。

しかし今日のメインはこれではない。続いてそれぞれの前に大きめのスープボウル、というかほぼ丼サイズの器を置いていく。ほわほわと湯気が上がっていて、味噌のいい香りが辺りに漂う。

「こちらは豚汁と言って、味噌汁に豚肉を入れたものです。こってりしているのに食べやすくて、とってもあったまる一品ですよ。今日はたっぷり具を入れて、食べ応え抜群にしてみました」

私にとって、豚汁は冬のものというイメージが強い。たぶん、行事の時の炊き出しなんかでよく食べたという記憶があるからなのかもしれない。きんとした冷たい空気の中で飲むあつあつの豚汁は、それはもうおいしかったのをよく覚えている。

「うわあ、おいしそう……」

「クロエ、これは間違いなく美味だ。だから『おいしそう』ではなく『おいしい』が正解だな」

二人も顔を輝かせて、豚汁を眺めながらそんなことを話している。微笑ましいなあと思いながら、最後に小皿を置いていった。

「それと、こちらは箸休めです。さっぱりしてますよ」

小皿にのっているのは、一口大に切った淡い色の葉野菜と、針のように切った野菜らしきものを混ぜたものだ。この場にいる誰一人として箸は使っていないので、箸休めと呼んでいいものかちょっと悩む。

「これって野菜だよね。何だかちょっと……地味かも？」

「箸休め……と言ったが、これはどういった料理なのだ？」

「まだ秘密です。後で当ててみてください。それでは、いただきましょうか」

自分の分の料理を並べて席に着き、二人の顔を見てにっこりと笑う。二人はこくりとうなずいて、いそいそと豚汁の器に手を伸ばした。スプーンを手に、まずはディオンが一口。

「これ、は……確かに味噌汁なのに、とても力強いコクを感じる……まるで、別の料理のようですらある……それでいて味噌汁らしい優しさも残っていて……とても素晴らしい……」

笑み崩れるディオンを見て、クロエが大急ぎで豚汁を口にした。

「わ、ほんとだ……豚の匂いで味噌汁のつんとした匂いが弱くなって、ぐっと食べやすくなってるし！　野菜も肉もたっぷりで、最高！」

クロエもまた、豚汁が気に入ったらしい。さっきまでの落ち着かない様子はすっかり消え失せて、とても元気にはしゃいでいる。

そんな二人の笑顔を幸せな心地で見守ってから、私もそっと一口飲んでみた。豚の脂の香りと味噌汁の香り、まるで違う二つの香りが見事に調和している。味噌汁はどちらかというとほっこり落ち着く料理なのに、豚汁はがっつりパワフルで、全力で食欲をかきたててくる料理だ。豚肉一つで、どうしてここまで雰囲気が変わるのだろう。

スプーンで豚の薄切り肉をすくい、たっぷりの汁と共に口に運ぶ。柔らかくってぷりぷりで、するりと喉を通っていく。焼いたのともゆでたのとも蒸したのとも違うこの独特の柔らかさ、好き。

他の具もとってもおいしい。ほんのり苦いダイコン、優しい甘さのニンジン、しゃっきりとした歯ごたえを残したネギ、つるんとなめらかでほくほくしたサトイモ、みんないい感じに味がしみていた。今日は気合を入れて、色んな具を用意したのだ。頑張ったかいがあった。

「はあ……やっぱり冬は、豚汁に限るわ……」

三人でうっとりしながら、おにぎりと豚汁を食べ進める。時々ネギ味噌をつけておにぎりをかじり、また豚汁を飲んで。味噌だらけなのに少しも飽きない。不思議だ。

「さて、そろそろこちらの箸休めとやらを食べてみるか」

そうしてしばらく経った頃、うっすら火照った顔でディオンが言った。あっつあつの豚汁のおかげで、体がぽかぽかしているらしい。

彼はフォークを手にして、小皿の野菜を口にする。続いて私も。つられるようにしてクロエも。

「これは……キャベツか。そこに、千切りのショウガを和えてあるのだな」

「ディオン様すごい！　アタシ、ショウガしか分かりません。うーん、キャベツ？　キャベツってこんな味してましたっけ。アタシの知ってるキャベツ料理の、どれとも違うような……妙に味がしっかりしてて、ちょっぴり酸っぱくって……」

クロエが可愛らしい顔を引き締めて、首をかしげながら考え込む。ディオンはそんなクロエを見守っていたが、私と目が合うと無言で微笑んだ。いたずらっ子のような顔をしている。

「おいしいんだけど、これ……何かを思い出すんだよね。酢漬けじゃないし……ん？　漬け……」

ふと何かに思い当たったらしく、クロエがぴたりと動きを止めた。

「……ねえ、アンヌマリー。……もしかしてだけど、これって、あの……ぬか漬け、だったりする？」

「正解よ。どうしても一度、あなたにぬか漬けを食べてもらいたくって。前に味噌汁をふるまって回った時、あなたが結構気に入ってくれたみたいだったから……ぬか漬けも大丈夫かもしれないって、ずっとそう思ってたの。だからわざと、内緒で出したのよ」

「ぬか漬けは美味だ。土のようなぬか床から生まれるとは思えないくらいにな。アンヌマリーが友であるクロエとその味を共有したいと言ったので、私も協力することにしたのだ。私が率先してぬか漬けを食べてみせれば、お前が警戒することもないだろうと」

私たちの言葉に、クロエはぽかんとしている。それからもう一度、小皿のぬか漬けを口にした。

味わうように噛みしめて、ほうとため息をつく。

「野菜のほうは意外と、臭わないんだ……何も知らなかったら、普通においしいって思える味だね。アタシ、もっと他の野菜のぬか漬けも食べてみたいかも。臭いって言って嫌がってごめんね、アンヌマリー」

苦笑しながらそう言って、クロエは小さく頭を下げた。同じように頭を下げ返してから、首を横に振る。

「いいのよ。ぬか床が少々……いえ、割と臭うのは事実だし。ぬか漬けがおいしいって思ってもらえただけで、十分過ぎるくらいよ」

「うむ、何事も挑戦あるのみだ、クロエ」

ディオンがちょっぴり偉そうに、そしてしみじみと言った。きっと彼は、焼きイカやらカツオのたたきやらを食べた時のことを思い出しているのだろう。そういえばどちらの時も、彼はすごい顔をしていたなあ。

そう思った拍子に、口元がほころぶ。つられるようにして、クロエも明るく笑った。そうしてみんなで笑顔を見交わして、また食事を再開した。

おいしい料理を、みんなでのんびりと食べる。それはとっても穏やかな、幸せな時間だった。

サレイユの屋敷のすぐ近くには、明るい森が広がっている。そのせいか、屋敷の裏庭には毎日のように大量の木の葉が舞い込んでいた。冬になっても、こまめな掃き掃除が必要なくらいには。

「うん、今日もいっぱい集まったよね。……集めたはいいけれど、これを捨てにいくのが面倒なんだよねえ」

落ち葉の山を前に、クロエが苦笑している。他のメイドが二人、やはり同じように笑っていた。

今ここにいるメイドは、みんな私のことを敵視していない子たちだ。そのおかげで、私もリラックスして仕事ができていた。平和っていいな。

それにしても、見事な量の落ち葉だ。私一人ならすっぽりもぐって隠れられそうなくらいに大きな山になっている。落ち葉は屋敷の裏手の森に捨てにいくことになっているのだけれど、落ち葉を詰めた大きな袋を抱えて何往復もしなくてはならないのでかなり面倒くさい。あんまり近くに捨てると、風の強い日にまた屋敷のほうに飛んできたりするし。

と、その時ふとあることを思いついた。落ち葉の量を確認しながら、誰にともなく問いかける。

「この落ち葉って、使ってもいいのかしら？」

「使うって、何に？　アタシたちも時々これを燃やしてあったまるし、構わないとは思うけど」

「……ちょっと思いついたことがあるの。みんな、今日はこの仕事が最後よね？」

そう尋ねると、全員がこくりとうなずいた。

「だったら、おやつにしない？　たぶん一時間くらいでできるから、夕食には響かないし」

「おやつ……？　あっ、もしかしてまた何か、面白いものを作るの？」

「少しだけ待ってて、イネスさんにかけあってくるから！」

首をかしげているクロエたちにそう言って、その場から走り去る。「楽しみに待ってるから！」

というクロエの声を背中で聞きながら。


それから十分くらい後、私はイネスと共に裏庭に戻ってきた。それぞれ両手に大荷物を抱えて。

「あっ、イネスさん？　……なんで、庭用の小石が詰まった袋なんてかついでるんですか？　それに、古い大鍋まで」

「それって芋を保存してる袋よね？　それに、一番大きな焚き火台まで持ってきて、どうするの？」

不思議そうな顔のメイドたちに、クロエが楽しそうな声で答えた。

「アンヌマリーはね、面白い料理を作るのが得意なんだよ。だからきっと、何か素敵なおやつを作ろうとしてるんだと思う」

さらにイネスも、荷物を降ろしながら答える。

「ちょっと変わった方法で芋を焼くつもりなんだってさ。普通に焼くよりも甘くておいしくなるらしいよ。あたしもちょうど休憩中だし、手伝いがてらおいしい芋を食べてみようと思ってね」

私は今、石焼き芋を作ろうとしているのだった。もう一つの記憶、大学生だった私。そちらの私が子供の頃、よく石焼き芋を食べていたのだ。

おばあちゃんちに、ドラム缶を改造して作った芋焼き器があった。大量に落ち葉を消費するしものすごく煙たいけれど、あれで焼いた芋はとってもおいしかった。さっき落ち葉の山を見て、そのことを思い出したのだ。

けれど当然ながらドラム缶も芋焼き器もないので、ひとまずこれで代用だ。まずは、焚き火台を地面に置く。上に鍋などを乗せることができて、その下で薪や落ち葉、炭なんかを燃やすことができる金属製の道具だ。

その上に大鍋を置いて、大鍋の中に小石を敷き詰める。それから水を汲んできて、小石がひたひたに浸かるくらいまで注ぐ。焚き火台の下に落ち葉を突っ込んで、火をつけた。

「一度沸騰させて、それから水を捨てて、空焚きして石を乾かす……」

こうやって小石を消毒してから、その上に丸のままの芋を並べた。

「後は時々お芋を転がしながら、一時間くらいじっくりと焼けば終わりよ。いい匂いがしてきたらできあがり。石を使って焼くから、石焼き芋っていうの」

そんなことをみんなに説明して、芋を焼くついでに焚き火であったまりながらのんびりとお喋りする。そのさなか、イネスが芋の並ぶ大鍋を見てしみじみとつぶやいた。

「焼き芋ねえ。うちの息子が小さい頃、好きだったのを思い出したよ」

思いもかけない言葉に、目を丸くする。

「イネスさん、子供いたんですか？」

「おや、知らなかったのかい？　連れ合いはまだ若い頃に死んじまってね、あたしは女手一つで息子を育て上げたのさ」

そう語るイネスは、遠くを見るような顔で目を細めていた。

「だいぶ前に独り立ちしたんだけど、仕事でいっつも忙しくあちこち飛び回っていてねえ。年に一度くらい手紙をよこすだけで、ろくに顔も見せやしない。親不孝者だよ」

「あのね、アンヌマリー。『親不孝者』はイネスさんの口癖なの。いつも嬉しそうに言ってるけど」

「そうそう。イネスさん、なんだかんだ言って息子さんのことが可愛いんだよね」

クロエとメイドたちが、そう言ってくすくすと笑う。イネスは彼女たちを見渡して、肩をすくめた。

「ああもう、あんたたちの言う通りだよ。あの子はもうとっくの昔に成人したけれど、あたしにとっては今でも可愛い坊やだからねえ。親不孝だろうが何だろうが、元気にしていてくれりゃあそれでいいいさ」

その言葉に、両親のことを思い出した。前に一度手紙が来たけれど、それ以来何の音沙汰もない。きっと、まだあちこちを旅しているのだと思う。二人も私のことを心配しているのだろうな。

二人がどこかに落ち着いたら、こちらからも手紙を書こう。そうして、私もとっても元気にしていますって伝えよう。友達も仲間もできて、毎日が楽しいです、って。

ちょっとしんみりしていると、イネスがゆったりと言った。包容力を感じさせる、そんな声だ。

「でもね、あたしにとってはあんたたちも娘みたいなものさ。だから、困ったことがあったら遠慮せずにあたしを頼りな。いいね？」

その言葉に、みんなで声をそろえて、はいと返事をする。ちょうどその時、風に乗って焼き芋のいい匂いが漂ってきた。

「……がらにもなく真剣な話をしちまったねえ。さあ、おやつにしようか」

私たちはもう一度、はいと答えた。さっきよりも明るい、うきうきした声で。


あっつあつのお芋を、やけどしないように気をつけながら手に取る。端っこの固いところを折るようにしてちぎり、皮をむく。中から現れたほんのり黄色い中身からは、すっごくいい匂いがしている。大きく口を開けて、そのままかぶりつく。そうして、思いっきり笑みを浮かべた。

「甘くてほくほく、でもしっとり……ふんわりお芋の香りが、たまらないわ……」

芋を使ったスイーツは数多くあるけれど、結局こうやって石を使ってじっくり焼いたものには勝てない気がする。ぎゅっと凝縮された芋本来の甘さを心ゆくまで味わえるのが、石焼き芋だ。

うっとりとしながらつぶやくと、周囲からも同意の声が上がった。

「ほんと、いつものよりおいしい！　焼いただけなのに、お祭りのお菓子みたいに甘いし！」

「そうだねえ。いつもと同じ芋を使ったのに、ずっと甘いよ。それに、ぱさぱさしてなくて食べやすい。面白いもんだねえ」

「小石を使うだけで、こんなに違うんだ……」

「アンヌマリー、素敵なものを教えてくれてありがとう。また、みんなで石焼き芋を作ろうね」

そんなことを口々に言いながら、みんなせっせと石焼き芋を食べている。ふと、クロエが大鍋を見つめた。

「石焼き芋かあ……ちょっと手間は増えるけど、割と簡単に作れそうだよね。今度長期休暇で家に戻ったら、弟たちに教えてあげようっと」

「クロエって、兄弟がいるんだ」

「うん。兄さんと、下にちっちゃいのが三人。うち、父さんが病気がちだからさ。アタシと兄さんはこうして住み込みで働いてるし、母さんも家事と子守りをしながらお針子をやってる。このお屋敷、給料はいいから助かってるんだ」

「そうなの、クロエも苦労してたのね……」

しみじみとそう言うと、クロエは何とも言えない微妙な顔をした。

「……苦労っていうなら、アンヌマリーもかなり大変な目にあってない？　いつも元気に働いてるせいでつい忘れちゃうけど。家が無くなるとか、かなりのおおごとでしょう？」

「そういえばそうね。私もすっかり忘れてたわ。ここでの生活、結構楽しいから」

私の言葉に、その場の全員が楽しげな笑い声を上げる。寒空の下、焼き芋を食べながらあれこれお喋りする、こんなガールズトークも悪くはない。

クロエたちと一緒になって笑っていたら、屋敷のほうで人影が見えた。あれはおそらく、いや間違いなくディオンだ。食べ物の気配をかぎつけてやってきたのだろう。

まあ、いいか。まだまだ石焼き芋はたくさんあるし。その人影のほうに向き直ると、淡い金髪が冬のにぶい日差しを受けてきらきらと輝くのが見えた。

大鍋からもう一本石焼き芋を取って、そちらに歩き出した。ディオンの喜ぶ顔を、思い浮かべながら。

味噌を完成させてから、私は毎晩のように味噌料理をあれこれと作りまくっていた。そしてそれは、当然ながら食べる量、つまり摂取カロリーが増えることを意味していた。

「ウエストが……ぴったり……」

ある朝、いつものようにメイド服に着替えた私は、呆然と立ち尽くすことになった。

初めて袖を通した時はちょっとゆるいかな、と感じていたメイド服が、ジャストフィットになってしまっていたのだ。こうなる可能性からずっと目を背（そむ）け続けていたけれど、ついに、とうとう、来るべき時が来てしまった。

「三食きっちり食べた上に夜食までって、それはまあ、こうなるわよね……でも料理長のまかないはおいしいし、和食も食べたいし……」

そんなことをつぶやきながら立ったりかがんだり、くるりと回ってみたり。真剣に、メイド服の状態を確認する。

「今はまだ大丈夫。まだちょっとだけ、ほんのちょっとだけ余裕があるわ。でもこのペースで増えていったら……まずいわ」

とぼとぼと自室を出て、その足でまっすぐイネスさんのところに向かう。まかないを減らす気も残す気もなかったし、夜食を止めるという選択肢もなかった。となると、答えは一つだけ。

「おはようございます、イネスさん……」

朝早くに私を迎え入れたイネスは、私の顔を見るなりぎょっとした。

「ど、どうしたんだい、アンヌマリー。朝っぱらから死にそうな顔をして」

「一つ、お願いがあります……」

「あ、ああ。話してごらんよ。あたしにできることなら、力になるからさ」

私のただならぬ様子に、イネスは明らかにうろたえている。彼女の目を見ることなく、ぼそぼそと続ける。

「……とびきり体を動かす、忙しい仕事を振ってください……理由は聞かずに……」

「ええと、ま、まあ構わないよ。……しかし自分からそんな仕事に志願するなんてねえ。本当に、元令嬢だとは思えないね」

「令嬢だろうがメイドだろうが、人間ですから……食べ過ぎたら、同じところにたどり着きます……ですから、私はもっと動かなくては……」

その言葉に、ようやくイネスは私が落ち込んでいる理由を悟ったのだろう。一転して、豪快に笑った。

「なあんだ、そういうことかい！　だったら、ちょうどいい作業を回してあげるよ。あたしも若い頃に、そうやって鍛え上げたものさ。しっかりと筋肉をつけちまえば、ちょっとくらい食べ過ぎても問題なくなるさ」

イネスは同年代の女性の中では、かなりたくましいほうに入る。あれだけ筋肉がついていたら、カロリーもたくさん消費できるのだろう。うらやましい。

そうして彼女の部屋を後にし、いったん自室に戻る。それから少し待って、使用人棟のホールに顔を出した。毎朝恒例の、メイドたちの集会だ。

それが済んでから、イネスに言われていた通りに屋敷の裏口に移動する。そこに集まっていた男性たちが一斉に私を見て、いぶかしむような顔をした。

「おはようございます。あの、今日はここで仕事をするように言われたのですが」

そう説明すると、彼らの眉間のしわがさらに深くなった。

「ほっそりとしたアンヌマリーをここによこすなんて……イネスは何を考えてるんだ？」

「私がイネスさんに頼んだんです。……その、いつもと違う仕事をしてみたいって。もう少し体を鍛えたいなと、そう言ったらここを割り振られました」

ダイエットしたいから体を動かす仕事を振ってもらうことにしたなどという事情を明かしたくはなかったので、ちょっとぼかした。彼らからすると私はまだほっそりしているように見えているらしいので、おそらく動機を理解してはもらえないだろうし。

「まあ、あんたが納得してるならいいが……正直、足手まといになりそうでな……」

「あんまり役に立たないようなら、遠慮なく配置換えをイネスに頼むから、そのつもりでいてくれ」

「は、はい。頑張ります」

そんなことを話していたら、一台の馬車がやってきた。男たちはお喋りを止めて馬車に歩み寄り、荷台から木箱をいくつも降ろしていく。とても統制の取れた、きびきびとした動きだ。私はそれを、ただぽかんとしながら見守ることしかできなかった。うかつに手を出したら、邪魔してしまいそうな気がしたのだ。

ずらりと地面に並べられた木箱を見ながら、馬車の御者が何やら書類を読み上げている。どうやら、木箱の中身について確認しているらしい。それが終わると、彼はまた馬車に乗り込み、去っていった。

後に残された木箱の山を見た男たちが、肩をすくめてぼやいている。

「面倒な荷物が来たなあ……仕方ない、ここからは小分けにしてゆっくり運ぶぞ」

何が来たのかと見てみれば、箱の中身はワインだった。確かに、あれはできるだけ揺らさないほうがいい。ワインの瓶に衝撃を与えないようにということなのだろう、箱の中にも小さなクッションや柔らかな布を丸めたものが詰め込まれていた。

「荒っぽく運ぶんじゃないぞ。味が悪くなって、お館様の怒りを買っちまう。一本ずつ、丁寧にな」

男たちはそれぞれワインを抱え、慎重な足取りで歩いていく。目指すは、食料庫の隣にあるワインセラーだ。

私もワインの瓶を一本手に取ると、箱に入っていた布でくるんで男たちの後に続く。荷物自体は軽いのだけれど、揺らさないようにそろそろと歩いていると意外と全身の筋肉を使う。これはこれでいい運動になりそうだ。

ついにやりと笑いそうになるのをこらえながら、しずしずとした足取りで裏口とワインセラーを往復する。そんな私に、男たちが感心したような顔を向けてくる。

「すごいな、アンヌマリー。少しもワインが揺れていない。やるじゃないか」

「だなあ。俺たちは力仕事なら慣れてるけどさ、こういった繊細な作業は苦手で」

「ありがとうございます。頑張りますね」

褒められたのは素直に嬉しい。にっこりと笑って、滑るような動きで進み続ける。

実は、これは昔取った杵柄だった。かつて両親は、私が立派な男爵令嬢となれるように、それはもうしっかりとしつけてくれた。必要な教養やら何やらを、子供の頃からみっちりと叩き込んでくれたのだ。

そういって学んだことの中には、ダンスもあった。貴族の男女が対になって踊るダンスには、ちょうど今私がやっているような、滑るような足さばきを要求されるものがあるのだ。

ワインボトルとダンスを踊っているような心地で、軽やかに進む。しかしその時、廊下の向こうからメイドが三人連れ立ってやってくるのが見えた。私のことを嫌っている面々だ。

彼女たちは、男たちに混ざってワインボトルを運んでいる私を見て、露骨に軽蔑するような目をした。

「あら、アンヌマリー。今度は、使用人仲間に媚を売ってるの？　自分から荷運びを志願したって聞いたわよ」

「そっちのほうがあなたにはお似合いよね。ディオン様に近づくとか、ほんとありえないもの。ようやっと、身の程を知ったのね」

「そうそう。そのまま平民の男と結婚しちゃえばいいのよ」

すれ違いざま、彼女たちはそんな言葉を投げかけてくる。私が反論する暇すら与えずに、足音も荒く去っていってしまった。相変わらずとげとげしい態度だ。あの程度の悪口ならさほど気にもならないけれど、いつまでもしつこく敵意を向けられるのは疲れる。

私は元貴族だけれど、それを鼻にかけたつもりはない。ちょっとダンスの技術を活用したくらいは大目に見てほしい。そしてディオンについては、あっちが勝手に料理につられているだけだし。彼も私のことを友人くらいにしか見ていないだろうし、私も玉の輿なんて狙っていないんだけどなあ。

「まあ、あれくらいなら放っておいても問題ないでしょう」

そんなことをつぶやきながら、ワインボトルを手に歩いていった。さっきのメイドたちとは、別の方向に。

《幕間3》ディオンはお礼がしたい

今日も今日とてアンヌマリーと一緒に夜食を平らげて、ディオンはいつもの客間に戻ってきた。ついさっき食べた夜食の味を思い出しながら、ディオンは一人ほうとため息をつく。今夜の料理は、甘い芋と豚肉に味噌を塗り、蒸したものだった。甘い芋と味噌、それに豚の脂が見事に調和した、素晴らしい一皿だったなと、ディオンはうっとりと目を細めた。

そうしてふと、彼は思い出した。先日、料理長が嬉しそうにこんなことを言っていたのだ。

「ディオン様はこのところ、前よりも食事を楽しまれているように思います。俺としても、作りがいがありますよ」と。

その時ディオンは、そうなのか、それなら良かったというありきたりの答えしか返せなかった。しかし、彼には心当たりがあった。自分を変えたのは、アンヌマリーの料理なのだと。

彼女の料理は、彼にとってはこの上なく目新しく、不思議なものだった。そうして料理やその味に興味を持ち始めたディオンは、普段の食事に対しても注意を向けるようになった。食材の一つ一つ、細やかな味付け。そんなことを意識し、より深く料理を味わえるようになったのだ。

できることなら、アンヌマリーに何か礼をしたい。ディオンはそう考えていた。彼女が普通の令嬢であれば、観劇にでも誘っていただろう。普通のメイドであれば、装飾品の一つでも贈っただろう。しかし彼女は、そんなものではさほど喜ばないに違いない。彼はそう確信していた。

「……難しいな。やはり、料理か食材か……」

　ディオンはとても真剣な目で考え込んでいる。ぶつぶつと独り言をつぶやきながら。

「珍しい食材を渡せば……駄目だ、何が彼女の気に入るのか、見当もつかない」

　干した昆布に大喜びし、まず人間は口にしない米ぬかを使って素晴らしい漬物を作り上げる。そんな彼女が喜びそうな食材は何なのか、ディオンには想像もつかなかった。

　ならば、珍しい食材がありそうな場所に連れていけばいいだろうか。彼の頭には、一つの町の名が浮かんでいた。運河都市カナール。あそこならば、きっとアンヌマリーも満足するだろう。

　しかしここで、新たな問題が浮上していた。カナールまで、どうやって彼女を連れていけばいいのか。ここからカナールまで、徒歩で向かうなど到底考えられない。どれだけ急いでも、途中野宿が必要になる。だが馬車であれば、ものの数時間でたどり着ける。

　かつてメーアに行った時、アンヌマリーはディオンの馬車に乗ることをためらっていた。きっと彼女は理由もなく彼に甘えることはできないと、そう考えていたのだろう。そう、ディオンは思い込んでいた。そして彼は、そんな彼女に敬意のようなものをうっすらと感じていた。

　アンヌマリーは単に、立場も違う、しかも親しくない相手とずっと二人きりというのは気まずいと考えていただけなのだが、もちろんディオンは知るよしもない。

「ふふ、……強情というか、高潔というか……何か、彼女を連れ出すためのきちんとした理由が必要だろうな。まったく、苦労させられる」

　あの時のアンヌマリーとの押し問答を思い出しながら、ディオンはどことなく嬉しそうにつぶやく。

ちょっと礼をしようと考えただけで、こんなにもあれこれと考えなくてはならない。まったくもって、アンヌマリーは一筋縄でいかない女性だった。しかしディオンは、その手間を面倒だとはこれっぽっちも思っていなかった。彼は明らかに、その手間を楽しんでいた。

もしかしたら、私は彼女自身にも興味があるのかもしれない。ディオンはふとそんなことを思い、そしてすぐに目を見張った。自分の言葉に戸惑っているかのように、鮮やかな紫が揺らいでいる。

私は今、何を思ったのだろう。ディオンは自問自答する。私は彼女に興味がある。それは確かだ。ならばこの興味は、いったいどういうものなのだろう。友人に対する興味なのか、それともそれ以上の存在として彼女を意識しているのか。

彼のなめらかな頬に、ほんのりと赤みが差していく。ゆっくりと深呼吸して、彼はきりりと顔を引き締めた。

「いや、そ、そうではない。彼女は私の友人で、そうだな……美味なる料理を愛する、同志といったところだろうか」

まるで自分自身に言い訳するかのように、彼は堂々とそう言い放つ。アンヌマリーも彼のことを同じように称していたのだが、もちろん彼はそんなことを知るよしもない。

「ん？　美味なる料理……そうか、そうだな。いい案が浮かんだぞ」

つい先ほどまで照れたり胸を張ったり忙しくしていたディオンが、ふと顔を輝かせる。この上なく嬉しそうな笑みが、その顔に浮かんでいった。

《第6章》食材を求めてバカンスへ

荷物運びの仕事にもすっかり慣れた。いい感じに筋肉がついて引き締まり、メイド服にもまたゆとりが戻ってきた。ダイエットを通り越してマッチョになったらどうしようとは思っていたけれど、今のところその点については心配しなくてもよさそうだ。たくさん体を動かすとご飯がさらにおいしいし、いいことずくめだ。

一部のメイドは相変わらずちくちくと嫌味を言ってくるけれど、荷運びを始めたおかげで彼女たちと顔を合わせる時間がさらに減ったので放置しておくことにする。イネスも、私と彼女たちを可能な限り引き離してくれるようになったし。どうも、和解は無理そうだと判断したらしい。

そんなある朝、いつものように屋敷の裏手にやってきた馬車は、野菜が詰まった箱をどっさり置いていった。近くの町の市場で仕入れてきたのか、いつもと箱が違う。

「いつもは近所の農家から買い取った野菜なのに、今日は違うんですね？」

「ああ、こいつはカナールの町で買いつけてきたやつだな。ほら、ちょっと珍しいものばかりだろ？」

馬車から降ろされた木箱の中身も、確かにいつものものとはちょっと違っていた。新鮮なブロッコリーに芽キャベツ、あっちのはホースラディッシュかな。さらに別の箱には、レモンがぎっしりと詰め込まれていた。

興味津々で野菜を見ている私に、荷運び仲間の使用人が親切に教えてくれた。

「カナールは別名を運河都市と言って、広く国内外から色んなものが運ばれてくるからな。時々、料理長の指示で食材を買いつけてるんだよ」

運河都市。そういえば、まだミルランの家にいた頃に聞いた覚えがある。海の近くの平原を走る長い運河、そのそばにとても栄えた大きな町があるのだと。貿易が盛んに行われているその町では、遠く異国から運ばれてきた珍しい品物もたくさん取り扱われているのだと。お父様は仕事で時々訪ねていたけれど、私とお母様は行ったことがなかった。

いつか、三人で一緒に行ってみましょうね。お母様がそんなことを言っていたことを思い出して、ついしんみりしてしまった。それでもいつも通りに荷運びを終えて、イネスの部屋に向かう。

メイドたちは朝の集会の時に、その日の仕事をイネスから知らされる。けれど私は、荷運びが終わってから改めて次の仕事を聞きにいくようにしていた。荷物の量が毎日ばらばらで、いつ荷運びが終わるか分からないので、こんなシステムになったのだ。その時々で、手の足りないところを手伝いにいくのが今の私の主な仕事だ。

「おはようございます、イネスさん。今日は、何の仕事をすればいいですか」

そう言いながら、扉を開けた。やはりいつも通りに。

「うむ、思ったより早かったな」

しかし私の問いに答えたのは、なぜかディオンだった。どういう訳か扉のすぐ向こうに、彼が仁王立ちしていたのだ。彼の肩越しに、苦笑しているイネスの姿も見える。

「アンヌマリー、お前に臨時の仕事がある。今日と明日、私の供をしろ」

どうやらディオンは、このことを伝えるためだけにここで待っていたらしい。彼は最初に会った頃を思い出すちょっぴり偉そうな表情で胸を張っていたが、その目はほんの少し自信なげに泳いでいた。

「……また、供ですか？　どうして私なのでしょう」

彼との距離が近すぎるとかで一部のメイドにいちゃもんをつけられている身としては、手放しで喜べる話ではなかった。ただ、前にメーアに行った時は、何だかんだでとっても面白い体験ができたし、彼と出かけること自体は嫌ではない。むしろ、楽しそうだとも思う。

戸惑っている私に、彼の斜め後ろに立っていたイネスが口を開く。

「ああ、それはだね」

「いや、いい、イネス。ここは私が説明しよう。少しややこしい話だからな」

やけにかしこまった声音で、ディオンがイネスを制した。イネスは興味深そうな目で、ディオンを見つめている。なんだろう、イネスのあの表情は。どうもこの状況を面白がっているような。

「私はカナールで、二日間休暇を取ることにした。だがどうせなら、何か珍しいものを見つけてみたいと思っている。あそこには、あきれるくらい様々な品々があるからな」

カナール。ついさっき話題にしていたその地名に、思わず耳をそばだてる。

「しかし何を探したものか、見当もつかない。そうして悩んでいたら、お前のことを思い出した」

「私、ですか？」

「ああ。お前はいつも不思議な料理を作っている。お前なら、何か面白いものを見つけ出せるのではないかと思う」

「そうでしょうか。私はただ、作りたいものを作っているだけで……」

「しかしお前は、その気になればまだまだ面白いものを作れるのではないか？　カナールに行けば、新たな食材が見つかるかもしれない。そうすれば、きっと新たな料理も作れるだろう」

　気のせいか、話がずれてきているような。ディオンが珍しいものを探すという話をしていたはずなのに、私の料理の話になってしまっている。

　しかし、新たな食材か。その言葉には、大いに心惹かれるものがあった。現状は味噌と、それに昆布と煮干しの出汁だけでしのいでいる部分はあるし。しかも屋敷にある食材は、どうしても肉と野菜に偏（かたよ）っている。魚介類が少ないのは相変わらずだ。

「それでだ。そうやってお前が新たな食材に出会い、新たな珍しい料理を作れるようになれば、私としてもカナールに出かけたかいがあったと、そう言えると思うのだ」

　えっと、つまり。珍しいものを探したいけれどあてがないから、私に新たな食材を探させて、新たな料理を食べたいと、そういうことか。

　本当に、彼はおいしいものに目がないんだなあ。そう思いながら、力強くうなずいた。ディオンがやけにほっとした顔をしていたのが、ちょっぴり不思議だった。

「ここが、カナールの町……話には聞いていましたが、とても広いですね……」
「端から端まで、徒歩だと何時間もかかるらしい。だから町中のみを走る乗合馬車があるそうだ」

その日の午後、カナールの町の高台にある公園に私たちは立っていた。サレイユの屋敷からカナールの町までは、馬車で五時間くらいはかかったと思う。結構な長旅ではあったけれど、メーアに行った時のように疲れ果てることはなかった。

最初こそちょっとぎこちなかったけれど、今までに一緒に食べた料理なんかについてぽつぽつと話していくうちに、自然と肩の力が抜けていった。徐々に話も弾んでいき、カナールに着く頃にはお互いにいつもの調子を取り戻していたのだ。

そんなことを思い出しながら、辺りを眺める。公園の一角は崖になっていて、カナールの全体を見下ろせるようになっていた。

眼下には幅の広いまっすぐな運河が走り、大きな町がその運河に寄り添うようにして広がっている。町がとてもにぎわっているのが、ここからでもありありと感じられた。

崖の上の柵(さく)に手をかけて下をのぞき込んでいると、後ろからディオンが声をかけてきた。

「ここカナールでは、大通りで開かれる朝市が有名だ。食材や料理などが多く売られるらしい」

「らしい、ですか？」

ディオンは、カナールには何度も来たことがあると言っていた。しかしそれにしては、名物だというう朝市についてはよく知らないような口ぶりだった。

「……その朝市は、かなり人が多いという話なのだ。私は料理をしないし、立ち食いもしない。だからわざわざ人込みにもまれてまで、朝市に足を運ぼうとは思わなかった」

「でも今でしたら、立ち食いもできますよね？」

「ああ。お前のおかげでな」

焼きイカのことを思い出しながらいたずらっぽくそう言うと、ディオンはくすぐったそうに笑ってうなずいた。ともかく、今なら彼もちゃんと朝市を楽しむことができるだろう。

「明日の朝市で、本格的に食材を探すことにしよう。今日はお前の好きにするといい」

「あ、でしたら……買い物に行ってもいいでしょうか。食材ではないのですが、個人的に欲しいものがあって」

「構わん。だが、私もついていかせてくれ。どのみち暇だ」

突然休暇などと言い出すし、そうしてカナールに来たら来たで暇などと言い出すし、いったいディオンはどれだけ暇なのだろうか。もっとも彼がサレイユ家の当主になったら、今度は一気に忙しくなるはずだ。だから彼が暇だと言っていられるのも、今だけかもしれないな。

あれ、でも以前に一度だけ、やけに疲れ果てた彼を見た覚えがある。確か、餃子を作った時だったかな。徹夜でテストの一夜漬けをした後みたいな顔色をしていたけど、結局あれは何だったのだろう。餃子を作り出してからは元気に大はしゃぎしていたから、そこまで大ごとではないのだろうと思って追及しなかったけれど。

こっそりとそんなことを思い出しながら、ディオンと一緒にカナールの町へと繰り出していった。


カナールの町はものすごく広かった。そして店も、とんでもなく多かった。多少なりとも土地勘のあるディオンがいなければ、目的の店を見つけられずにさまようところだった。彼には感謝しなくては。

私が探していたのは服だった。今までは、休日もだいたいメイド服で過ごしていたのだ。ミルラン家から持ち出してきた普段着は、やはり使用人が着るには少々、いやかなりゴージャスだったのだ。

あんなものを着てふらふらしていたら目立ってしまう。それでなくても一部のメイドに目をつけられてしまっているのだし、これ以上注目されたくはなかった。だから、いい加減普通の服を手に入れないとなあとずっと思っていたのだ。

イネスがお下がりをくれると言ってくれたけれど、背が高くてたくましい彼女と私とでは、サイズが違いすぎた。あれを着ようと思ったら、大がかりな手直しが必要になる。ちなみにクロエが面白半分に服を貸してくれたけれど、そちらは小さくて入らなかった。

この辺りでは、平民は自分で服を作るか、あるいは古着を買うことが多い。ちなみに、貴族はもれなくオーダーメイドだ。つまり私が今探すべきなのは、古着店だ。

ディオンの案内で、服飾品の店が多く集まっている区画に向かう。高級店を素通りして脇道に入ると、古着店ばかりが集まっている通りに出られた。

すぐに好みの店に出会えたので、古着を数着買った。可愛いけれど甘すぎないワンピースやスカートといった、平民の女の子の普段着だ。靴やその他の小物も合わせたら結構な出費になってしまったけれど、悔いはなかった。

「さすがカナール、古着店もたくさんあるんですね。屋敷と近かったら、もっとちょくちょく通えたのに」

素敵な服を手に入れられてほくほく顔の私とは対照的に、ディオンはものすごく難しい顔をしていた。

「……買いたいものとは、服だったのか。それはともかく……古着とは」

「私が持っている服はミルラン家にいた頃に作ってもらったものですので、普段着にするには華やかすぎて……やっと、普通の服が手に入りました」

「だがこれではまるで……平民だろう」

「もうミルラン家はありませんから。両親が家を復興させるまで、私は平民ですよ」

さらりとそう答えると、なぜかディオンは泣きそうな顔をした。思わず彼の顔をまじまじと見つめると、彼は切なげに息を吐いて、消え入るような声で尋ねてきた。

「……お前は、ミルラン家に戻りたいとは思わないのか。毎日毎日メイドとして働いて、古着をまとうことになって、辛くはないのか。お前の両親は元々豪商だが、お前は赤子の頃から貴族として育てられてきたのだろう」

すぐに言葉が返せず、口ごもる。ディオンが私の事情にやけに詳しかったことと、彼が私のことを案じてくれていることに驚いたのもある。けれどそれ以上に、どうやったら私の思いを伝えられるか、それが分からなかったのだ。

私がただの元男爵令嬢であれば、この暮らしはとても辛いものになっていただろう。自分が平民になったことを認めるたびに、泣きたくなっていただろう。そう、ディオンの指摘通りに。

でも、私は違う。私は元男爵令嬢だけれど、ごく普通の大学生だったというもう一つの記憶を持っている。

この記憶のおかげで元気に頑張れているし、自分が特別ではない、ごくありふれた人間だということを受け入れることもできた。今の私にとって気にかかっているのは、思い出の中にある懐かしの味だけなのだ。

うんうんうなりながら、助けを求めるように辺りを見渡す。その時、あるものを見つけた。

「……少しだけ、ここで待っていてもらえますか」

悲しげに黙り込んでしまったディオンにそう言って、少し先の店へ向かう。そこの店先には、こんな看板があった。

『遥か南の異国より取り寄せた、とびきり珍しい果物！　今を逃せば、しばらく手に入りません！』

そして看板のそばに、小さな丸いものが山と積まれている。ピンポン玉くらいの大きさで、赤くてぶつぶつした皮に包まれている。見本の代わりなのか、一部だけ皮をむいたものが隣に置かれていた。あの白くてつやのある果肉は、間違いなくライチだ。十六年ぶりに見た。

珍しいとわざわざ書いてあるだけあって、結構値が張った。数粒買って、ディオンのところに大急ぎで戻る。ライチを彼に差し出すと、彼は戸惑った顔で受け取った。

「これは……何かの実か？　見たことのないものだな」

「皮に切れ目が入れてあるので、そこからむいて中の身をかじってください。中心に大きな種があるので、気をつけてくださいね」

そう言いながら、お手本とばかりに一つ食べてみせる。ぷりぷりした舌触りと、さわやかな甘み、それに独特の香りがたまらない。控えめなふりをして、結構自己主張の強い果物だと思う。しかも、他のどんな果物とも似ていないし。

ディオンもためらいながらライチを口にした。そしてすぐに、ぱっと顔を輝かせている。それを確認して、そっと問いかけた。

「おいしいですか、ディオン様？」

「あ、ああ。なじみのない不思議な香りだが、さわやかな甘さが美味だ」

「……これが、先ほどのディオン様の質問に対する、私の答えです」

そう言うと、彼は訳が分からないといった顔をした。そんな彼に、一言ずつゆっくりと告げる。

「こうして、おいしいものを食べることができる。それが私にとって、何よりの幸せなのです」

私の言葉は意外だったらしい。ディオンが目を見開いて、こちらを見つめた。

「家は無くなりました。私はメイドになりました。けれど今でも、こうしておいしいものに出会えます。新しい料理を作ることもできます。だから私は、今のこの生活を辛いとは思っていません。ただ懸命に、前を向いて進んでいきたいと、そう思っています」

それに、一人ではありませんし、と小声で付け加える。

ディオンは聞こえているのかいないのか、ただぽかんと口を開けて私を見つめ続けている。夕焼けが、彼の頬を優しく染めていた。

「……そうか。お前は今、幸せなのだな」

「ええ」

ディオンは私の言葉を噛みしめているような顔をして、手にしたライチを見つめていた。やがて、真剣そのものだったその横顔がふっと緩む。

「ところでお前は、どこでこの珍しい果物のことを知ったのだ？　どうも以前から知っているような口ぶりだったが。そういえば味噌のことも、懐かしいとかどうとか言っていたな。ミルランの家には、そこまで珍しいものがあふれていたのだろうか」

「あ、えっと、乙女の秘密です」

とっさにいい言い訳が思いつかなくて、つい勢いでそんなことを口走ってしまう。ディオンはなぜか大いにうろたえて、目を白黒させていた。

「そ、そうか。ならば、私が深く追及するのは良くないのだろうな」

その姿がおかしくて、つい笑ってしまった。彼も苦笑しながら、私をやはり優しい目で見守っていた。


それからしばらくカナールの町をぶらぶらして、宿に向かった。いつもディオンは、カナールに来たらこの宿に泊まることにしているらしい。高級だけれど装飾が控えめの、隠れ家のような上品な宿だった。

前から思っていたけれど、ディオンは割と趣味がいい。彼の伯父であるサレイユ伯爵がいわゆる成金（なりきん）趣味というか派手好きで悪趣味なので、余計に違いが浮き立って見える。

いや、サレイユの屋敷の調度品、おそらく代々伝わっているだろう品々はやはり上品だから、あの伯爵のほうが例外なのだろう。

そんなことを考えながら、宿の者の案内で客室に向かう。その客室は二部屋がつながった構造をしていて、奥の大きな部屋にディオンが、手前の小さな部屋に私が泊まる。

私は彼の供、つまり従者なので、この部屋割りは当然のことだった。うん、特に問題はないのだ。こういうものなのだ。

そう自分に言い聞かせながら、夕食やらなんやらを済ませ、後はベッドにもぐりこんで寝るだけとなった。

「……落ち着かない……眠れない……こういうものだって、分かってはいるんだけど」

すぐそこの扉の向こうで、ディオンが寝ている。そう考えると、どうにもむずむずするものを感じずにはいられなかったのだ。

そもそも私は、家族以外の男性が近くで寝ているという経験をしたことがない。

大学生だった頃に友達とのお泊り会をしたことならあるけれど、あれは男子禁制の女子会だったし。そして男爵令嬢として暮らしていた間は、お父様ですらかなり離れた、別の部屋で休んでいたのだ。さらに今暮らしているサレイユの屋敷の使用人棟は、男女で分かれている。

「別に、彼のことを男性として意識している訳じゃないんだけど……」

うん、それはない。でもやっぱり、落ち着かない。

「早く寝ないと、明日は朝市なんだから……頑張って、食材を探すんだから……」

お布団を顔までかぶって、一生懸命に目をつぶる。普段は割と寝つきのいい私のもとに、睡魔はちっとも訪れてくれなかった。ただ、扉の向こうが気にかかって仕方がなかった。

「どうした、眠そうだなアンヌマリー」

「ディオン様こそ、少々寝不足のようですが」

「気のせいだ。光の加減で顔色が悪く見えているだけだろう。まだ朝早いからな」

「いえ、目の下に少しクマができているような……もう少し、宿で休まれては?」

「そんなことをしていたら朝市が終わってしまうだろう。気にするな、行くぞ」

次の朝、私たちはそんなことを話しながら朝市に向かっていた。ここカナールはとにかく建物が多く人も多いので、短距離であれば貴族ですら徒歩で移動することが多いらしい。というか、うかつに馬車に乗ると人の波に巻き込まれて、余計に時間がかかってしまうのだとか。特に朝は。

「じきに朝市だな。支払いは気にせずに、存分に買うといい」

ディオンのそんな言葉に、ふと立ち止まる。

「……そういえば今の今まで確認していませんでしたが、ここで購入する食材の代金は誰が払うのでしょうか？」

「食材探しは私が命じたことなのだから、私が払うのが当然だ」

確かに、それはそうだろう。ただ私には、はいそうですねとうなずけない理由があった。

「あの、そのことなのですが……私が払ってはいけないでしょうか。それなりに持ち合わせはありますし」

私の提案が予想外だったらしく、ディオンが目を丸くした。なぜだ、といった顔で小首をかしげている。

「ディオン様に代金を払っていただいたら、その食材はディオン様のものになってしまいます。それでは、残りの食材を自由に使うことはできません」

「妙なところにこだわるのだな。私のことは気にせずに、好きに使えばいい」

「いえ、そういう訳にはまいりません」

ディオンのお金で買ったら、それは私のものではなくなってしまう。私としては、せっかく見つけた食材は心置きなく、自由に使いたい。いちいちディオンの許可を取るのは面倒だ。

ディオンは私の主張にちょっとあきれているようだったが、なぜか同時に少し嬉しそうでもあった。そのまま朝市を目指して歩きながら、二人で相談する。

結局、朝市の食材は私が自腹で買い、それで変わった料理を作ってディオンに食べさせる。そしてディオンはその料理の代金を私に払う、ということになった。

「いつも通りだな」

「そうですね、いつも通りですね。でもいつも以上に気合を入れて、新しい料理を作りますから。ここまで連れてきてもらったお礼もしたいですし」

そう断言すると、ディオンはぱっと顔を輝かせる。分かりやすいなあと思いながらそんな彼を眺めていると、不意に彼が目を細めた。嬉しそうな、ちょっとしんみりしているような顔だ。

「……まったく、お前ときたら……本当に強情で、そして高潔だな」

何をどうしたら、突然そんな言葉が出てくるのだろう。問いかけようとしたら、ディオンはさらに大股で歩き出した。

「さあ、朝市が見えてきたぞ。食材探しを頑張ってくれ、アンヌマリー」

淡い金髪を朝の光に輝かせながら、ディオンが軽い足取りで進んでいく。私は質問することも忘れて、ちょっとだけその輝きに見とれていた。

そうしてついに、私たちは朝市にやってきた。大きな通りの両側に色んな出店や屋台がずらりと並び、ものすごくたくさんの人がひしめいている。

大きな野菜のかごを運んでいる農民や、仕事前に腹ごしらえをしている商人らしき人、今晩のおかずを考えているらしい地元の主婦に、物珍しげにきょろきょろしている観光客。それらに交ざって、たまに貴族の姿まで見かけた。

みんな陽気に騒いでいて、まるでお祭りだ。朝の寒さを吹き飛ばすような活気にあふれた光景に、思わず顔が緩む。

わくわくしながら、その人ごみに突撃していく。ディオンとはぐれないように気をつけながら、人をかき分けるようにして次々と店をのぞいて回る。

「本当に、色んなものがありますね……」

「そうだな。私も話に聞いてはいたが……まさか、ここまでとは」

朝市は、食材の宝庫だった。みずみずしい野菜に果物、肉に魚、さらにそれらの加工品などが並んでいる。量も種類も、とんでもなく多い。

「あの葉野菜、とってもみずみずしい……キノコと合わせて鍋にしたらおいしそう……あっちのお店はチーズがたくさん……チーズインハンバーグもいいなあ……ああ、目移りしちゃう……一日しかいられないのが恨めしい……」

「やけにいい匂いがすると思ったら、あちらにあるのは料理の屋台か。どこも繁盛しているな」

つい素の口調でうっとりとしてしまう私と、屋台が気になっているらしいディオン。ちゃんと宿で朝ご飯を食べたのに、もうお腹が空いたのだろうか。というか、私も小腹が空いた。

「何か食べていきますか？　私も、一度立ち止まって周囲の様子を観察したいですし」

そう提案すると、ディオンは大喜びで乗ってきた。近くの屋台でおやつを買い、大通りの壁際で立ったままそれを食べる。

スコーンのような固めの菓子パンにベリーのジャムを挟んだおやつをひとかじりすると、バターの濃厚な香りが口いっぱいに広がった。少し遅れて、自然な甘みと酸味がやってくる。わ、すごくおいしい。こってりなのにあっさり食べられてしまう。

私たちはあっという間にぺろりと平らげて、すぐにもう一個買うことを決めた。

「たくさんのお買い上げ、ありがとうございます。バターもジャムも、わたしの手作りなんですよ」

その屋台をやっていたのは、四十過ぎくらいの女性だった。平民の中でも、特に質素ななりをしている。

「これを手作りですか……すごいですね。とってもおいしいです」

「ああ。見事なものだ」

二人しておやつの感想を言うと、女性ははにかみながらにっこりと微笑んだ。二つ目のおやつを食べながら、女性とあれこれお喋りする。

彼女は近くの村で暮らす農民で、暖かい季節は畑の世話をして、冬になるとカナールでこのおやつを売るのだそうだ。カナールは仕事の口が多いとかで、たくさんの農民たちが出稼ぎにきているらしい。

「この朝市は、場所代がただなんですよ。なんでも、カナールにたくさんお客を集めるためにそう

していると か で 。 わたしみたいな豊かでない農民には、ありがたい話なんです」

私たちがおやつを気に入ったからか、彼女はとても上機嫌で色々なことを教えてくれた。この朝市には本当に様々な人が集まるから、何の屋台を出してもそれなりに売れるらしい。そんなこともあって、狩人たちによる食べ応え抜群の野趣あふれる肉料理や、異国の民が出す変わった料理、さらに引退した元料理人による優美な茶菓子まで、屋台はとてもバラエティに富んでいるのだそうだ。

「この朝市には食材を買いに来る人だけでなく、食べ歩きに来る人も多いんですよ」

「そうか。ならば買い物のついでに、そちらも見ていこう。面白い体験ができそうだ」

ディオンは、がぜん張り切っているようだった。私も異論はなかったので、力強くうなずいた。屋台の女性は、そんな私たちを楽しそうな顔で見守っていた。

おやつを食べ終わり、また出店を見て回る。何か変わった料理を作るには、どの食材がいいだろう。そんなことを思いながら真剣に辺りを見渡していたその時、ふとあることに気づいた。

「あら? これって、海魚ですよね。でも、ずいぶんと活きがいいような……」

近くの出店には、ぴっちぴちのカレイが並んでいた。ついさっきまで生きていたと言われても驚かないくらいに新鮮だ。

カレイは海魚だ。しかしカナールの周囲にある運河は全て真水だから、当然ながらこの近くではカレイはとれない。とってからここまで運ぶ間に、もっと鮮度が落ちてしまいそうなものなのに。

首をかしげる私に、がっしりした若い店員の男が答えてくれた。

「おう、そうさ。これはメーアで昨晩水揚げされたばかりのやつを、生かしたまま運んできたんだ。

とっても新鮮だよ！」

「そうだったのですか。でも、メーアからだと結構距離がありますよね？」

私がディオンと初めて出かけて、一緒に焼きイカを食べた海辺の港町メーア。そして今、ディオンと一緒に買い物をしている運河の町カナール。頭の中で地図を描きながら、二つの町の位置を確認する。メーアとカナールの間には大きな山がそびえていて、その山を回り込むとかなりの遠回りになるはずだ。

それを指摘すると、店員は得意げな顔で言った。

「簡単さ。船で運んでるんだよ」

カナールからメーアまでは船で運河を下り、海に出るのが最短ルートらしい。これなら、片道一時間程度でたどり着けるのだそうだ。ものすごいショートカットだ。

「メーアでとれた魚のうち、特に上質なものや珍しいものはこっちに運ばれるんだ。カナールはとにかく人が多いし、異国からもたくさん客がやってくるからな。ちっと高くても、買い手がつくんだよ」

彼の言う通り、並べてあるカレイはメーアで売られていたものよりも立派で、そして高価だった。あれ、調理してみたいなあ。

私にとって一番なじみのあるカレイの調理法は煮つけだけれど、醤油がない。だったら竜田揚げかなあ。でもそれなら、青海苔が欲しいところだ。しかしこのだだっ広い朝市を、青海苔だけを探してさまようのもちょっと面倒だ。

そもそも昆布があれだけ蔑まれていたのだし、海苔も同じような目にあっているかもしれない。

だとしたら、海苔を見つけるのは大変だろうな。でもカレイをただ揚げただけっていうのも芸がない。

この辺では、カレイの一般的な調理法はムニエルだ。だから唐揚げにすれば多少目先は変わる。けれど、そんなものではディオンを満足させることはできない。断言できる。

どうしたものかと考え込んでいたら、近くの出店で丸々と太ったダイコンが売られているのが目についた。さすがカナール、こちらもかなりの上物だ。魚にダイコンおろし、いいなあ。ダイコンは魚の生臭さや脂っこさを消してくれるし、ぴりりとした刺激がまた面白い。

そう思った時、ふとひらめいた。

「……ディオン様。珍しい料理の内容が決まりました。今夜、屋敷に戻った後に作ろうと思います」

おごそかにそう告げると、ディオンは一瞬目を見開いて、すぐに真顔になる。

「そうか。詳細については言わないでくれ。今夜の楽しみに取っておきたい」

重々しい口調でそう言いながらも、ディオンは目を子供のように輝かせている。予想通り、いやそれ以上に期待されている気がする。

これは頑張らないと。内心こっそりと気合を入れながら、特に肉付きのいいカレイを一匹買い求めた。

「ああ、たくさん買ってしまいました……満足です……」

「屋台の料理も、興味深かった。今まで敬遠していたのがもったいなかったな」

それから心ゆくまで朝市を回り、ディオンと二人満足した顔を見合わせる。そろそろ昼近くなっていて、朝市も終わりに近づいていた。

けれどずっと食べ歩いていたせいで、お腹はいっぱいだった。これなら改めて昼食をとらずに帰路についても大丈夫だと、私たちの意見はそう一致していた。

屋台では、予想していた以上に色々な料理が売られていた。ただ、和食はどこにもなかった。もしかして私の料理って、自分で思っている以上に珍しいんだろうか。

「いい休暇になった。お前を連れてきて正解だった。今夜の夜食も期待しているぞ」

「本当にディオン様は、食べることがお好きですね」

「ま、まあ、な。だが、私は……食べることだけではなく、その……」

不意にディオンが視線をさまよわせて、恥じらうような目をした。そのまま、何事か口の中でつぶやき始める。乙女のようなその表情に、つい目を丸くしてしまう。

「……ディオン、様？」

どうしたのかな、と思ったその時、絶対に見過ごせないものを見つけてしまった。ディオンの言葉を最後まで聞くことなく、彼の背後にある出店に向かって全力で駆け出す。

「鰹節っ‼　あの見た目、あの道具、間違いなく鰹節だわ‼」

売り物が地味だからか、それとも人出のピークが過ぎたせいか、その店に客はいなかった。そんなところにメイド服の私が叫びながら駆け込んできたものだから、中年の男性店員は声も出ないほど驚いている。しかし私はそちらを構う余裕すらなく、前のめりになって食い入るように売り物を凝視していた。

粉を吹いたような茶色の、木にそっくりの何かがずらりと並べられている。実物を見るのは初めてだけれど、きっとこれは鰹節だ。だって隣に置かれているのは薄く削ったおなじみの削り節だし、さらにその隣にあるのは鰹節削り器だ。

どきどきする胸を押さえながら、店員に尋ねる。ついつい、声が大きくなってしまっていた。

「すみません、これって大きな魚の切り身をじっくり干したものですよね⁉」

「あ、はい、そうですよ。南方の名産品なんです。先日、交易商が持ち込んできたもので……こちらの道具で薄く削って、料理にかけたりすることが多いですね。少し、味見してみますか？」

そう言って店員は、削り節をひとつまみ私の手にのせてきた。おそるおそる試食すると、口の中にしっとりとした深みのある香りとほのかな酸味が広がる。記憶にあるものと同じ、鰹節の味そのものだった。思わず、ほうとため息がもれる。

店員の説明を聞きながら、うっとりと考え事に浸る。まさか、こんなところで鰹節に出会えるなんて。昆布出汁と合わせると、さらに深みのある上品なお出汁になる。もちろん、そのまま食べてもとってもおいしい。ご飯にのせて醤油を回しかけてもいいし、冷奴（ひややっこ）にのせてもいい。お好み焼き、おひたし、焼きナス……次々と料理が思い浮かんでくる。ちょっと走馬灯（そうまとう）っぽい気もする。料理の走馬灯って、シュールだなあ。

「……これ、ください。それと、そちらの削る道具はいくらですか？」

頭の中をぐるぐる回る料理の幻（まぼろし）をいったん追い出して、真剣な顔できっぱりと言った。その時、ようやく追いついたらしいディオンがそっと声をかけてきた。

「今度は何だ、アンヌマリー？　ずいぶんと大喜びしているようだが」

「鰹節という新しい食材です。これがあれば、さらに料理がおいしくなるんですよ。とてもいい出汁が引けますし、料理にかけても合うんです」

なるほど、とつぶやいて、ディオンは店員が指し示している道具をじっと見つめた。

その道具、鰹節削り器は、大工道具のカンナと木箱を合体させたような形をしている。上のカンナで鰹節を削ると、下の木箱の中に削り節がたまるという仕組みだ。

「変わった道具だな。ああなるほど、この道具でこちらの食材を削るのか。買うつもりなのか?」

「はい。ただちょっと、悩んでいて……」

この店では色々な値段の鰹節削り器を扱っていたが、私が気に入ったのは一番高いものなのだ。上質の木に、切れ味の良さそうな刃。長く使える逸品だと、すぐに分かった。

「安物の刃物はすぐ切れなくなるので、できればこちらを買いたいのですが……」

「おや、お目が高い。確かにそれは、この中ではとびっきり良い品ですよ。なんでも、現地でも腕利きの職人がこしらえたものなのだそうです」

店員がにっこりと笑って、口を挟んでくる。そちらに苦笑を返してから、またディオンに向き直った。

「……買いたいのですが、少々高くて。次に鰹節に巡り合えるのがいつになるか分かりませんから、鰹節自体もたくさん買っておきたいですし……」

先ほど店員が教えてくれたところによると、鰹節を売りに来る交易商はだいたい半年に一度くらいの頻度(ひんど)でカナールにやってくるらしい。鰹節はそこまで人気のあるものではないから、仕入れ量もそう多くない。それでも一部の愛好家がいるとかで、仕入れ後二か月ほどで売り切れているのだそうだ。

　つまり、カナールで鰹節を買える期間は年に四か月くらい。そのタイミングで都合よくまたここに来られるとは限らない。だから、今ここで買えるだけ買っておきたい。

「一番高い鰹節削り器にすると、あまりお金が残らなくて……もう少し安い鰹節削り器にして、その分鰹節をたくさん買おうかなと、そう思っているところです」

　昨日服を買いすぎたことが、こんなところで響いてしまった。料理のためだからとか何とか言いくるめて、ディオンにお金を借りようか。両親からもらった金貨が屋敷の自室に置いてあるから、帰ったらすぐに返せるし。

　ううん、やっぱりそれはよくない。私たちはおいしいものが好きな仲間だけれど、貴族と平民で、しかも主従関係だ。友達とは違う。

　仕方がない。数ランク下の鰹節削り器にしよう。これだって、案外長持ちしてくれるかもしれないし。

　そう決めて店員に声をかけようとしたその時、私より先にディオンが動いた。彼は一番高い鰹節削り器を指さして、店員に命じたのだ。

「これをもらおう。包んでくれ。ほら、代金だ」

「えっ、あの、ディオン様？　そんなもの、どうされるのですか？」

　彼は鰹節を買っていない。そもそも彼は料理をしない。それなのに、鰹節削り器だけを買っている。訳が分からない。混乱する私に、彼は鰹節削り器の包みを押しつけてきた。

「やる。いつも変わった料理を食べさせてもらっている、礼だ」

「礼ですか？　食事の代金はきちんといただいていますが……」

彼の夜食の分の食費はもらっているし、彼はいつもとってもいい笑顔で食事を平らげている。別にこれ以上、礼なんていらなかったのだけれど。

しかしディオンは引き下がらなかった。少しむきになったような口調で、ちょっぴり偉そうに宣言する。

「な、ならばこれは、先行投資だ！　お前がこれを手に入れれば、私はもっと面白いものが食べられる。だから、遠慮せずに黙って受け取れ！」

どうやら彼は、何が何でも私に鰹節削り器を渡したいらしい。必死な様子がちょっと可愛らしいと思えてしまった。だから鰹節削り器を受け取って、礼儀正しく頭を下げた。

「……分かりました。それではいただきます。これを使って、もっともっとおいしい料理を作っていきますね」

「ああ、期待している」

それからたっぷりと鰹節を買い求めて、私たちは店を後にした。お買い上げありがとうございますという、店員の愛想のいい言葉に見送られながら。

歩きながら、鰹節削り器の包みをしっかりと抱きしめる。何とも色気のない贈り物だけれど、私たちの間でやり取りするにはぴったりの品かもしれない。そう思えた。

ディオンは相変わらず偉そうに胸を張っていたけれど、その口元がいつもよりも緩んでいるような気がした。

そうして私たちは、また馬車に揺られてサレイユの屋敷に戻ってきた。夕食をとってから自室にこもり、買ってきたあれこれを整理する。それが済んだら、いよいよ夜食の準備だ。

作っているところを見たいといって、ディオンもいつも通りに厨房にやってきた。そんな彼に適宜解説しながら、作業を進めることにする。これもまた、いつも通りだ。

まずはお出汁。昆布を小さめに切って水から煮出し、沸騰直前で昆布を取り出す。

「昆布を取り出したらもう一度火にかけて、いったん沸騰させてから火から下ろします。そしてここに、鰹節をたっぷり入れます。これで、より味わい深い出汁になるんですよ」

鰹節はけちらずどばっと。こんなに入れちゃっていいの？　って思うくらいが適量だ。それからもう一度沸騰させて、少し冷ましてから布でこす。これで、鰹節と昆布の合わせ出汁のできあがりだ。

うわあ、いい匂い。昆布単体の時より、ずっとわくわくする香りになっている。煮干しを使った時よりも、もっと上品でまろやかな香りだ。

「……少し、味見をしてもいいだろうか」

そわそわしているディオンに、苦笑しながら味見用の小皿を渡してやる。うん、この匂いをかいだら味見したくなるよね。おいしいしね、このお出汁。案の定彼は一口飲んで、うっとりとため息をついていた。

「なんということだ、これは最高のスープではないか。ほんの少し塩を足せば、いくらでも飲めるぞ」

「気持ちはとてもよく分かりますが、味見はその辺りで止めてくださいね。今日の料理に使いますから。もっと欲しいのであれば、また後日改めてきちんと出汁を引きますよ」

放っておいたらいつまでも味見をしてしまいそうなディオンを止めて、次の作業に移る。

カレイは適当な大きさに切って塩コショウし、片栗粉をまぶす。それからフライパンに油を多めに入れて、かりっと揚げ焼きにする。弱火でじっくりと、両面を丁寧に焼いていく。

魚が焼けるのを待っている間に、ダイコンを手に取った。辛味が強くて水気が少ない先のほうを切り落として、皮をむいてすりおろす。それも、小ぶりのボウルがいっぱいになるくらいにたっぷりと。それから別のボウルにさっきの合わせ出汁を入れて、味噌と砂糖、白ワインを加えてよく混ぜ、煮汁を作る。

「何がどうなるのか、見当もつかないな」

「魚が焼けたので、もうすぐですよ」

そう答えて、焼けたカレイをいったん皿に移す。フライパンを布巾で拭いて余計な油を落とし、そこに煮汁を入れて軽く沸騰させる。さらに焼いたカレイとダイコンおろしを加えて、ちょっとだけ煮る。煮過ぎるとカレイがべちょべちょになるしダイコンの風味も飛ぶので、あくまでもさっと煮るだけだ。

「できました。カレイのみぞれ煮、味噌風味です」

カレイは揚げずにそのまま煮つけにするのが一番メジャーだけど、私はこちらのほうが好きだったりする。ちょっぴりかりかりかりした外側と、ふっくらジューシーな身。そのコントラストが最高なのだ。

さて、この料理はディオンのリクエストに応えられているだろうか。どきどきしながら席に着き、向かいのディオンをじっと見守る。彼はフォークでカレイを切り分け、煮汁とダイコンおろしをたっぷりからめて、上品に口に運んだ。そうして、歓喜に目を見開く。

「意外だ……カレイといえば、バターやオリーブオイルでソテーしたものしか食べたことがなかったが……驚くほど味噌と合うのだな。それに、ダイコンの使い方も予想外だ。歯ごたえもとても楽しい。確かにこれは、私が望んだ『新しく珍しい料理』だな」

合格点をもらえたことにほっとして、自分の分のみぞれ煮を口にする。いつもは醤油で煮ているけれど、味噌もなかなかおつなものだ。コクと深みがある優しい味噌の味の中に、ダイコンのさわやかな辛味がぴりりと効いている。揚げてあるのに、さっぱりとしていて食べやすい。

カレイの煮込み時間もちょうどよかった。片栗粉の衣に軽く味がしみていて、それでいてふにゃふにゃになっていない。似たような料理は今までに何度も作ったけれど、ここまで見事な仕上がりになったのは初めてだ。

「たまたまですが……今日の料理は、ひときわ良いできばえになりました」

「そうか。カナールでの休暇の締めくくりにふさわしい、いい一皿だな」

真夜中近い厨房に、私たち二人の小さな笑い声だけが響く。一泊二日の短い旅だったけれど、ずいぶんとたくさんのものを手にしたような、そんな気がしていた。

そうして上機嫌でカナールから帰ってきた、次の日。私はのんびりと、庭の雑草を抜いていた。このところ冬とは思えないほど温かい日が続いたので、雑草が生えてきていたのだ。庭砂利のすきまから生えてきている雑草を、片っ端から引っこ抜いていく。単純な作業だけれど、割と楽しい。

「アンヌマリー、ちょっといいかい」

無心になって雑草を抜き続けていたら、やけに深刻な顔をしたイネスがやってきた。そのまま、庭の隅のほうに連れていかれる。一緒に作業していた他のメイドたちの姿が見えなくなったところで、イネスは小声で言った。

「あんたのことをよく思ってないメイドたちのことなんだけどね……どうも、最近あの子たちの様子がおかしい気がするのさ」

「様子がおかしい、ですか?」

首をかしげて、記憶をたどる。私をとことん嫌っている数名のメイドたち、彼女たちは相変わらず冷たい視線と言葉を投げかけてくるけれど、特に何かが変わったとか、エスカレートしたとは思えなかった。

「ああ。何がどうとは言えないんだけれど……嫌な感じに目がすわってきた、そんな気がするんだ。注意したり引き離したり、打てる手は打ってきたけれど……何だか、さらにひどくなってきた気がする。今すぐどうこうって感じじゃないし、あたしも注意して見張っておくけど、あんたのほうでも気をつけておいたほうがいいと思うよ」

その言葉に一瞬きょとんとして、すぐに顔を引き締める。イネスは長年メイド長を務めているし、人を見る目なら私よりずっと確かだ。そんな彼女がわざわざこんなことを言ってくるのだ、その忠告を無視するのは得策ではない。それに何より、心配してもらえたことが嬉しい。

「分かりました。心配してくれてありがとうございます。気をつけておきますね」

そう答えると、イネスは口元をちょっぴりほころばせる。

「あたしの取り越し苦労じゃないといいんだけどね。アンヌマリー、あんたはちょっと変わってるけどよく働くし、気立てのいい子だ。あたしは、あんたの力になってやりたいんだよ。何かおかしなことがあったら、すぐに言っとくれ」

前にイネスは、私たちは娘のようなものだと言っていた。私にとっても、彼女は母のように頼れる存在だ。何かが起こっても彼女がいてくれれば大丈夫だと、そう思えるくらいには。

だからにっこりと笑って、大きくうなずいた。けれどイネスの顔は、やはりどこか不安げにくもったままだった。


雑草抜きを終えて、手を洗ってから屋敷の中に戻る。次はテラスの掃き掃除だ。ほうきとちりとりを手に、廊下を歩く。

しかしその途中、ふと違和感を覚えて立ち止まる。廊下の曲がり角の壁に作りつけられた飾り棚、そこを見た時に、何かがおかしいと感じたのだ。

「……あら、そういうことね」

改めて飾り棚を眺め、すぐに納得する。違和感の原因は、そこに飾られている小ぶりな置物の一群だった。

その置物は、英雄や乙女、怪物などのたくさんの置物を並べて神話の一シーンを再現するものだ。ところがその配置が、見事なまでにめちゃくちゃになっていた。

これは直しておいたほうがいいだろう。ほうきとちりとりをいったん置いて、置物に手を伸ばす。

「この場面だと、海の精霊はここにいて……で、魔女はこっちで、その前に怪物が……」

子供の頃、誕生日にお父様とお母様がくれた絵本の中に、この神話を描いたものがあった。このお話なら、空で言えるくらいに詳しい自信がある。

「ふふ、懐かしい」

そうつぶやきながら、置物の位置をどんどん直していく。じきに、全てが正しい位置に戻った。

「よし、これで大丈夫ね」

いいことをしたなと思いながら、その場を立ち去った。

それはアンヌマリーが飾り棚のそばを立ち去った直後のことだった。すぐ近くの別の曲がり角から、メイドが二人顔をのぞかせた。二人とも、とても険しい目をしていた。
「……今の、見た?」

「見た。なんなのよ、あれ」

「さっきあの飾り棚を掃除したの、あたしなのよ。あの置物を並べたのもあたし」

「つまり、あんたが間違えてたって言いたい訳なのね、アンヌマリーは」

「むかつくわ。何よ、ちょっとものを知ってるからって、偉そうに」

「ちょっと……ううん、かなり目ざわりだよね。ディオン様も、やたらあいつのことばかり気にしてるし」

「……あんな女、いなくなっちゃえばいいのに」

「いっそ、追い出しちゃおうよ。あたしたちみんなでかかれば、何とかなるって」

何とも剣呑（けんのん）な二人のひそひそ話は、その後もしばらく続いていた。

それからというもの、私はイネスの忠告に従い、私のことを嫌っているメイドたちの動向に気を配り始めた。
けれどそれに比例するかのように、彼女たちは私に近づかなくなっていた。直接何かを言ってくることはなくなったけれど、今度は遠巻きにこちらを見ては、何事かひそひそとささやくようになったのだ。とても、冷たい目で。
どうにも嫌な感じだった。彼女たちがずっとああやっているだけなら問題はないのだけれど、これから何かが起こってしまいそうな気がしてならない。こちらを見つめている彼女たちの視線には、そう思いたくなるだけの悪意がよどんでいた。

とはいえ、私もまたメイドの一人であるからには、仕事をしなくてはならないのであって。心配事があろうが気になることがあろうが、関係なく。

今日の私に割り当てられたのは、倉庫の掃除だった。一緒にここの担当になったクロエは、ちょっとよその手伝いに行ってしまって席を外している。

そうして一人で掃き掃除をしていたら、後ろで扉のきしむ音がした。

「おかえりなさい、クロエ」

そう言って振り返る。しかしそこにいたのは、クロエではなかった。一度だけ間近で見た豪華で悪趣味な老人、サレイユ伯爵だ。彼の背後で、倉庫の入り口の扉がばたんと音を立てて閉まる。

どうして彼が、こんなところに。彼のような立場の人間が、倉庫に用事があるとは思えない。用があったとしても、自分から足を運ぶとは思えない。だいたいここは、彼の私室からはかなり遠いのに。

ぽかんとする私に、サレイユ伯爵はやけに楽しげに話しかけてくる。あまりにも上機嫌なのが、どことなく薄気味悪い。

「おお、アンヌマリー、ここにおったか。今日は、いい話を持ってきてやったぞ」

「いい話……ですか？」

絶対にそれは悪い話だ。そう確信しながら、上品に首をかしげてみせる。普段ディオンなんかに見せているのとはまるで違う、とびっきり礼儀正しく、思いっきり他人行儀なしぐさだ。

しかしそれを見て、サレイユ伯爵はさらに機嫌を良くしたようだった。

「うむ、とても優雅な身のこなし、見事じゃ。平民はがさつでいかんが、お前は一応貴族としての教育を受けておったからのう。根っからの平民どもとは、多少なりとも違っておるようじゃ」

「……お褒めいただき、ありがとうございます」

褒められた気はしないし嬉しくもないけれど、一応そう答えておく。その間サレイユ伯爵は、それこそ頭の上からつま先まで、私の全身をなめ回すようにじっくりと見ていた。視線だけでたいそう気持ち悪い。

しわだらけの顔に特大の笑みを浮かべて、彼はまた口を開いた。

「わしは美しい娘が好きじゃ。どうせそばに置くなら、美しいものに限る。じゃが平民はどれだけ美しかろうとも、中身がろくにないからのう。面白うない」

どうも彼は、ただ私を褒めにきただけではないような気がする。さっきから感じている嫌な予感が、警報レベルにまで上がってきた。お願いクロエ、早く帰ってきて。

しかしそんな願いも空しく、倉庫の入り口の扉はぴったりと閉まったままだった。そしてサレイユ伯爵が、じりじりとこちらににじり寄ってくる。こっそりと後ろに下がったら、靴のかかとが倉庫の荷物にこつんとぶつかった。駄目だ、逃げられない。

私が逃げようとしているのに気づいているのかいないのか、サレイユ伯爵は笑い続けている。にたにたという音が聞こえてきそうな顔だ。

「しかし、お前ならばわしの愛人にしてやってもよいぞ、アンヌマリー」

「あの……ですが、私は平民です。確かに、多少教育は受けておりますが……お館様の期待に沿えるようなものではありません」

私は平民なのだと、そこを頑張って強調してみる。彼は目を細めて、満足げに言い放った。

「ほうほう、それは謙遜というものではないか？　お前、先日廊下の置物を並べ直しておったと聞いたぞ。誰かが置き間違えたものを、それはもう見事に。その教養、その身のこなし、他の平民どもと一緒にするのは無理があろうて」

一緒にしてほしい。私、平民でいい。だから、愛人とかそんな話は全力でお断りします！　という思いを込めて、ふるふると小さく首を横に振る。

そもそも、どうしてサレイユ伯爵があの置物のことを知っているんだろうか。あれの配置を直した時、周囲には誰もいなかった。そして私は、あの置物のことを誰にも話していない。

混乱する私に、サレイユ伯爵はずいと近づいてきた。

「わしの愛人になれば、立ち回り次第でこのサレイユ家を乗っ取ることもできるかもしれんぞ？　そう考えれば、悪い話ではなかろう？　お前がもう一度貴族に戻れる、絶好の機会なのじゃからのう」

あろうことか、サレイユ伯爵はそのまま私の腰に手を回して抱き寄せてきた。うわ、気持ち悪っ！

全身に鳥肌がぶわりと立つ。気持ち悪さとこみ上げる怒りとでぷるぷると震えそうになるのをこらえながら、棒読みで返事をした。

「いいえ、私は今の生活に満足しておりますので。そのお話は、私には過ぎたものかと」

「なんじゃ、欲のない娘じゃのう。宝石か？　ドレスか？　何でも買ってやるぞ？　お前はこの屋敷のメイドの中でも、とびきりの美人じゃからのう。飾り立てがいがあるというものよ」

どうやらサレイユ伯爵は、もうすっかり私を愛人にする気満々らしい。私は絶対に嫌だ。冗談じゃない。ひとまず、この状態から逃れなくては。

もぞもぞと身じろぎして、穏便に腕を振りほどこうと試みる。けれど、どうにもうまくいかない。彼の細い腕は、腹が立つくらいがっちりと私の腰をホールドしてしまっていたのだ。身じろぎ程度では、外せそうになかった。どんどん焦りだけがつのっていく。


うう、どうしよう。どうしたらいいのか分からない。でも、どうにかしないと。このままおとなしくしているのだけは絶対に無理だ。愛人にされるのだけはごめんだ。ほんと無理。生理的に無理。

仕方ない、この爺を力ずくで振りほどこう。それしかない。私がたおやかなふりをしているから、こいつは変な気を起こしているのだと思う。ひと暴れしてやれば、きっとどん引きしてくれるはずだ。その後のことは、その時考えよう。


八割がた、いや九割がたパニックになりながらもそう覚悟を決めて、こぶしを固めたその時。

「伯父上、ここにおられたのですか。緊急の書類があるのだと、執事長が探しておりました」

いきなり倉庫の入り口の扉が開き、ディオンが姿を現したのだ。今の私にとっては、この上なくありがたい援軍だった。

「おお、ディオンか。ちょうどいい、紹介しよう。わしの愛人になるアンヌマリーじゃ」

その言葉に、ディオンが一気に硬直する。彼はぎぎぎと音でも立てそうなぎこちない動きで首を動かして、ゆっくりと私を見た。顔色が悪い。青ざめている。

彼の鮮やかな紫の目を見つめていると、落ち着きが戻ってきた。必死に首を横に振ると、彼ははっとした顔になり、力強くうなずいてくる。そうしてまた、サレイユ伯爵に向き直った。

「……伯父上、その話なのですが……アンヌマリーは承諾したのでしょうか？」

「何を言い出すのじゃ、ディオン。こやつはもう平民の娘、承諾も何もいらぬであろう。伯爵家と縁続きになれる、このような幸運を投げ捨てる馬鹿者などおるまいて」

サレイユ伯爵はむかつくほどの余裕を漂わせて、ディオンに答えている。

「ましてや、こやつは元貴族。どのような手を使ってでも貴族の世界に戻りたいじゃろうしの。この話は、双方に利のあることじゃ」

「それは違います」

ひどく静かに、しかしきっぱりとディオンが言った。私の腰に手を回したままのサレイユ伯爵が、驚いたようにびくりと身を震わせた。あれ、気のせいかな。サレイユ伯爵がずいぶんと動揺しているような。

「私は伯父上よりも、彼女のことを知っています。彼女は、貴族に戻ることにこだわってはいません。彼女は平民となっても、心豊かに生きるすべを知っています」

その言葉に、じんときてしまった。きっとディオンは、カナールの町で私が語ったことを覚えていてくれたのだろう。平民となっても、おいしいものがあるから幸せですと、そう言ったことを。

「ともかく、アンヌマリーが伯父上の愛人となることはないでしょう。その手を放してやってください」

「ぐぬぬ……ディオン、お前、わしに逆らうか。今までずっと従順だった、お前が」

「……私は、正しいと思えることをしているだけです」

やけに暗い表情でそう言って、ディオンはこちらに歩み寄ってくる。そうして、サレイユ伯爵の腕から私を解放してくれた。助かった。本当に助かった。

「それでは伯父上、急ぎ仕事に戻ってください。どうか、あまり執事長を困らせないでやってください」

そう言いながら、ディオンは倉庫を出ていく。ここがチャンスとばかりに、彼の後を追ってその場から逃げ出した。

背後からは、サレイユ伯爵の怒り狂う叫び声が聞こえていた。

「伯父上がすまなかった。もしまた伯父上に声をかけられたら、その時は私に呼ばれていると言い訳をして逃げればいい」

倉庫から十分に離れてから、ディオンがぽつりと力なく言った。そこに、真っ青な顔のクロエが駆けつけてくる。

「アンヌマリー、無事だった⁉ 倉庫に戻ろうとしたら、大変なことになってるっぽい会話が聞こえて……イネスさんを呼ぼうとして走り出したら、すぐにディオン様に行き合って。あのね、それでね」

クロエは明らかに取り乱していた。いつになくうろたえている彼女を安心させるように、ゆっくりと答える。

「ありがとう。クロエ。おかげで何とかなったわ。一時はどうなることかと思ったけれど」

「そっかあ……良かった……」

両手で胸元を押さえて、クロエが深々とため息をつく。しかし次の瞬間、彼女は勢いよく顔を上げてディオンを見つめた。その可愛らしい顔は、ひどく険しく引き締まっている。彼女が初めて見せたそんな表情に、思わず息をのんだ。

「……ディオン様。この際だから、言わせてください。お館様のことです」

いつも明るく軽やかに話す彼女は、いつになく厳しい声をしていた。

「お館様は、しょっちゅう仕事を放り出して、執事長を困らせています。それに、領地の運営もあんまりうまくいってないって、そう聞きました。アタシはただのメイドですし、こんなことを言える立場じゃないって分かってます。けれど、でも……アタシの故郷の村は、サレイユの領地にあるんです。いつかお館様の失敗が、アタシの家族を、村のみんなを苦しめるかもしれない……そう思ったら、黙ってるなんて、できなくて……」

必死そのもののクロエの言葉に、ディオンは何も答えない。ただ静かに、彼女を見返しているだけだった。いつものちょっぴり偉そうな雰囲気は、影も形もない。

「それだけじゃありません。お館様は気に入ったメイドに手当たり次第に手を出そうとして……アタシも、初対面でいきなり愛人にならないかって言われました。結局、アタシの言葉遣いが気に食わないとかで、その話はすぐに消えてくれましたけど」

クロエがそんな目にあっていたなんて、初めて知った。確かに彼女はとても魅力的な子だけど、いきなり愛人にしようとしていたなんて。それと、彼女の口調は確かにちょっと軽いけれど、根はとっても素直で真面目ないい子なのに。今までに感じていたサレイユ伯爵への反感が、また少しつのっていくのを感じた。

「そのせいで、この屋敷にはメイドが中々居つきません。しかもお給料を上げないと、必要な人数が集まらなくなっています。周囲の村や町に、お館様の悪い噂が広まってきているからです」

声を震わせ、ほんの少し涙目になりながら、クロエは必死に言い募る。ただひたすらに、ディオンに向かって。

「ディオン様も知ってますよね？　お願いです、この状況をどうにかしてください！　どうにかできるのは、跡継ぎであるディオン様だけです！」

ぎゅっとこぶしをにぎりしめて、クロエは訴える。少しの沈黙の後、ディオンは目を伏せて小声で答えた。長い前髪が、さらりと彼の顔に垂れかかる。

「……ああ、分かっている。分かっては、いるのだ……」

淡い金の髪に隠れて、彼の表情は分からなかった。けれど、きっと彼は苦しそうな顔をしているのだろうなと、そう思えてならなかった。

その日の夜、ディオンは厨房に来なかった。いつもならこれくらいの時間にはやってきて、私が料理をするところを眺めているのに。一人きりの夜の厨房は、妙に寒々しく感じられた。
「……何だか、調子が狂うわね…………大丈夫、かな……」

私をサレイユ伯爵から救い出して、クロエの必死の訴えを聞いて。その後のディオンは、明らかに様子がおかしかった。いつもの彼は堂々と胸を張ってきびきびと動いているのに、あの時の彼は力なく肩を落として、ほとんど何も言わずに私たちの前から去っていったのだ。明らかに落ち込んでいた。あんな様子の彼は、初めて見た。

「……私が悩んだって、どうしようもないもの。こういう時こそ、料理をして気を紛らわせるに限るわ」

ため息をつきながら、ジャガイモを薄くスライスする。スライサーがないのでちょっと大変だったけれど、まあまあ薄く切ることができた。ちゃんとした料理を作る気分ではなかったので、ポテトチップスに挑戦しようと思ったのだ。暗い気分の時は、手を動かしていたほうがいい。

薄切りジャガイモを布巾の上に広げて水気を取っている間に、ディップを作る。

「ポテトチップスは揚げたてに塩を振っただけのが一番好きだけれど……ディオン様は変わったものが好きだから、ディップで一工夫ね」

まずは卵と酢、それに油と塩をよく混ぜて、細かく刻んだぬか漬けと和える。要するに、ピクルス入りのマヨネーズソースだ。ぬか漬けはディオンの好物だし、ちょうどいい。

「彼、ハーブも好きよね。あと、意外と海産物も」

二つ目はクリームチーズにヨーグルトを混ぜて、ゆでて刻んだエビと粉末ハーブを加えたチーズソース。

「次は、唐辛子と味噌。定番かつ最高の組み合わせよね。ディオン様も気に入ってたし」

さらに、砕いたドライトマトに水と小麦粉を加えて一煮立ちさせ、塩コショウと刻み唐辛子、それに隠し味の味噌を少々加えたピリ辛トマトソース。

「……ディオン様がここにいたら、目を輝かせて『それは何だ？』とか言ってたんでしょうね……調子狂うわ、ほんと」

そんなことを思いながら、ジャガイモを揚げる。油のぱちぱちというにぎやかな音も、からりと揚がったジャガイモのいい香りも、私の気分を軽くしてはくれなかった。

ため息をつきながら、お盆にポテトチップスの皿とディップの小皿をのせる。そのまま厨房を出て、忍び足で廊下を歩いていった。

そうして、ディオンがいる客間の前にやってきた。思えば、私がメイドの仕事以外でここに来たのは初めてだ。

扉をノックすると、すぐにディオンが顔を出した。彼は相変わらず暗い顔をしていたが、私がお盆を差し出すと力なく微笑んだ。

「……昼間、助けていただいたお礼をしていなかったので」

ディオンは無言でお盆を受け取り、小さくうなずいた。少しだけ悩んで、もう一度口を開く。

「……その。元気、出してください。あなたがそんな調子だと、私も落ち着きませんので。それでは、おやすみなさい」

言ってから妙に照れくさくなってしまって、くるりときびすを返す。立ち去りかけたその時、後ろから小さな声が聞こえてきた。

「ありがとう、アンヌマリー」

いつになく沈んだその声には、嬉し泣きのような響きがわずかににじんでいた。

愛人未遂騒動があってから、サレイユ伯爵は不気味なくらいにいつも通りに過ごしているようだった。少なくとも、イネスと執事長は口をそろえてそう言っていた。

サレイユ伯爵の様子について、ディオンには聞けなかった。ディオンはあの騒動の次の日にはいつも通りの顔をしていたけれど、どことなく無理をしているようにも感じられたから。自然と、私たちの間の会話もぎこちなくなっていた。

ほんのりと薄気味悪い、背筋がぞわぞわするような平穏に満ちた日々を、戸惑いながら過ごしていた。けれど、そんな平穏は長くは続かなかった。

「お館様、アンヌマリーです」

ある日、私はサレイユ伯爵に呼び出されていた。初めてのことで緊張しながら、彼の部屋の前に立ち、おそるおそるノックする。私の背後、少し離れた廊下では、イネスとクロエが心配そうな顔で私を見守ってくれていた。

「入れ」

扉の向こうから聞こえてきたサレイユ伯爵の声は、とても低く重々しかった。これはただ事ではない。すぐに、そう悟った。

精いっぱいしおらしい顔をしながら、しずしずと部屋に入る。正面の豪華な椅子では、サレイユ伯爵がふんぞり返っていた。明らかに、怒っている顔だった。

「お前は、自分がなぜ呼び出されたのか、分かっておろう？」

実のところ、分からない。私はメイドとしてしっかり働いてきたつもりではあるし、呼び出されるほどのことをした覚えはない。戸惑いに口ごもっていると、サレイユ伯爵はふん、といらだたしげに鼻を鳴らした。

「それでは、特別にわしが教えてやろう。まず第一に、お前はメイドとは思えぬほど、反抗的に過ぎる。わしが愛人にしてやると言ってやったのに、そのまま逃げていくとはのう。使用人たるもの、主人の命に従うことこそが第一じゃ。その程度のことも分からぬか」

その言葉に、少しかちんとくる。確かに私たち使用人は、主の世話をするためにここにいる。しかしだからと言って、主の無茶苦茶な命令をはいそうですかと受け入れることには疑問を感じる。もう一つの記憶、身分制度などほぼ存在していない世界の記憶を持っている私には、そう思えてならないのだ。

複雑な思いを押し殺して、神妙な顔をしたままじっと黙り込む。そんな私の態度が気に入らないのか、サレイユ伯爵のいらだちはさらに増していった。

「それに、お前は他のメイドたちの足を引っ張り、和を乱しておる。お前とは働きたくないと、複数のメイドが泣きついてきたのじゃ」

そうしてサレイユ伯爵は、泣きついてきたというメイドの名前を次々と挙げていく。それはみな、私に敵意を向けていたメイドたちだった。

「そやつらによると、お前は元令嬢であるのをいいことに教養をひけらかし、他のメイドを見下しておったとか。すれ違いざまに暴言を吐き、仕事を放り出して他のメイドに押しつけてと、やりたい放題じゃったと聞いておる」

違う。私はそんなことしていない。むしろ私は、そういった行いの被害者だ。でも、どうやって証明したら。イネスやクロエに証言してもらえば、この疑いも解けるだろうか。

そう考えて、思い直す。サレイユ伯爵の目は、私が悪いのだと信じて疑っていないのだということをありありと物語っていた。この状態でイネスたちを巻き込んだら、最悪彼女たちまで悪者にされてしまうかもしれない。

背筋が冷たくなる。私を敵視するメイドたちの様子がおかしいことには気づいていた。けれどまさか、こんなことをしてのけるなんて。それもきっと、ちょっとした思いつきや嫌がらせではない。彼女たちは時間をかけて、私を陥れにかかったのだ。

自分に向けられていた悪意の大きさに呆然としてしまって、何も言えない。そうしている間にも、サレイユ伯爵はさらにべらべらと喋り続けていた。

「しかも、ディオンまでもがお前をかばい、わしに逆らいよった。あやつはそれまで一度たりとも、わしに口答えなどしたことはなかったというのに」

先日愛人にされかけた時、助けてくれたディオンのことを思い出す。あの時ディオンが暗い表情をしていたのは、伯父であるサレイユ伯爵の行いに憤っているからなのだとばかり思っていた。でも、どうやらそれだけではなかったらしい。

どうやらディオンは相当無理をして、私を助けてくれたようだった。そのことに胸がじんとする。

しかしサレイユ伯爵の語気は、そんな私の甘い気持ちを吹き飛ばすかのように、さらに強くなっていた。大きく息を吸って、サレイユ伯爵はきっぱりと言い放つ。

「それもこれも、みんなお前のせいじゃ。このままお前をここに置いておけば、きっとさらに状況は悪くなるじゃろう。まったく、わしの平和な暮らしを乱しよってからに」

しみだらけの彼の顔は、怒りに赤く染まっていた。

「アンヌマリー。お前を解雇することにした。解雇じゃ、首じゃ。ミルランのやつにお前のことを頼まれてはおったが、知ったことか。考えてみれば、あやつももう男爵ではないしのう。平民の頼み事など、聞いてやる義理はないわ」

その言葉に、混乱していた頭の中がすっと静かになっていくのを感じた。この人は私の家族を侮辱している。ディオンのことを苦しめている。メイドたちの嘘を信じて、私を追い払おうとしている。私が今感じているのは怒りだろうか、憤りだろうか。それとも、哀れみだろうか。

小さく息を吐いて、頭を整理する。今までは、言いたいことを全部我慢して、そっとのみ込んでいた。私は彼に仕える者だったから。

でももう、いいのだ。私は彼に遠慮することなんかないのだ。どうせもう、私は解雇されてしまったのだし。

だったら最後くらい、言いたいことを言っておこうか。

「……そう、ですか。使用人だって、平民だって、人間です。感情があり、心がある。貴族と同じ人間です」

「……平民ごときが、貴族と同じじゃと？」

「ええ、そうですよ。ほんの少し頭を働かせれば、すぐに分かることです。けれどあなたはそのことをわきまえておられない、考えようともしない。そんなあなたにこれ以上お仕えしなくて済んで、良かったと思います。ここはいずれ、もっと悪い場所になっていくでしょうから」

私が今暮らしているこの辺りでは、基本的人権なんて言葉はない。平民に貴族と同じだけの権利は認められない。でも、人間として最低限の思いやりもない人物がふんぞり返って人の上に立つ、そのさまをただ見ているしかないのは歯がゆかった。これで少しは、やり返せただろうか。

「それではこれで、失礼いたします。この屋敷を去る準備をしなくてはなりませんので」

あっけにとられた顔のサレイユ伯爵に、ひときわ上品に微笑んでお辞儀をする。くるりと背を向けて、部屋を出ていった。最高に優雅な足取りで。

そうしてサレイユ伯爵の部屋を出たとたん、イネスとクロエが駆け寄ってきた。二人と一緒に、大急ぎでその場を離れる。

しばらく進み、人気（ひとけ）のない辺りに出たところでイネスが心配そうに尋ねてきた。

「それで、どうだったんだい、アンヌマリー」

「……解雇されてしまいました」

「ええっ、どうして⁉　アナタ、いつも真面目（まじめ）にしっかり働いてたのに！」

クロエが泣きそうな顔で、私の腕にしがみつく。二人だけに聞こえるよう声をひそめて、手短に答えた。

「その……ほら、私のことをよく思っていない人たちがいたから。たぶん、そのせいよ」

「なにそれ！　だったら、そう主張しようよ！　ディオン様にお願いすれば、話くらい聞いてもらえるだろうし！」

「いいえ、きっと無理よ。サレイユ伯爵は、私のせいでディオン様が反抗的になってしまったとも言っていたから。そんなことをしたら、たぶん余計に事態が悪くなるわ。ディオン様にも迷惑をかけてしまう」

「……あのさ、だったらあの時、アタシがディオン様に助けを求めたのが……間違いだったのかな……？」

クロエが、しょんぼりとうなだれる。彼女を励ますように、にっこりと笑いかけた。

「いいえ、そんなことないわ。あの時、あなたはきっと最善の手を打ってくれた。たぶん、私がサレイユ伯爵に目をつけられた時点で、いずれはこうなっていたのだと思うわ」

「そうかもしれないねえ……あんたは愛らしくて、賢くて、気品まであった。今までお館様が目をつけた他のメイドたちは、あたしがうまいこと逃がしてやれた。けれど、あんたについてはそれも難しかった……あたしの力が足りなくて、ごめんよ」

「いいえ、イネスさんの配慮のおかげで、ずっと楽しく仕事ができました。ありがとうございます」

その言葉に、イネスは悲しげに黙り込んだ。クロエは私の腕をつかんだまま、くすんと鼻を鳴らしていた。湿っぽい空気をはねつけるように、わざとらしいくらいに明るく言う。

「ひとまず、新しい住みかと仕事を探そうと思います。当座の生活費はありますから、きっと何とかなります。ただ、一つだけ……イネスさん。両親からの手紙の転送を、お願いしてもいいでしょうか」

両親は、私が解雇されたことを知らない。だから両親の次の手紙は、間違いなくここに、サレイユの屋敷に届くはずだ。こちらから私の現状を両親に知らせようにも、今二人がどこにいるのかが分からない。二人が定住する場所を見つけるまでは、私は手紙を書けないのだ。

そんなことを考えているうちに、ついうっかり暗い顔をしてしまったのだろう。イネスが励ますように微笑みかけてきた。それから頼もしげに、自分の胸をどんと叩いている。

「ああ、任せときな。けど、あんたはどこに行くつもりだい？」

「……まだ、考えていません。ミルランの家が無くなった時に親戚とも絶縁したので、頼れる人もいませんし」

その言葉を口にして、自分がかなりまずい状況に追い込まれているのではないかということに、ようやく気がついた。

実のところ、私はまだ状況に頭がついていっていなかったのだ。解雇されて、ここを追い出されて、みんなともお別れ。しかも、頼れる人もいない。あれ、落ち着いて考えてみたら、かなり大変なことになっているような。

あわててそこで思考を止める。ここでうっかり考え込んでしまったら、立っていられなくなるような気がしたのだ。このまま何も考えずに気丈にふるまい、ただ前に進み続けなくてはいけない。悲しみに浸っている暇なんてない。そう自分に言い聞かせた。

黙り込む私に、クロエとイネスがてんでに声をかけてきた。力強く、励ますように。

「アタシ、アンヌマリーの味方だから！　頼りには、ならないかもだけど……」

「味方っていうなら、あたしもだよ。そうだね……行く当てがないなら、カナールに行ってみるのはどうだい？　あそこは栄えてるから仕事の口も多いし、その割に治安もいい」

イネスの言葉に、前にディオンとカナールに行った時のことを思い出す。あそこは確かに、とてもいいところだった。あそこでなら、次の居場所も見つかるだろうか。

「アナタならメイドもできるし、家庭教師とかだってできるよ」

「そうだね。あんたなら、あそこでも十分やっていけるさ」

そう言って、イネスは私を力強く抱きしめる。すぐに、クロエも泣きながら私に抱き着いてきた。

「めげるんじゃあないよ、アンヌマリー。あんたは性根がまっすぐないい子だ。こつこつと頑張っていけば、きっといいことがあるさ」

「はい……ありがとうございます……」

それ以上、何も言えなかった。二人が私のことを心から心配してくれているのがひしひしと伝わってきたから。

だから黙って、二人をしっかりと抱きしめ返していた。イネスはそんな私の背を、ぽんぽんと叩いてくれていた。まるで、子供をあやすように。

そうして自室に戻り、荷造りを始めた。徒歩でカナールに向かうなら、野宿する必要がある。そちらに必要な装備のほうは、イネスとクロエが見つくろってくれている。今は冬だけれど、このところかなり暖かい日が続いているから、初心者が野宿をしても大丈夫だろうと、そうイネスは言っ

ていた。

　だから私は、自室に置いてある荷物をまとめることに専念できた。執事長の計らいで古い荷車を譲ってもらえることになったので、ちょっとくらい荷物が多くなっても大丈夫だ。みんなの厚意が、とても嬉しかった。私のことを気遣ってくれる人がいる。その事実が、ただひたすらに嬉しかった。

「……主はあの通りの人間だったし、一部のメイドには嫌われてたけど……でも、ここには大切な人たちが、たくさんいた。私、幸せだった」

　気づくと、手が止まっていた。宙をぼんやりと見つめながら、ぼそぼそとつぶやく。

「私……ここで働けて良かった。ここを、離れたくないな……どうして、こんなことになっちゃったんだろう……」

　つぶやいた拍子に、目の前がぼやけた。袖でぐいと目元をぬぐって、気づかなかったふりをして荷造りを再開する。ちょっぴり手が震えているけれど、それも見なかったことにする。

　ミルランの家から持ってきた私服と金貨、カナールで買った古着、その他細々としたもの。それらは全部、大きな革のトランクにきちんと収まった。同じくカナールで買った布の肩掛けカバンに、財布なんかの手回り品を詰め込む。

　ここまではすぐに終わった。しかし問題は、ここからだった。

　味噌の樽、醤油の瓶、ぬか床のかめにコウジが詰まった小箱。さらにメーアやカナールで買い込んだ数々の食材、ディオンからもらった鰹節削り器。どうやってもトランクには入らないそれらの品々が、山を作っていた。

　譲ってもらえるらしい古い荷車の大きさと、目の前の荷物を頭の中で比べてみる。頑張れば全部乗せられなくはない。カナールまで普通に歩いてだいたい二日。けれど慣れない荷車を、それもとびきり重たい荷車を引いていったら、何日かかってしまうのだろう。想像もつかなかった。

「……それでも、置いていきたくない。絶対に、持っていくの」

最悪、コウジさえ残っていれば何とかなる。味噌も醤油もぬか床も、また一から作り直せる。他のものも、またいずれ買い直せる。それが分かっていても、絶対に置いていきたくはなかった。これらの品々には、ここで過ごしたたくさんの思い出が詰まっているように思えてならなかったから。

「この味噌を使って、屋敷のみんなに味噌汁を食べさせたっけ。この醤油は、ディオン様と餃子を食べたことがきっかけで仕込んだものね。結局、醤油をディオン様に食べさせてあげられなかったなあ」

料理の記憶と共に、よみがえってくる幸せな思い出。それを次々と、言葉に乗せていく。

「このぬか床は、料理長ともめる原因になったんだった。でも最終的に、ディオン様が気に入っちゃって。クロエにぬか漬けを食べさせてみようと、ディオン様に協力してもらったこともあったわね」

つぶやき続ける私の声は、震えて揺らいでいた。自分でも驚くくらいに弱々しい。

「泣いてない。私、泣いてないんだから」

独り言を押し殺すように、必死に呼吸を整えた。早く、荷造りを終えなくては。そんな言葉を、頭の中で繰り返し続けながら。

そうして次の日の朝。私はたくさんの荷物を積んだ古い荷車の隣に立ち、屋敷のみんなと別れの言葉を交わしていた。山ほどあった品々も、どうにか全て積み込めた。

「この空模様なら、あんたがカナールに着くまでずっと暖かい日が続いてくれるだろうね。でも、油断は禁物だよ。あたしのお古で悪いけど、そのマフラーはとってもあったかいから、しっかり巻いておくんだよ」

イネスはそう言って、マフラーをきっちりと巻き直してくれた。

「アタシたちも、アナタが無事に着けますようにって、毎日お祈りするから！」

クロエや親交のあったメイドたちは、体が温まるハーブティーの茶葉をくれた。みんな涙目だ。

「あんたくらいたくましければ、どこに行っても大丈夫だ！　自信持てよ！」

一緒に荷運びをした使用人たちからは、打ち身やすり傷に効くという手製の軟膏(なんこう)をもらった。

ちょっぴり寂しそうに、だが力強く、彼らは私を激励してくれた。

「これであんたに厨房を荒らされることもなくなる。せいせいするな。もう一度、あの味噌汁とやらを食べてみたくはあったが、な」

料理長はそう言いながらも、ひどくしんみりした顔をしていた。彼はせんべつだと言って、干し肉を一塊くれた。香辛料をまぶした、かなりの上物だ。

それはそうとして、なぜか料理長はさっきからずっと屋敷のほうをちらちらと見ていた。何か、気になるものでもあるのだろうか。

「お館様を止めることができず、申し訳ありません……どうかあなたのこれからに、幸運のあらんことを」

執事長は心底すまなそうな顔をして、上等な炭がたくさん詰まった箱をくれた。野宿になることを考えると、とてもありがたい。

見送りの場に、ディオンはいなかった。昨夜、これで最後だからと厨房に行ってみたけれど、そこにも彼は来なかった。結局、解雇を言い渡されてから一度も、私は彼と話せていなかった。

そのことは心残りだったけれど、仕方がない。彼はサレイユ伯爵の跡継ぎなのだし、立場上私に近づくことができなかったのかもしれない。

そう無理やりに自分を納得させて、集まってくれたみんなに笑いかける。

「それでは、もう行きますね。住むところが見つかったら、手紙を書きますから」

ぺこりと頭を下げて、荷車の持ち手をつかんだ。いざ歩き出そうとしたまさにその時、屋敷の中から人影が走り出てきた。

「待て、アンヌマリー！」

「ディオン様……」

彼は私の前まで、一気に駆け寄ってきた。何か布包みのようなものを大切そうに持っている。それを見た料理長が、ほっとしたような顔をした。

「……伯父上の決定をくつがえす力は、今の私にはない。だから私には、こうやってお前を見送ることしかできない」

「分かっています。私も貴族の出ですから、そういった事情については理解できていると思います」

礼儀正しくそう答えると、ディオンはああ、と低くつぶやいた。彼は一瞬苦しそうな顔をしたが、しかしすぐに凛々しく顔を引き締め、布包みを差し出してきた。

「お前は徒歩でカナールの町に向かうと聞いた。ならば食べ物が必要だろう？　受け取るがいい」

目を丸くして包みを受け取り、そっと開く。白い布と油紙の中からは、ホットドッグのようなものが出てきた。

細長いパンに入っている切れ目はぎこちなくゆがんでいるし、ソーセージはところどころ焦げている。葉野菜やソースがあっちこっちはみ出していて、どうにも不格好だ。

驚きながら顔を上げると、ディオンの手が目についた。いつも傷一つない貴族らしい指には、細い包帯が巻かれていた。それも、何本も。

「まさか、これって……」

「お前がいともたやすく料理を作るから、私にもできるだろうと思った。前に餃子を包んだこともあるしな。きちんとしたものを作るのは生まれて初めてだが、案外悪くないものができたぞ」

得意げに胸を張るディオン。つまりこのホットドッグは、ディオンが作ったものなのだろう。

胸がじわりと温かくなる。というか、目頭も熱くなってきたような気がする。

顔を見られないようにうつむいて、ホットドッグを包み直す。つぶさないように気をつけて、肩からかけた布のカバンにしまった。

「その、ありがとうございます。……あの、それでは…………さようなら」

何か他に、言いたいことがあるような気がした。でも、どうしてもその言葉が思い出せなかった。もどかしさを抱えながら、ただ別れの言葉だけを口にした。その言葉の後に続けて彼の名を呼ぶことが、どうしてもできなかった。

そうして私はただ一人、サレイユの屋敷を後にした。荷車を引いて、黙々と歩く。一度も振り返らずに、ただひたすらにカナールの町を目指して。

屋敷からカナールまではずっとゆるい下りになっているし、しっかりとした馬車も通れるようなきちんとした道がある。だから大荷物を積んだ荷車を引いていても、それなりの速度で進むことができた。荷運びの仕事のおかげで体が鍛えられていたから、というのもあるかもしれない。

後ろの荷車からは、かちゃかちゃという音が聞こえてくる。味噌の樽や醤油の瓶などが、荷車の揺れに合わせて軽くぶつかり合う音だ。今の私の気分にはまるでそぐわない、陽気で軽快な音だ。けれどそんな音でも、ひとりぼっちの私にとってはなぐさめになっていた。可能な限り頭を空っぽにして、音に合わせてひたすらに足を動かす。うっかり何かを考えてしまったら、どんどん気持ちが落ち込んでいきそうだったから。

空はどんよりと重苦しい。行く手に広がる景色は、みな鈍(にぶ)い灰色に塗りつぶされていた。冬とは思えないくらい暖かい日だし、こないだカナールで買ったコートも、イネスからもらったマフラーも、とても温かかった。ずっと体を動かしていることもあって、少しも寒くはなかった。それなのに、胸の中には冷たい木枯らしが吹き荒れていた。

「……あら、雲行きが怪しいと思ったら……雨ね」

暗い空から、ぽつぽつと雨粒が落ちてくる。雨具を着るほどではなく、地面がぬかるむほどでもない。頬を一瞬だけ濡らして、すぐに消えていくはかない水滴。

「せめて雪だったら、もう少し気分も明るくなったかもしれないのに……」

大学生だった頃も、そして男爵令嬢だった頃も、私はさほど雪の多くない地方で暮らしていた。そのせいか、雪が降るとついはしゃいでしまうのだ。

「年に一度か二度くらいは、カナールにも雪が積もるって、そう聞いたけど……」

カナールの町は綺麗だった。雪で真っ白になったあの町は、きっととても綺麗なんだろうな。うっかりそんなことを考えてしまって、またずんと気分が重くなる。

これから私の前には、たくさんの困難が立ちはだかっている。無事にカナールまでたどり着き、家を探して、仕事を探して。しかも、それをたった一人でこなさなくてはならない。

お金はある。でも、どこに行けばいいのか、誰を頼ればいいのか分からない。そもそも、若い娘がたった一人、大金を持ってさまよっているというのはとっても危ないのではないか。カナールは治安がいい町ではあるけれど、区画によっては危険なところもあるだろう。私は、それがどこなのか知らない。

「……今は考えても仕方がない。だから、考えない。とにかく、先に進むの。歩きなさい、アンヌマリー」

自分にそう言い聞かせて、懸命に足を動かし続ける。その間も雨粒たちは私の頬を濡らして、すぐに消えていった。やっぱり私はひとりぼっちなんだなあと、ふとそんなことを思った。

しばらく進んだところで立ち止まり、ふうと息を吐く。そういえばここまで、誰ともすれ違わなかった。冬ということもあって、旅人が少ないのだろう。自然と、独り言が増えていた。

「そろそろ、お昼時かしら……」

サレイユの屋敷にいた頃は、執事長たちが大時計の管理をしていた。でもここに、彼らはいない。太陽で時間を知ろうにも、空は一面の雲だ。雨こそ止んだものの、空の重苦しさは変わらない。

コートの内側に手を差し入れ、服のポケットを探る。すぐに、銀の鎖がついた懐中時計が出てきた。ミルランの家が無くなる時に、お父様からもらったものだ。

時計の針は、今が正午過ぎだということを示していた。懐中時計を元通りしまい込み、荷車ごと街道の端に寄る。

街道わきの手頃な岩に腰かけて、カバンの中の布包みを取り出して開く。朝見た時と同じ、ちょっと不格好なホットドッグが姿を現した。

「……いただきます」

最後に見たディオンの得意げな顔が、自然と思い出された。きりきりと胸を締めつけてくるような寂しさを感じながら、そっとホットドッグをかじる。

パンとソーセージはちょっぴり焦げていて、少々口当たりが悪い。手でちぎったらしい葉野菜は形も大きさもふぞろいだ。少しソースをかけすぎたのか、パンがところどころふやけている。使われている食材はごくありふれたものだし、ソースもごく簡単な、初心者でも作れるものだった。

けれど、このホットドッグはとてもおいしかった。こんなにおいしいホットドッグを食べたのは、生まれて初めてだ。

「おいしい……」

夢中になって、ホットドッグをむさぼるように食べる。あっという間に、全部私のお腹の中に消えていた。空っぽの包みを、恨めしい目で見つめる。もっとずっと食べていたかったのに、もうなくなっちゃった。

「ごちそうさまでした。……本当に、おいしかった」

ふうと息を吐いた拍子に、ぽろりと涙がこぼれ落ちた。解雇を言い渡されてからずっとこらえていたものが、あふれ出そうとしていた。

「まだ、駄目……今泣いたら、きっとくじけてしまう」

とっさにホットドッグを包んでいた白い布を目元に押し当てて、涙を止めようとあがく。その時ようやく、その布がシルクのハンカチだということに気がついた。しかも、白い糸で細かな刺繍がされた高級品だ。思いっきりめかしこんで夜会に行く時にぴったりな、とてもしゃれたものだ。

ディオン、なんてものでホットドッグを包んでるんだ。ソースのしみができてなくてよかった。

そう思った拍子に、自然と笑いがこみ上げてきた。

「本当、ディオン様ったら……ある意味、彼らしいかもしれないけど……ふふ、ああ、おかしい」

ほんのりと胸が温かくなるのを感じる。でもその温もりは、きりきりと締めつけるような孤独の悲しさを連れてきていた。、けれどこの温かな思いを抱いていれば、もう少し、後少しだけ、私は前を向いて歩いていける。そんな気がしていた。

《第9章》ひとりじゃなかった

温かくもほろ苦い昼食を終え、ほんの少しだけ軽い足取りでまたカナールへ向かって歩き出した。

寒風が吹き荒れる胸の中にぽつんと小さな明かりが灯っているような、そんな気分だった。

けれどそんな明るい気持ちも、長くは続かなかった。じきに日が暮れ始めたのだ。灰色の風景がさらに暗い闇に塗り替えられていく。つられるようにして、気分もどんどん重くなっていった。

真っ暗になる前に、野宿の準備をしなくては。ちょうど街道のすぐ近くに、すっかり葉を落とした林が見えていた。あそこにしよう。

林のそばに荷車を置いて、林に分け入る。枯れ枝と落ち葉を拾い集めて、また荷車のところに戻ってきた。キャンプの経験はないけれど、前に石焼き芋を作ったから焚き火の仕方は知っている。焚き火台の使い方も。

「……そのうち、また石焼き芋を作ろうねって、みんなでそう言ってたのにな……」

また暗くなっていく気持ちを叱り飛ばすように手を動かして、火をおこす。冬にしては暖かい日だったけれど、ずっと外にいたせいで結構体が冷えてしまっていた。焚き火に当たると、気分がちょっとほぐれるのを感じる。

それから、簡単に食事をとった。堅パンと、料理長にもらった干し肉だけの質素な食事。ひとり干し肉をかじって、目を丸くする。この歯ごたえ、この香り、間違いなくこれは高級品だ。普段の私なら、「わっ、おいしい！」って言うに違いない逸品だ。ただ、なぜかそこまでおいしいとは思えない。寂しくて落ち込んでいると、物の味って分からなくなるものなんだ。知らなかった。

「……こんなものを私に渡してしまって、良かったのかしら」

料理長のことをちょっぴり心配しつつ、一人きりの夕食を終える。その頃には、もう辺りは真っ暗になっていた。目の前でぱちぱちと燃えている焚き火とその周囲以外、何も見えない。

まるでこの世界に一人きりでいるような、そんな気分だ。しかし心細さにひざを抱えて身を縮めたその時、街道のほうで何かが動いているのが見えた。

じっとその何かに目を凝らす。あれは人間だ。手にランタンを掲げて、暗い中一人で歩いている。さっそうとした軽やかな足取りだし、きっと若い男性だ。

あれは旅人だろうか。できれば、そのまま通り過ぎてほしい。たった一人で、見知らぬ人間とこんなところで顔を合わせたくはない。ひとりぼっちは怖いけれど、不審者はもっと怖い。

しかしそんな私の祈りは通じなかったらしく、その人影はやがて街道を外れてまっすぐにこちらに向かってきた。いざという時に備えて、燃えている太い枝の端っこをこっそりとつかむ。けれど私は、すぐに驚きの声を上げることとなった。

「えっ、ディオン様⁉」

ランタンの明かりに浮かび上がっていたのは、なんとディオンの顔だった。いつもと変わらない堂々とした表情で、こちらに歩み寄ってくる。近づいてくるにつれて、その全身が見えてきた。

彼は分厚い上着を着て、大きな革袋を背負っていた。これだけなら、ごく普通の旅人のようだと言えなくもない。

しかし彼の上着はところどころに毛皮があしらわれた、とても上等なものだった。歩いているうちに暑くなったのか上着の首元が開いていて、その下からはいつも通りの豪華な服がのぞいている。どうにもちぐはぐなその姿に、ただ彼をまじまじと見つめることしかできなかった。

「ふう、どうにか合流できたな。思ったよりも先に進んでいるではないか。たくましいのだな、お前は」

ほっとしたような顔で、ディオンは私のすぐ前までやってきた。驚きと安堵に声が震えるのを感じながら、あわてて問いかける。

「あの、その、どうしてあなたが、こんなところに？」

「せんべつを渡し忘れた」

そんなことを言って、彼は背負っていた革袋から小さな包みを取り出す。そして朝方と同じように、それを私に差し出してきた。

「せんべつでしたら、もういただきましたが……」

「あれはただの食事だ。せんべつは別にあったのだ。いいから受け取れ」

呆然としながらそれを開けると、中からはクッキーが出てきた。間違いなく料理長の手による、繊細で美しい、食べるのがもったいないなくなるような品だ。

こんなものを渡すためだけに、彼はここまで一人で歩いてきたらしい。それが嬉しくて、ひとりぼっちではないのが、もっと嬉しくて。

気づいたら、涙が一粒ころりと転げ落ちていた。あれ、と思った時には、さらにぽろぽろと涙がこぼれていた。

「お、おい、いきなり泣くな！　どうしていいか分からん！」

「泣いてません！」

あわてふためくディオンにとっさにそう答えたものの、私の声は見事に裏返ってゆがんでいた。泣いていないのだと主張するには、ちょっと無理がある。

急いでポケットを探り、ハンカチを取り出して目元を押さえる。そうしてから気がついた。このハンカチは、ホットドッグを包んでいたあの高級品だ。昼間のことを思い出してしまい、またちょっと笑えてくる。おかげで、どうにか涙を引っ込めることに成功した。

「ありがとうございます。あの、それよりも」

やっと、話題を変えられそうだ。涙のしみを隠すようにさりげなく折りたたんで、ディオンにハンカチを見せる。

「これ、少し汚してしまいました……いずれ洗ってお返しします。サレイユの屋敷に送ればいいのでしょうか？」

「いや、いい」

いつになくぶっきらぼうに、ディオンは首を横に振った。

「……お前にやる。返さなくていい」

「ですがこれ、かなりの高級品ですよね。軽々しく受け取る訳には……」

「どうしても気になるのなら、代わりのものをくれればいい。いつか、生活が落ち着いた後にでも。

……同等の品をよこせなどと言うつもりはないからな」

彼はそう言い張って、ハンカチから目をそらしている。これを受け取るつもりはないのだと、そう全身で主張していた。

気は引けるけれど、ここは素直に受け取っておこう。いつか、ちゃんとお礼をすればいい。そう考えた時、もう一つ言っておくべきことがあるのを思い出した。

「ありがとうございます。それと、もう一つ……あのソーセージ入りのパン、おいしかったです。とっても」

「あ、ああ、うむ」

返ってきたのは、照れくさそうな小さなうめき声だった。それがおかしくてついくすりと笑ってしまうと、彼も無言で微笑んでいた。彼の笑顔を、焚き火が優しい色に染めていた。

そうして私たちは、焚き火を囲んでお茶にしていた。ディオンが持ってきたクッキーをつまみ、クロエたちからもらったハーブティーを飲みながら。

「ところでディオン様は、お屋敷からずっと歩いてこられたのですか？」

「ああ、そうだ。馬車だとお前を追い越してしまうかもしれないからな」

「では、帰りはどうされるのですか？　馬車が迎えに来るのでしょうか」

「いや、帰らない」

思いもかけない返事に、ぽかんと口を開けて固まってしまった。そんな私の表情がおかしかったのか、ディオンはたいそう得意げに胸を張って堂々と宣言した。

「私もカナールまで同行する。もう決めた。聞いたところによると、お前が解雇されたことについて、多少なりとも私のふるまいも関係していたようだからな。せめてものわびに、お前が住居と仕事を見つけるまでは力を貸してやろう」

少し遅れて、言葉の意味を理解した。ひとりじゃない。そんな喜びがわき起こるが、同時に心配になってしまった。

「……そんなことをして、サレイユ伯爵に怒られはしませんか？」

「実家に戻ったふりをしてお前を追いかけてきたから、伯父上はしばらく気づかないだろう。気づかれる前にカナールに駆け込んでしまえばこちらのものだ。あそこはサレイユ領ではないからな」

気のせいか、ディオンがちょっと楽しそうだ。いたずらっ子のような表情になっている。

「……その、ありがとうございます」

そう言って、頭を下げる。なんだかさっきから礼ばっかり言っているような気もするけれど、どうしても伝えたかった。追いかけてきてくれて、一緒にいてくれてありがとう、と。

ディオンは目をきゅっと細めて、黙って私を見つめていた。普段と違う、まるで私の内心を見透かしているかのような、私を見守るような表情に戸惑いながらも、もう一度軽く頭を下げた。

そんなやり取りを経て、またのんびりとしたお喋りに戻る。相変わらず空はどんよりと重く、焚き火の周囲以外は真っ暗で何も見えない。それなのに、私はサレイユの屋敷でディオンと夜食を食べていた頃の、あの和(なご)やかで平和そのものの時間を思い出していた。

「このクッキー、おいしいですね。本当に料理長の腕は見事で……彼のまかないをもう食べられないのは残念です」

思ったままを口にしたら、ディオンが苦笑してこちらを向いた。

「まったく、最初に残念がるところがそこか。お前は、本当に美味な料理が好きなのだな」

彼の明るい笑い声が、ひんやりとした周囲の闇に吸い込まれていく。どんどん気温が下がっていたけれど、焚き火のおかげでとても暖かい。

「そういえば、お前は甘いものは作らないのか？　前に芋を焼いていたが、あれは本当に美味だった。もっと他にも、面白い甘味を食べてみたい」

「機会があれば、挑戦してみたいとは思いますけど……甘いものについては、手の込んだものはあまり作ったことがないんです」

大学生だった頃、ごくたまにケーキとかクッキーとかを作ったことはある。しかしその時は必ず、レシピを見てその通りに作っていた。ああいったお菓子は、分量や火加減を間違えると固くなったり膨らまなかったりと大変なことになってしまうと聞いたのだ。料理というより化学実験に近いものなのだと、そう認識している。ケーキなんかをアレンジするのも面白そうだけど、その場合はまずレシピを手に入れないと。

だったら、和菓子はどうだろうか。ちょっと地味だけれど、ディオンの目には間違いなく新鮮に映るだろう。でも、和菓子って手間がかかるものが多いからなあ。それに小豆(あずき)を見つけないと、あんこが作れない。小豆ってカナールに売っているだろうか。他の料理にも用いられている大豆とは違って、小豆にはあんこ以外の用途がないような。

だったらもっと簡単な、あんこを使わない和菓子を再現してみようかな。ぱっと思いつくのは寒天だ。旬の果物と合わせて、ひんやりスイーツというのもいいかもしれない。後は片栗粉とか米粉とかがあれば、ちょっとしたおやつを作ることもできる。

今の状況も忘れてあれこれ考えていたら、ディオンが不意に目元をほころばせた。その顔に、透き通るような笑みが浮かんでいく。

日差しにきらめくせせらぎのような笑顔だなと、そんなことを思った。きらきらしていて、不思議なくらいに心を癒（いや）してくれる。つい、見とれてしまった。

そんな私に、彼はいつもよりずっと柔らかな声でささやきかけてくる。

「……やはりお前は、料理のことを考えている時が一番生き生きしているな。沈んでいるより、よほどいい」

その言葉に、我に返った。どうやら彼は、私のことを心配して、わざと料理の話を振ってくれたらしい。そんな気遣いとさっきの笑顔に動揺しながら、それをごまかすように視線をそらした。肩をすくめて、小声でつぶやく。照れくささを隠すように。

「ありがとう、ございます」

それきり、私たちの間に沈黙が流れる。けれどそれは、不思議と心地良い、そしてくすぐったいものだった。

《幕間4》ディオンは思い悩む

夜も更けてきたので、二人は明日に備えて休むことにした。アンヌマリーは地面に敷いた毛皮に横たわり毛布をかぶると、すぐに眠りについてしまった。

よほど疲れていたのだろう、長くて美しい黒髪の一房が頬に張りついているが、それを払いのけようともせずにただ眠り続けている。

うら若い乙女、しかも元男爵令嬢である彼女がいきなり解雇され、住むところも職も全て失ったのだ。しかも、両親や親戚を頼ることもできない。その苦しみは想像して余りある。

ディオンは彼女の隣に敷いた毛皮に座ったまま、ただ彼女の寝顔を眺めていた。

ため息をつきながら、ディオンは今朝方のことを思い出していた。彼は思い切り早起きして、ホットドッグを作ることにしたのだ。もちろん、料理長たちのアドバイスを受けながらだが。そうやって彼は、アンヌマリーを少しでも励まそうと思っていたのだ。

以前、彼女が差し入れてくれたポテトチップス。シンプルながら様々な工夫を凝らしたことが明らかなあの料理は、落ち込んでいたディオンをとても力づけてくれたのだ。

前に餃子を包んだ時は、ぎこちないながらもそれなりのものを作ることができた。だから軽食ぐらいなら何とかなるだろうと、彼はそう考えていたのだ。

けれど、できあがったのはどうにも不格好な代物だった。アンヌマリーはおいしかったと言って喜んでくれていたが、彼自身はどうにもやりきれないものを抱えたままだった。

「……私は、無力だな。今も、以前も」

かつてミルラン男爵が莫大な借金を抱えた時、ミルラン男爵はつてをたどってあちこちの貴族に助けを求めた。サレイユ伯爵も、そんな貴族の一人だった。

そしてサレイユ家には、ミルラン家を救えるだけの力があった。財力も、権力も。サレイユ伯爵さえその気になっていれば、今でもミルラン家は存続していただろう。

しかしサレイユ伯爵は、ミルラン男爵の頼みを手ひどくはねつけてしまったのだ。平民上がりの男爵風情（ふぜい）がずうずうしい、身の程を知れ。そんな無慈悲な言葉を添えて。

そのやり口に心を痛めたディオンは、どうにかしてサレイユ伯爵を説得しようと考えた。けれど結局、それはかなわなかった。彼はただの跡継ぎに過ぎないし、当時のディオンは、気難しい伯父の機嫌を損ねることを今以上にためらっていた。

そうして、サレイユの屋敷にアンヌマリーがやってきた。しかも、メイドとして。それは働かない者を食わせる義理はないという、サレイユ伯爵の意向によるものだった。あるいは彼は、アンヌマリーをさらにいたぶろうとしていたのかもしれない。

ディオンはただ、彼女のことを気にかけることしかできなかった。しかしありがたいことに、イネスたちのおかげで彼女は屋敷になじみ、楽しそうに過ごすようになった。

けれどそんなアンヌマリーに、サレイユ伯爵が手出しをしようとしていた。彼女を救おうとして、ディオンはサレイユ伯爵に生まれて初めてたてついた。その場はどうにかやり過ごしたが、結果として彼女はこうして屋敷を追い出されてしまった。

ディオンは苦しげにうつむいて、両手で頭を抱える。夜の闇の中でもなお明るい淡い金色の髪は、彼の内心を表しているかのように乱れていた。

「こうしてお前を追いかけてきて、本当に良かったのだろうか……」

アンヌマリーが単身カナールに向かうと聞いたその時から、彼は彼女を追いかけていきたいとずっと思っていた。彼女のそばにいて、力になってやりたい。彼はただ、それだけを望んでいた。

しかしそれはかなわぬ望みだった。これ以上サレイユ伯爵の機嫌を損ねてしまえば、彼は腹いせにアンヌマリーをさらなる窮地に追い込もうとするかもしれない。

そして、ディオンがサレイユ伯爵のもとを離れられない理由はもう一つあった。表向きディオンは、サレイユ家の跡継ぎとして現当主であるサレイユ伯爵のもとで学んでいるということになっていた。

しかし実のところ、ディオンはサレイユ伯爵の補佐役に等しい存在だったのだ。この事実を知るのは、執事長を始めとしたごく限られた者だけだったが。そうしてディオンは、ひそかにサレイユ伯爵の仕事をあれこれと肩代わりしていたのだった。

あれは、まだ秋の頃だった。かんしゃくを起こしたサレイユ伯爵が、仕事を丸ごと投げ出してしまったのは。仕方なくディオンが、彼に代わって全ての仕事を片付けた。一晩かかっても終わらず、結局ディオンは徹夜で書類の山相手に悪戦苦闘するはめになったのだ。次の日の、昼過ぎまで。

どうにか仕事を終えたものの疲れ果ててしまっていたディオンは、アンヌマリーに料理をねだりにいった。あの日の餃子はひときわ美味だった。そんな記憶が、彼の胸をよぎっていく。

そんな訳で、ディオンは思いのたけを込めたホットドッグをアンヌマリーに渡して、ただそのまま彼女を見送ったのだった。引き裂かれるような思いを抱えたまま。

しかし、そんな彼の背中を押す者たちがいた。

料理長は美しいクッキーを焼き、ディオンに押しつけた。「これで彼女に会う口実ができたでしょう」と、照れ隠しなのが見え見えのぶっきらぼうな口調で言いながら。

イネスは見送りの場に集まっていたメイドと使用人を指揮して、旅の装備を用意した。戸惑うディオンに上着を無理やり着せかけ、毛皮や毛布、着替えなど必要なものを詰めた革袋を背負わせた。

執事長は、ディオンがカナールから遠隔でサレイユ伯爵の仕事の手伝いをすればいいと、そう提案した。自分が責任を持ってカナールと屋敷との連絡係を務めると、そうディオンに約束したのだ。

そうして彼ら彼女らは、全員で口裏を合わせた。ディオンが普段移動に使っている馬車を彼の実家にこっそりと送り返し、ディオンが実家に戻ったように装ったのだ。

ディオンはまだためらいながらも、屋敷を後にした。ただ、アンヌマリーに追いつくために。

けれど再会した時にアンヌマリーが涙をこぼす姿を見て、ディオンは大いに動揺した。早く涙を止めてやりたかったが、どうしていいか分からない。見ているだけで胸がぎゅっと苦しくなるのに、彼女から目が離せなかった。

ディオンはそれでも懸命に彼女に話しかけたが、結局、彼女の緑の目から暗い影が消えることはなかった。その笑顔は、どこか泣きそうな不安定さをたたえたままだった。

今度こそ、彼女の力になろう。彼女が再び明るく笑えるように、力を尽くそう。眠る彼女を見つめながら、彼はそう決意を新たにしていた。

闇を映して黒にすら見える彼の目は、それでも力強く輝いていた。

次の日、今度はディオンと一緒に歩き出す。不思議なくらいに晴れやかな気持ちで。

もちろん、どうしてもイネスたちのことを思い出してしまうし、これからのことについての心配も消えてはいない。それでも隣のディオンをちらりと見ると、すっと心が落ち着くのだ。

「ところで、アンヌマリー。その……手は大丈夫か」

「はい。昨日もらった軟膏で手当てをしたら、すぐに痛みが引きましたから」

鍛えていたとはいえ、さすがに一日荷車を引き続けていたせいで、私の手のひらにはマメができかけていたのだ。でも使用人のみんなにもらった軟膏がよく効いているし、しっかりと手に布を巻いたから、もう少しも痛くはなかった。本当にみんなには、助けられてばかりだ。

布の巻かれた私の手を見ていたディオンが、意を決したように力強くうなずく。

「……決めた。ここからは、私が荷車を引こう」

「えっ、さすがにそんなことはさせられません。貴族が荷車を引いていたら噂になってしまいます。それがきっかけになって、サレイユ伯爵に居場所が知られたら大変です」

「大丈夫だ。他に旅人もいないのだから、見る者などいない。それに、私のほうが力も体力もある」

ディオンは胸を張ってそう主張する。ありがたいけれど、申し訳ない。

仕方なく二人で話し合って、交代で荷車を引くことにした。いずれカナールに近づけば、ちらほらと人の姿が見え始めるだろう。それまでの間、人と出会わない間だけ。

けれどたったそれだけのことで、旅はさらに楽なものになっていた。ディオンは細身なのに力が強く、不慣れなはずの荷車を軽々と引いていたのだ。私が知らなかっただけで、彼は日々体を鍛えてるんじゃないか。そう思えるくらいに。

そうしているうちに日が傾いてきたので、また街道のそばで一泊する。この日の晩ご飯は、ディオンのリクエストによりおにぎりと味噌汁になった。

執事長にもらった上等の炭のおかげで、慣れない野外での煮炊きも問題なくこなせた。薪や炭に比べて、落ち葉や小枝の焚き火だと火力調整はかなり難しい。石焼き芋みたいに火力を気にしないものならともかく、きちんと調理するのには炭のほうが向いている。

焚き火台で料理をしていると、何とも言えない感慨深さを感じた。そういえば、味噌を作ろうとしていた時に出会ったディオンに、最初にあげた料理がおにぎりだった。だからこれは、私たちにとっては思い出のメニューなのかもしれない。ふと、そんなことを思ったのだ。

しかしそんな考え事をしていたせいか、ご飯を炊いている鍋からちょっと香ばしい匂いがし始めた。あ、久々にやっちゃった。

「慣れない道具でお米を炊いたからか、おこげを作ってしまいました。……個人的には、おこげもおいしいとは思うのですが……」

そろそろと、ディオンにおにぎりの皿を差し出す。彼は一口かじり、感心したように目を見張る。

「なるほど、おにぎりがいつもと違って香ばしいな。これはこれで、とても素晴らしい」

「気に入ってもらえたようでほっとしました。料理によっては、この匂いが合わないこともあるのですが……今日はただの塩むすびなので、ちょうど良かったかもしれません」

「私もそう思うぞ。このおこげのおにぎりには、具など不要だな。そして、味噌汁の具は干したキノコと魚の干物か。気のせいか、汁のコクがいつもより増しているような……」

ディオンはとても真剣な目で、そんなことを言っている。そんな表情は、サレイユの屋敷にいる時とまるきり同じだった。

「干したキノコも魚の干物も、とてもいい出汁が取れるんです。ちょっと癖がありますけれど」

「この強めの味は、寒い屋外で食べるとより引き立つな。ああ、温まる……」

そんなことを話しながら、和やかに食事をとる。ひとりきりで旅をしていたなら、私はこんな風に料理をすることはなかっただろう。焚き火台も炭も、そして食材もあるけれど、わざわざ料理をしてまできちんと食べようとは思わなかっただろう。パンや干し肉なんかを適当にかじって空腹を満たして、それでおしまいにしていたに違いない。

おいしいものが食べられるから幸せだ。前に私は、そうディオンに言い切った。でもそれは、ちょっとだけ違ったのかなと思えた。本当に不幸のどん底にいたら、おいしいって思うことすらできないんじゃないか。こんな状況でもいつもと同じように上機嫌で料理を平らげているディオンに、そのことを教わったような気がした。

そんなこんなで、私たちはついにカナールにたどり着いた。サレイユの屋敷を出てから三日目の午後のことだった。

前にカナールに来てから、まだ一か月も経っていない。あの時は、こんな形でまたここを訪れることになるなんて思いもしなかった。

かつて私は、ディオンの供としてメイドの制服でこの町を歩いた。でも今は平民の普段着で、大荷物を乗せた荷車を引いて歩いている。今の私は何者でもない、ただのアンヌマリーだ。

そんなことを考えながら町の門をくぐる。私に行く当てはなかったけれど、ディオンには何か考えがあるようだった。彼は迷いのない足取りで、どこかに向かっている。

と、ディオンがふと立ち止まった。振り返ったその顔には、真剣なようでいて照れくさそうな、妙な表情が浮かんでいた。そう言えばこの旅の間に、何回かこんな顔を見たような。

「……アンヌマリー。一つ、頼みがある」

「なんでしょう？」

「お前はもう、サレイユの家に仕えるメイドではない。つまり私が、お前の主となることもない。だからだな、その……」

なぜか突然分かり切ったことを口にしながら、ディオンはもじもじしている。

「過度な敬語は、控えてもらえるとありがたい。お前は相手によっては、もっとざっくばらんに話しているだろう？　私に対しても、もう少し砕けた感じでいい」

「え……あの、どうしてそんなことを？」

ディオンの要求は理解できた。でも動機が分からない。首をかしげてじっと見つめると、彼はさらに困ったような顔になり視線をそらした。

「まあ、私の気分の問題というか……とにかく、そうしてほしい」

「どうしても、ですか？」

「ああ、どうしてもだ」

「でしたら、まあ……努力してみます」

そう答えると、ディオンはどこか嬉しそうに、大股に歩き出した。そんな彼の後を、荷車を引いてついていく。彼は一見早足で歩いているようで、ちゃんと私の速度に合わせてくれていた。

ディオンに連れていかれた先は、高級そうで大きな店がずらりと立ち並ぶ、明らかに上流階級向けの通りだった。平民の普段着で荷車を引いている私は、ものすごく浮いている。
「少し、ここで待っていてくれ」
そう言って、ディオンは一軒の店に入っていった。荷車と一緒に店先で待っていると、複雑で濃厚な香りが漂ってきた。どうやらここは、ハーブとかスパイスを扱うお店らしい。こんな時でなければ、この香りも楽しめたのかもしれないけれど。
通行人の好奇の視線を避けるように、荷車の陰に隠れてじっと待ち続ける。今はあまり、他人に見られたくない気分だった。でもありがたいことに、じきにディオンが誰かを連れて店から出てきた。

「待たせたな。彼はレオ、この店の主だ。顔も広いし、とても頼りになる」

「初めまして、アンヌマリーさん。店主のレオです。私の店では香辛料や茶葉などを取り扱っています。ただそれとは別に、私個人で貸し家の管理などもしているのですよ」

ディオンの隣にいるのは、背の高い中年男性だ。きれいになでつけた栗色の髪と、手入れの行き届いた小さな口ひげが特徴的な、おっとりと穏やかな雰囲気の人物だ。身に着けている物も上等で、とても趣味がいい。

「貴女(あなた)が家を探しておられると、ディオン様からそううかがいました。ちょうど私の管理している物件に、頃合いのものがありますよ。ここからそう遠くはないので、案内しましょう」

そう言ってレオは、きびきびと歩き出した。ちょっとだけぽかんとして、その後を追いかける。がらがらと荷車を引く私と、そのすぐ近くを歩く身なりのいい二人。さっき以上に目立ってしまっている気がする。

「目的の物件は大通りに近い、治安のいい区画にあるらしい。前の住人が丁寧に使っていたし、レオもこまめに掃除をさせていた。そのおかげで、すぐにでも住める状態なのだそうだ」

私の隣を歩きながら、ディオンが嬉しそうに解説してくる。

「それって……かなりの好物件みたいですけど、家賃が高かったりはしませんよね……」

「ああ。そもそもその家は平民向けの小ぶりなものだからな。大丈夫だ」

「でも、レオさんの店はどう見ても上流階級向けですよね。どうしてまた、レオさんは平民向けの家の管理や賃貸なんて……」

「彼の道楽だと聞いている。古い家を管理して残すことで、カナールの歴史を守っているのだそうだ。あと彼の店には、平民も来るぞ。料理にも役立つだろうし、今度お前ものぞいてみるといい」

「あ、はい。……歴史を守る、ですか……歴史的建造物とかだったらどうしましょう……」

そうやって二人でこそこそと話していると、すぐ前を歩いていたレオがこちらを振り返った。上品でおっとりとした顔には、興味の色が浮かんでいる。

「お二方はとても仲がよろしいのですね。先ほどディオン様が『家を探している！』とせっぱつまった声で叫びながら駆け込んでこられた時は驚きましたが、あれもアンヌマリーさんのためだったのですね。納得しました」

「ここまで二泊ほど野宿してきたのでな。彼女には一刻も早く、ちゃんとした家を持たせてやりたかったのだ。これだけの荷物を抱えているし、宿では落ち着かないだろうから」

ちょっぴり照れくさそうに笑うディオンの言葉に、レオが少しだけ目を見張る。それからちらりと視線をこちらに向けている。礼儀正しいその視線には、驚いたような色が少し混ざっていた。

ふと、気になった。そういえばレオは、私が何者なのか知っているのだろうか。

「すみません、一つ聞きたいのですが……レオさんは私の身の上について、ディオン様から何か聞いているのでしょうか？」

私の問いに、レオはゆるゆると首を横に振った。見る者を安心させるような、そんな仕草だった。

「貴女はディオン様のお知り合いで、これからはカナールで暮らそうと考えておられる。そのために、家と仕事を探しておられる。それだけですよ。そして、それで十分です」

「……はい。ありがとうございます」

礼を言いながら、そっと胸を押さえた。きっとレオは、今語った以上のことに気づいている。私とディオンのやり取りや、私の立ち居ふるまいから、私が何か訳ありなのだと察しているだろう。でも、彼はそれ以上せんさくしないと言ってくれている。たったそれだけのことが、とてもありがたかった。

そんな私たちを、ディオンが黙って見ていた。私たちを見守るような、でもちょっぴり面白くなさそうな、そんな複雑な顔をしていた。

じきに私たちは、大通りの二本奥の通りに面した小さな家にたどり着いた。白い外壁の、可愛らしい家だ。よく見ると造りや雰囲気が周囲の家と少し違うし、土台になっている石組みもちょっと古そうだ。確かにここは、歴史を感じさせる家だ。本当に、私でも借りられる家なのかな、ここ。

しかし、さあ家を見てみようという段になって、一つ困りごとに直面した。

「荷車……どうしましょう。誰か、見張りを頼める人を探したほうが……」

「大丈夫だ、アンヌマリー。この辺りは女性が夜に独り歩きできるくらいに治安がいい。こんな昼間から、盗人など現れたりはしない」

「ディオン様のおっしゃる通りです。衛兵の詰め所が目と鼻の先にあるここで、そんな真似をするものはいませんよ」

そうやって二人がかりで説得されたので、しぶしぶ荷車を家の前に置いて家に入る。金貨の入った大きな革のトランクと、肩からかけた布のカバン、それにコウジの小箱だけは持ったまま。

レオの案内で、ディオンと一緒に家の中を見て回った。そこはやや小ぶりではあるものの、一人で暮らすには十分過ぎる広さの家だった。やはり全体的に古さは感じるものの、その古さが心地良く感じられる、そんな家だ。

玄関を入ると、まっすぐな廊下が目に飛び込んでくる。右には寝室の扉が、左には物置や階段などにつながる扉がある。廊下を進むと居間になっていて、そのさらに奥にはダイニングキッチンがある。四、五人で囲めそうな大きな食卓とそろいの椅子が置かれていた。

そうして一番奥にある台所に足を踏み入れた時、私は思わず歓喜の叫び声を上げていた。

「えっ……すごい……素敵……」

大鍋を乗せてもびくともしなさそうな大きなかまどが二つ、さらに小ぶりのかまどが一つ、突き当たりの壁際に作りつけられていた。その真上の天井には、排気のための煙突穴がある。かまどに使われている耐熱レンガは明らかに古いものなのに、割れも欠けもしていない。

かまどの隣にはオーブンがあるし、さらに直火で肉を焼くためのスペースまで設けられていた。丸ごとのローストチキンなんかも作れるし、金網を乗せれば魚や貝なんかも焼ける。ここも、ぴかぴかに磨き上げられている。

その隣には、水瓶を加工した簡易水道のようなものまである。洗い場も広くて清潔そうだった。古そうなのに、妙に機能的だ。

水瓶の近くの壁には大きな棚が作りつけられていて、調味料や食器、調理器具、それに薪を置くスペースも十分に確保されている。

それらに囲まれるようにして、広々とした石の作業台が置かれている。その広さ、ざっと一畳以上。学校の家庭科実習室の大机よりも大きい。これならそばも楽々打てるな。

　さらに台所のすぐ横にある小さな扉を開けると、そこは食料庫になっていた。今ある味噌の樽などを全部しまってもお釣りがくるくらいに広い。

　サレイユの屋敷の厨房と比べるとかなり小さいけれど、必要なものがぎゅっと詰まった、とても素敵な台所だ。見ているだけで胸が高鳴る。まるで恋だ。この台所に一目惚れだ。

「この台所、古そうなのにとっても使いやすそう……動線までしっかり計算されてて……」

　あまりの感動にぼうっとしている私に、レオが笑いながら声をかけてくる。

「最初にこの家を建てた人物は、腕利きの料理人だったのです。彼は当時のカナールでもとびきりの料理人で、自分の店を持っていましたが、家に友人を招いて料理をふるまうことも好きでした。この台所には、設計時点から彼の意見が取り入れられていたという、そんな話が残っています」

　料理人による、料理人のための家。私は料理人ではないけれど、この家が、というか台所が素晴らしいということだけは分かる。

「貴女もとても料理が好きなのだと、ディオン様からそううかがいました。ならばきっと、ここをお気に召すかと思ったのですが」

「はい！　とても気に入りました！　あの、それで、家賃は……」

　レオがさらりと口にした額は、確かに安かった。私は家賃の相場は分からないけれど、食料の値段なら分かる。メーアやカナールでさんざんお買い物をしたおかげだ。そしてその値段と比べて判断すると、ここの家賃はかなり安いと思う。いいのかな、こんなに安くて。

　ためらう私に、ディオンが小声でささやきかけてくる。

「どうした、まだ何か問題でもあるのか？　私は料理をしないが、良い家だと思うぞ。立地も、家そのものも」

「ええ、そうなんですけど……家賃が安すぎるのが不思議で」

同じく小声でディオンに本音をもらす。と、レオが部屋中を見渡しながら朗々と語り始めた。

「ここは歴史のある、とても良い家なのです。ですが、誰も住まないままにしていては建物が傷んでしまいます。それに、最初にこの家を造らせた料理人も、『自分が亡き後も、この家でたくさんの料理が作られ続けることを望む』という遺言を残していたのですよ」

その言葉に、ディオンと二人してレオを見つめる。

「ですので私は、この家を大切に使い、台所をしっかりと活用していただけそうな方を探していました。ディオン様が推薦されている貴女なら、問題はないかと」

そうして、レオは茶目っ気たっぷりに一礼する。そのまま上目遣いに、私を見てきた。

「ここを管理していただく手間賃と相殺して、家賃はこの額にしているのですよ」

なるほど、そういうことだったのか。だったらもう、迷うことはない。

「分かりました。私、この家を借りたいです。ここで色々な料理を作っていきたいんです」

「ええ、もちろんです。実はこちらに契約のための書類を持ってきておりますので、そこに署名していただければ、もうこの家はあなたのものですよ」

どうやらレオは、抜かりなく契約書類を持ってきていたようだった。やはり彼が持っていたペンを借りて、そこにサインする。少しだけ考えて、ただ『アンヌマリー』とだけ署名した。平民は名字を持たない。余計なトラブルに巻き込まれないとも限らないので、私が元令嬢だということはできるだけ伏せておきたかった。

ディオンが私の手元を見てちょっと悲しそうな顔をしていたように思えたけれど、そのまま書類をレオに返す。

ともかくも、これで住むところが見つかった。あまりにとんとん拍子にことが進んでいて、まだいまいち実感がわかないけれど。

家の中を見渡していたら、素晴らしい台所に自然と視線が吸い寄せられた。そのまま感慨にふけっていると、ディオンが隣に立った。

「ふむ、見れば見るほど見事な台所だ。屋敷の厨房にも引けを取らないな。料理が好きすぎるお前には、うってつけの家だと思うぞ」

ほんの少しからかっているような口調に、眉間にしわを寄せながら彼のほうを向いた。

「料理が好き『すぎる』って、ディオン様は私のことを何だと思ってるんですか」

「とびきり面白く美味な料理を作る、素晴らしい女性だな」

からかわれた直後に直球の褒め言葉をぶつけられて、思い切り照れてしまう。今度はあたふたしながら、くるりと彼に背を向けた。なんだか顔が熱い。

「そ、それより、荷物を運んでしまわないと！」

そのままばたばたと玄関に急ぐ。背後から、レオのかすかな笑い声が聞こえてきた気がした。

それから手分けして、荷車に積んだ荷物を全て家の中に運び入れた。なんとディオンとレオが荷物運びを手伝ってくれたのだ。

といっても貴族のディオンがそんなことをしていたらものすごく悪目立ちするので、私とレオで荷車から荷物を降ろして玄関まで運び入れ、そこでディオンが荷物を受け取って奥に運び込むというバケツリレー方式になった。

　私は荷運びで鍛えていたし、ディオンも見た目によらず力があってタフだ。けれど意外なことに、レオも結構な力持ちだった。おかげで、あっという間に作業は終わった。

「それでは、私は店に戻ります。何か困ったことがあったら、気軽に訪ねてきてください」

　荷物を運び終えると、レオは涼しい顔でそう言い残して店に戻っていった。後に残されたのは、私とディオンの二人だけ。

「……体を動かしたら、少々腹が空いたな」

　彼は食卓の椅子に腰かけて、ちらちらとこちらを見ている。とっても期待に満ちた目だ。仕方ないなと思いつつ、彼に声をかけた。思いのほか弾んだ声が出てしまって、自分で驚く。

「でしたら、何か食べていきますか。その、ここの台所には不慣れなので、失敗するかもしれませんが……」

「ああ、頼む。失敗したとしても、おこげのおにぎりのように、それはそれで美味なものになるかもしれないだろう？　そもそもお前の料理は、いつも美味だ。だから今回も、必ず美味だ」

　昨夜、街道のそばの野原で食べたおにぎりのことを思い出しているのか、ディオンが幸せそうに顔をゆるませた。その顔を見ていたら、急に自信がわいてきた。

　思えば、彼にはとてもたくさん助けられた。ひとりぼっちの私を追いかけてきてくれて、ずっと一緒にいてくれて、こうして家まで見つけてくれた。いくら礼を言っても足りない。だから、形で示そう。おいしくて面白い料理を作るのだ。

気合を入れ直して、もう一度台所を見渡す。鍋やフライパンなどの道具は一通りそろっているし、食器もいくつかある。ちょっとほこりっぽいけれど、洗えばすぐに使えそうだ。

よし、だったらあれを作ろう。簡単に作れて、お腹がふくれて、珍しいもの。お好み焼きだ。ソースをどうするかという問題はあるけれど、最悪味噌ダレで代用すればいい。

「それでは、ちょっとそこまで買い物にいってきます。留守番をお願いしますね」

そう言い残して家を飛び出し、大通りの近くにある市場に向かう。朝市が終わった後に食材を買うなら、近くの市場だ。前回カナールに来た時の知識が、いきなり役に立った。

夕暮れの町を駆け回って、必要なものを買いそろえる。それから大急ぎでディオンの待つ家に戻って、今度は近所の井戸に向かった。汲んできた水を水瓶に溜めて、調理器具を手早く洗う。

「今日は、何を作るのだ？」

「お好み焼き、という料理になる予定です」

ディオンは行儀よく食卓の椅子に座って待っているが、その表情豊かな目はそわそわとこちらを見ていた。そんな彼に返事をして、手早く作業にかかる。

いつも通りに昆布と鰹節の出汁を引きながら、もう一つ小鍋を用意した。そこに、店で買ってきたデミグラスソースを入れて煮つめる。

面白いことに、デミグラスソースの量り売りをやっている店があったのだ。どうやら町民たちはそれを買って、煮込みやスープなどの材料として使っているようだった。

デミグラスソースって、確か野菜やら肉やらをじっくりと煮込んだものだったはず。だったらそれをさらに煮つめて味を調えれば、お好み焼きソースっぽくなるのではないか。そう考えて、ひとまずそれを買ってきたのだ。

煮詰まるのを待っている間に、買ってきた新鮮なキャベツを千切りにする。たまたま長芋も買えたので、すりおろしてとろろにする。今日のお好み焼きはちょっと豪勢だ。それから、豚の塊肉を薄く切る。スーパーなんかで売っているものよりはかなり分厚くなってしまったけれど、これはこれで食べ応えがあっていいかもしれない。

冷ました出汁に卵を割り入れて、よく混ぜる。とろろを加えて、さらに混ぜる。小麦粉とキャベツを追加して、さっくりと混ぜる。卵多めの小麦粉少なめ、そしてキャベツたっぷりが、ふわふわお好み焼きのコツだ。

その頃には、デミグラスソースもいい感じに煮つまっていた。悪くない香りだ。味見しながら塩コショウで味を調えて、さらに隠し味に味噌と砂糖を追加してみた。よし、こんなものだろう。即席にしてはいい感じ。

「さっきからいい匂いがするな。しかしここからどうなるのか、見当もつかない」

待ちきれなくなったのか、ディオンがすぐそばまでやってきて私の手元をのぞき込んできた。楽しそうなその様子につられて、ついつい私も浮かれてしまう。

「後は焼くだけですよ。こちらの生地を、温めたフライパンに広げて……」

二つ並べたフライパンのそれぞれに、キャベツたっぷりの生地をぼとりと落として広げる。じゅうじゅうという音が台所中に広がって、とてもにぎやかだ。こうやって台所で料理していると、とてもほっとする。そんなことに、今気がついた。

「片面が軽く焼けたら、薄く切った肉をのせて、それからひっくり返して……」

ひっくり返したお好み焼きは、こんがりときつね色になっていた。なじみのあるいい香りが、ふわりと漂ってくる。隣のディオンがうっとりとため息をつきながら、焼けていく生地を食い入るような日で見ていた。あれ、今お腹が鳴る音が聞こえてきたような。

「中までちゃんと焼けたらお皿に移して、こちらのソースをかけて……あったかいうちに、鰹節を散らします」

「おお、鰹節が躍っているぞ！　それに、この濃厚なソースの香り……素晴らしい……」

ディオンは目を真ん丸にして、あつあつのお好み焼きを見つめている。まるで子供みたいだなと微笑ましく思いながら、お皿を食卓に運ぶ。

「はい、できあがりです。冷める前に食べてしまいましょう」

そう声をかけると、ディオンはいそいそと席に着き、ナイフとフォークを手にする。そうして、二人同時に食べ始めた。

「なるほど、お好み焼きとは刻み野菜と肉のパンケーキなのだな。キャベツが驚くほどたくさん入っていて、普通のパンケーキとはまるで違う食感になっている。鰹節の歯触りと香りも良いな。それに、このソース。普段食べ慣れているものと似ているが、コクがあって強い……あっさりとしたお好み焼きにはよく合っている。ああ、お前の料理はやはり美味だ」

ディオンは一口食べるなり、そんなことを一気に言った。それから顔を輝かせて、上品かつ優雅に、しかしせっせとお好み焼きを食べている。どうやら気に入ったようだ。良かった。

「ありがとうございます。ソースの味がうまく出せるか心配だったんですが、成功だったみたいです。実はそれ、ちょっぴり味噌を加えてあるんですよ」

「そうなのか？　……駄目だ、分からない。だがきっとこのコクは味噌が生み出したものなのだろう。本当に味噌は万能だな」

そんなことを話しながら、和やかにお好み焼きを食べていた。サレイユの屋敷で、いつもそうしていたように。

やっと、日常が戻ってきた。そう思ったことに自分で驚いて、目を丸くする。

私は十六年の人生のほとんどを、男爵令嬢としてミルランの家で過ごしていた。サレイユの屋敷で過ごしていたのは、ほんの半年足らずのことだ。それなのに、そのわずかな日々が私にとっては大切な日常になっていたのだ。

そしてこれからの日常は、ここから始まる。ここが、私の新しい家だ。私はここから、またやり直していくのだ。

でも、私はひとりじゃない。だから私は大丈夫だ。

そんな前向きな思いが、じんわりと胸を満たしていく。

「……やっぱり、こうして一緒に食事をしながらお喋りするのは、楽しいですね」

するとディオンが食事の手を止めて、あからさまにほっとした顔で笑いかけてきた。

「そうだな。ああ、やっといつものお前に戻った」

「はい、おかげさまで。……心配かけたようで、すみません」

「謝罪などいらない。お前が元気になって、本当に良かった」

向かいには、笑顔のディオン。目の前には、とってもおいしいお好み焼き。私の新しい生活、その最初の夜は、そうやって穏やかに過ぎていった。

《第11章》さあ、再出発だ

朝。窓の外から聞こえてくるにぎやかな声で、目が覚めた。外はまだ薄暗い。なんだ、まだ夜明け前だ。

こんな時間なのに、どうしてあんなに騒がしいのだろう。朝の荷運びの時間が変更になったのかな。あ、集団で旅をしている旅人が近づいているのかもしれない。

寝ぼけた頭で考えて、そうして思い出した。そうだ、ここはカナールだ。サレイユの屋敷でも、街道のそばの草原でもない。ここは、私の家だ。

聞こえてくるあの声は、大通りで人々が出店の準備をしている音なのだろう。明るくなったら、朝市が始まるのだ。

前にディオンに連れてきてもらった時のことを思い出して、ベッドに寝転がったまますりと笑う。あの時は、本当に楽しかった。ここで暮らすのなら、これからはちょくちょく朝市に出かけられそうだ。ふふ、楽しみ。

足取りも軽く、身支度を整える。サレイユの屋敷にいた頃とは違って何もかも一人でやらなくてはいけないけれど、何とかなるだろう。要するに、下宿生活と似たようなものなのだし。

「ひとまず、朝食にしましょうか。水が少なくなってるから、また汲んでこないと」

そんなことをつぶやきながら、近くの井戸に向かう。同じく水汲みに来たらしい近所の主婦たちと出くわしたので、精いっぱい礼儀正しく自己紹介した。あちらの家に越してきたアンヌマリーです、どうぞよろしくお願いします、と。

そうしたら次の瞬間、私はとっても元気な女性たちに囲まれてしまっていた。みんな興味津々そのものの、でもとっても人懐っこい笑顔をこちらに向けている。

「あの家に住むのかい。あらまあ、可愛い子だねえ。一人暮らしは大変だろ、私たちも力になるよ」

「いい人はいるの？　親戚に独り身の子がいるんだけど、会ってみる？」

「へえ、働き口を探してるんだ。給仕の仕事くらいなら世話してあげられるから、必要なら言ってちょうだいな」

彼女たちの勢いに完全にのまれてしまっていて、ただうなずくことしかできなかったものの、私の胸の中には感謝の思いが満ちていた。みんな、初対面の私に親切にしてくれている。そのことがとても嬉しい。メイドたちやサレイユ伯爵の悪意に振り回された後だから、なおさら。

そうしてしばらく立ち話をして、水で満たされた桶を手に家に戻る。鼻歌を歌いながら朝食の支度をして、のんびりと食べる。残りものの堅パンに、昨日の残りのデミグラスソースで干し肉とキャベツをさっと煮込んだもの。旅の疲れもまだ残っているし、今朝は手抜きご飯だ。

サレイユの屋敷にいた頃は三食まかないで、黙っていてもご飯が出てきた。けれどこれからは、朝食も自分で作らないと。あ、だったら朝からお味噌汁も飲めるな。よし、明日の朝ご飯はそれで決まりだ。

食事と後片付けを終えて、食後のお茶を飲みながらぼんやりする。まずは休憩しようと思ったのだけれど、自然と頭は仕事のことを考えていた。ひとりで屋敷を発った時からは想像もつかないほど、やる気と元気に満ちているのを感じる。さあ、何をしよう。何ならできるかな。

家事なら大体こなせる。それに元男爵令嬢としての教養も身についている。大学生程度の知識もあるけれど、こちらは今のところ活かす当てがないかな。

だったらまずは、メイドか教師あたりの仕事を探せばいいんだろうか。カナールには平民の寺小屋みたいなものがあって、子供たちに勉強を教えている。そのおかげで、人々の識字率もかなり高いらしい。だったら探せばきっと、教師を募集しているところもあるかもしれない。

何かあったら頼ってくれと、レオはそう言ってくれた。近所の人たちも、頼めば力になってくれるだろう。ひとまずかたっぱしから話をして、仕事の口を探してみよう。

「……頼れる人がいるって、素敵ね」

しみじみとつぶやいた時、脳裏（のうり）に浮かぶ顔があった。イネスの力強い笑顔だ。彼女には本当にお世話になった。恩を返せていないのが心苦しい。

「そうだ、まずはイネスさんに手紙を書かなくちゃ。無事に住むところは見つけられました、って」

大きな町には郵便屋がいる。手紙や小さな荷物を目的の町や屋敷まで届けてくれるのだ。食料などを運ぶ普通の荷馬車に相乗りさせる形で手紙を運ぶので、ちょっと時間がかかるけど。

「でも、便せんも封筒もないわね……よし、町の見物がてら買ってこようっと」

そうして外出しようと玄関の扉を開けたら、そこにはディオンが立っていた。どうやら、ちょうど扉をノックしようとしていたらしい。胸の高さで軽くこぶしをにぎったまま、驚いた表情でこちらを見つめている。けれどすぐに我に返って、ほっとしたように息を吐いた。

「ああ、おはようアンヌマリー。良かった、まだ家にいたのだな」

「おはようございます、ディオン様。ちょうど出かけようとしていたところです。こんな朝早くにどうしたんですか？　ディオン様が泊まっている宿からここまで、それなりに歩きますよね」

「少々、話したいことがあってな。よければ、時間をもらえないだろうか」

なんだか長い話になりそうな予感がしたので、ひとまず彼を中に通し、お茶を出す。サレイユの屋敷からカナールに向かう間にも飲んだ、素朴だけれどおいしいハーブティーだ。

ディオンはうっとりとお茶の香りをかいでいたが、不意にこちらに向き直った。そうして、思いもかけない一言を投げつけてきたのだ。

「……お前、料理で稼いでみてはどうだ？」

びっくりした拍子に、お茶が気管に入ってむせた。

「い、いきなり、何を言い出すん、ですか⁉」

心配そうに身を乗り出したディオンに、大丈夫と身振り手振りで示しながら呼吸を整える。ディオンは小さく咳払い（せきばらい）をして、説明を始めた。

「きっと今頃、お前は何の仕事をしようか悩んでいるだろうと思ったのだ」

「はい、実はその通りです。メイドとか、教師とか……そういった仕事なら務まるかなあと」

「メイドに、教師か……お前なら、それらの職もそつなくこなすだろう。しかしお前には料理の才能がある。ずっとお前の料理を食べてきた私が言うのだ、間違いない。その才能を活かさないなど、もったいないにもほどがある」

「そ、そうですか？　料理で稼ぐ……でしたら、料理人として雇ってもらうとか……」

「それでは意味がない。お前は、お前の料理を作るべきだ」

もしかしてディオンは、私が今まで再現してきた和食の数々を売ればいいと言っているのだろうか。思いもかけない提案にぽかんとしていた時、ふとある記憶が浮かび上がってきた。

それは、以前サレイユの屋敷にいる使用人たちに味噌汁を食べさせて回った時のことだった。ちょっとした思いつきではあったけれど、思った以上に味噌汁は受け入れられていた。だったらもう一工夫すれば、ちゃんとした売り物になるかもしれない。

最初の驚きが過ぎ去って、代わりに浮き立つような気持ちがやってくる。和食を売るのも、面白そうだ。けれどそう思ったのもつかの間、あることに気がついて眉をひそめる。

「となると……お店を出して自分の料理を売る、ということですか？　でもそうなると、料理以外にも色々とやることが出てきますが……仕入れとか、帳簿つけとか、接客とか。人手も足りなくなりそうですし、誰かを雇わないと」

お店で料理を売る。興味はあるけれど、準備しなければならないことが山ほどある気がする。しかも、具体的に何をすればいいのかがいまいち分からない。

「それに……それなりの蓄えはありますが、さすがにお店を借りるほどのお金はないと思います」

私の言葉に、ディオンはきょとんとした顔をした。

「いきなり店を借りずとも、まずは屋台から始めてみればいいだろう。前に朝市に来た時、屋台の女性が教えてくれたではないか。ここの朝市で屋台を出すのは容易なのだと。彼女にできて、お前にできないはずがない。お前は素晴らしい料理の腕と、明晰（めいせき）な頭脳を持っている。愛想もいい」

彼はやけに私のことを買ってくれている。書類仕事も数学もあまり得意ではないけれど、頑張ってみようかなと思えてきた。私、ここまでおだてに弱かったのか。

「それにお前の父親は、元々有能な豪商だったのだろう？　ならば、お前も商売について知っているのではないか？」

「あいにくと、何も。この子は一生を令嬢として過ごしていく、だから商人としての知識は不要だと、両親はそう考えていたのだと思います」

「なんだ、そうなのか。私も領地を治めていく上で必要な税などの計算は得意だが、商売のやり方は知らないな。どのような書類が必要になるのか、そういったことなら何となく見当がつくのだが」

首をかしげて宙を見つめていたディオンが、また私に視線を戻す。

「そちらについては、後でレオに尋ねてみよう。ただその前に、考えておくべきことがある」

「……もしかして、屋台で出す料理を何にするか、ですか？」

「正解だ。レオに相談する前に、こちらで決められることは決めてしまったほうがいい」

ディオンの言う通りだ。ただ屋台をやりたいんです、と言って相談を持ちかけるより、こんな料理を出す屋台をやりたいんです、のほうが具体的なアドバイスをもらいやすいだろう。

それにレオにも自分の仕事がある。そんな彼の時間を分けてもらおうというのだから、こちらもちゃんと頑張っているところを示さなくては。

台所のほうを見ながら、一生懸命に考える。朝市にはとてもたくさんの屋台が出ていた。普通の料理では埋もれてしまう。ここはやはり、和食だ。それも、いかにも和食！　といった感じの。

ディオンもそれを期待しているのだろうし。
今使えるのは味噌だけだ。醤油はまだ熟成中だし、ぬか漬けはかなり人を選ぶ。

「……下ごしらえが楽で、味噌を使うもので、この町の人の口にも合いそうなもので、ちょっぴり変わったもの……」

その時、ふと思いついたものがあった。そうだ、あれならどうだろう。

「ディオン様、試してみたい料理があるので試食をお願いできませんか?」

「ああ、もちろんだ。いくらでも付き合うぞ」

分かりやすく顔を輝かせて、ディオンが返事をする。彼にうなずきかけて、台所に向かった。

上機嫌のディオンに見守られながら、、出汁を引く。いつも通りの、昆布と鰹節のお出汁だ。もうすっかりおなじみの香りを胸いっぱいに吸い込んで、作業を続ける。

ジャガイモと玉ねぎを小さめに切って、出汁の中に放り込む。それらが煮えたら、火を弱くして牛乳を入れる。ちょっと薄めのミルクスープといった感じだ。

そうしてそこに、味噌を入れる。味噌汁を作る時の半分くらいの量を、少しずつ溶いていくのだ。白かったスープが、ほんのり淡く優しい色に染まっていく。塩で味を調え、沸騰する前に火から下ろしたらできあがり。

味噌に牛乳というちょっと変わった組み合わせだけれど、これが意外に合うのだ。味噌汁だと思うとものすごく微妙な気分にはなるけれど、スープだと思えば問題ない。下宿生活で普通のシチューに飽きていた時にたまたま見かけたレシピをアレンジした、和風とも洋風ともつかない謎メニューだ。ちなみに出汁の代わりにコンソメを使ってもおいしい。固形ブイヨンがあったらなあ。

この辺の人たちは、肉や乳製品をよく食べている。不慣れな味噌を、慣れた牛乳と合わせて食べやすく。それが、このメニューのコンセプトだ。

「はい、どうぞ。味噌汁ならぬ、ミソ・スープです。冷えた体をあっためる、ちょっと変わった一品ですよ」

「ミソ・スープだと？　味噌汁と大差ないように見えるが……ふむ、いただこう」

ディオンはミソ・スープがつがれた椀を受け取り、目を丸くしている。椀の中をじっくり眺めてから、おもむろにミソ・スープを口にした。一呼吸置いて、彼はほうと息を吐いた。その頬がほんのりと赤みを帯びている。

「なるほど、これはとても面白いな。ふくよかな味噌とほっとする出汁の味は、味噌汁のものと同じなのに……そこになじみ深い牛乳の風味が優しく寄り添うことで、味噌汁よりもずっと食べ慣れた、しかしさらに奥深い味になっているな」

よほど感動しているのか、いつも以上に感想の言葉が長い。しかも、彼はもうミソ・スープを平らげてしまっている。紫の目をきらきらと輝かせながら、お代わりまで要求していた。

ミソ・スープをあっという間に二杯完食して、また空の椀を差し出しながら、ディオンはうっとりと息を吐いた。

「ああ、とても美味だ。しかしほんの少しばかり、食べ応えが足りないかもしれないな。朝市の屋台では、焼いた肉やバターをたっぷり使った料理などの腹にたまる食べ物が人気だったと記憶している。この季節、体が温まるのはとても良いと思うが」

彼の前に三杯目のミソ・スープの椀を置いて、大きくうなずきながら答える。

「そうですね。これは試作品なので、その辺にあった野菜を使いましたが……実はこれ、鮭とよく合うんですよ。鮭の赤い油がスープに浮いて……さらにコクが出るんです」

私の返事を聞いて、ディオンはごくりと生唾をのみ込んでいた。味を想像してしまったらしい。

「後は、鶏肉もいいですね。コショウや唐辛子を少しだけ入れてぴりりとさせてもおいしいです。エビとハーブを合わせると、ぐっと上品な感じに仕上がりますよ」

「やはり、料理で稼ぐように助言したのは正解だった。話を聞いているだけでも、食べてみたくてたまらない。屋台で出せば、きっとどれも評判になるだろう」

「私は単に、おいしいものが好きなだけなんですけどね。色々とレシピを集めては試行錯誤しているうちに、自然とこうなっただけで」

「自然とそうなった、か。いくら何でも謙遜が過ぎないか？」

「ふふ、謙遜しているのではなく、本当にそれだけなんですよ」

ディオンと二人、小さな家の食卓で温かいミソ・スープをすすりながら、そんなことをのんびりと話す。ついこの間までは想像もできなかったそんな状況がとても楽しくて幸せで、自然と笑みがこぼれていた。

ミソ・スープの試食やら、今後の相談やら、あと家事やら何やらを済ませ、二人でお昼にする。

それから、私たちは連れだってレオの店に向かっていた。

「それにしてもディオン様、レオさんと親しくされているんですね。家探しを頼んだり、屋台の相談を持ちかけたり。もしかして、友人なんですか？」

私の何気ないそんな言葉に、ディオンは苦笑した。ただ何だか、嬉しそうでもあった。

「友人……どうだろうな。親しいのは確かだが」

そうして彼は、衝撃的な事実を教えてくれた。ここカナールは貿易の要所ということもあって、国王が直接治める地となっている。しかし実質的にこの町を統治しているのは、豪商たちの集団を頂点とする商人組合なのだそうだ。

そしてなんと、レオはその商人組合の重鎮らしい。つまり、この町のトップの一人だ。

「……昨日、荷物運びを手伝わせてしまいました……」

知らなかったとはいえ、そして本人が進んで手伝ってくれたとはいえ、とんでもないことをしてしまったかもしれない。

「気にするな。彼が自分から手伝うと言い出したのだ。彼は立場の割にかなり気さくだからな。お前も今まで通りに接するといい。そのほうが、彼も喜ぶ」

「……努力してみます」

思わずぎゅっと手をにぎりしめたその時、ちょうどレオの店にたどり着いた。

レオの本業は、茶葉やスパイス、ハーブなんかを取り扱う小売業だ。高級料理店なんかには卸売りもしているらしいけれど、同時に平民でも気軽に買える価格の品も取り扱っている。今も、店内には貴族と平民の両方がいる。

　私たちが店に入り来店の理由を告げると、すぐに店員の一人が奥に入っていった。入れ替わるように、レオが奥から出てくる。

「お二人とも、ようこそいらっしゃいました。折り入って話とは、何でしょうか?」

「いきなりすまないな、レオ。実は、朝市の屋台について聞きたいことがあるのだ」

　突然訪問したにもかかわらず、レオは嫌な顔一つせずに私たちを出迎えてくれた。店の奥にある応接間に通されて、勧められるままふかふかのソファに腰を下ろす。わ、すっごく素敵な座り心地。これ、見た目以上の高級品だ。

　すぐに、店員がお茶を持ってくる。こちらもやはりかなり上等な品だった。

「さすがに、上質の茶葉だな」

　ディオンがお茶の香りをかいで、うっとりと目を細めた。その顔からは、彼はおいしい食べ物だけでなくお茶も好きなのだということが、ありありとうかがわれた。

　そういえばディオンは、屋敷の中でティーセットをわざわざ自分の手で持ち運んでいたことがあった。面と向かって尋ねてみたことはないけれど、きっと彼はお茶が好きなのだろうなとは思っていた。もっとも、そのティーカップで味噌汁を飲んでいたのには驚かされたけれど。

　私の視線に気づいたのだろう、向かいに座るレオが嬉しそうに言った。

「ディオン様はよくこの店に立ち寄られて、新しく入荷したお茶を飲んでいかれるのです。お茶を飲まれている時のディオン様は、とてもいい顔をされていて……この方のためなら、多少無理をしてでももっと色々な茶葉をそろえたい。そう思わずにはいられないのですよ」

あ、その気持ち何となく分かる。というか、容易に想像がつく。子供みたいな無邪気な顔で、嬉しそうにうっとりとした顔でお茶を飲むディオンの姿が。

仲間意識を感じながらレオを見ると、彼は思わせぶりに目配せして小さくうなずいた。そうして私たちが無言で分かり合っていると、ディオンがすっと割り込んできた。仲間外れにされたのが不服なのだと、そう主張しているかのような顔だ。

「ともかく、彼女に一度、屋台を出させてみたい。具体的には、このような料理を考えているのだが」

そう言って、ディオンは持参した小さな水筒をレオに差し出す。もちろん中身は、さっきのミソ・スープだ。どうせなら実物を見てもらったほうがいいと、ディオンが強固に主張したのだ。

「ふむ……これはただのミルクスープではなさそうですね」

水筒の中身をじっくりと見て、匂いをかいで。とても真剣な、まるでワインのテイスティングをしているかのような顔で、レオはミソ・スープを観察している。それから慎重に、一口飲んだ。とたん、目を驚きに見開く。

「とても複雑な、風変わりな味がします。香り同様、一筋縄ではいかないスープですね。それなのにどこか懐かしく、妙に後を引く味で……とてもおいしいですね」

そうしてレオは興味深そうに目をきらめかせて、身を乗り出してきた。

「これを屋台で出す、ですか。面白そうですね。ところでお二人は、商売についてはどの程度ご存知でしょうか」

「あいにくと、まったくの素人だ。彼女も、私も」

きっぱりと言い切るディオンに、レオは柔らかく笑って会釈した。

「今でしたら時間はありますし、私でよければ商売について軽く説明いたしますが」

「ぜひとも頼む。君に教えてもらえるなら、これ以上心強いことはない」

そうして彼は、商売を始めるにあたって必要となることを一通り教えてくれたのだ。各種手続きや、仕入れ値と販売価格のバランス、仕入れる量、帳簿のつけ方などを。

こんなこともあろうかと持ってきていた紙束にメモを取りながら、一生懸命耳を傾ける。初心者の私にも分かりやすいよう、レオは話をかみ砕いてくれているようだった。

その気遣いに感謝しつつ、必死に話についていく。ふと、両親のことを思い出した。お父様は元豪商で、お母様も同じく豪商の娘だった。二人とも、子供の頃にこんなことを習っていたのかなあ。

私が商売について学び始めたと知ったら、きっと驚くだろう。立派になったと思ってくれるかな、それとも令嬢として育てたお前がこんなことに、と嘆くかな。

うっかりそれてしまった意識を引き戻して、また話に集中する。そうしていると、今度は隣のディオンが目に入った。彼はこの上なく真剣な目で、レオの話を聞いていた。まるで一言たりとも聞きもらすまいとしているような、そんな顔だ。

やがて、レオの話が終わった。彼はとても楽しそうな顔で、こう締めくくる。

「一度、事業計画書を作ってみるといいでしょう。持ってきていただければ、私が確認しますよ。あのスープはきっと話題になる。そのさまを、私も見てみたい。ぜひ協力させてください」

「君もそう思うのか、ならば安心だな。アンヌマリー、レオは口に入るものを商(あきな)っているだけあって、繊細な味覚を持っている。それに何より、商機にはとても敏感だ」

ディオンが浮かれた様子で、こちらに笑いかけてくる。当のレオはほんの少し恐縮したような顔で、お褒めいただきありがとうございますと微笑んでいた。

そんな二人を見ていたら、急に実感がわいてきた。私は本当に、屋台を出すのだと。恋しくて恋しくて、あげくに無理やり再現して作り上げた味噌を、たくさんの、それはたくさんの人たちにおひろめするのだと。

「……だったらいいのですけれど……料理も、事務の仕事も全部自分一人でやらなければなりませんから……頑張らないと」

うまくいくのかな、とちょっぴりしり込みしてしまい、そんなことをつぶやく。しかしすぐに、ディオンがきょとんとした顔で言葉を返してきた。

「一人？　確かに料理ができるのはお前だけだ。だが、試食なら私もレオも喜んで付き合うし、事務仕事についても力を貸せるぞ。そのために、私もしっかりとレオの話を聞いていたのだからな」

「熱心な生徒が二人もいて、楽しい講義でした。それに、何か困ったことがあったら気軽に訪ねてくださいと、昨日私はそう言いましたよ？　新たに商売を立ち上げる、その時の大変さはよく分かっています。一人で抱え込まないでくださいね」

ディオンとレオの、心から私のことを案じてくれている言葉に、胸がじんとした。ちょっぴり泣きそうなのを隠しながら、二人に深々と頭を下げた。ありがとうございますと、今度はそうつぶやいて。

そんなやり取りから、数日後。

「営業許可証をもらってきたぞ！」

「ふふ、ありがとうございます。おかげで助かりました」

大張り切りで、ディオンが私の家に駆け込んできた。小さなカードのようなものを、高々と掲げながら。

朝市で屋台を出すためには営業許可が必要だ。場所代は無料だけれど、許可は毎月更新する必要がある。期間限定で屋台を出す人間も多いし、屋台で稼いだ金で店を持つ者もいる。そういった人たちにも柔軟に対応するために、月ごとの契約になっているのだとか。

営業許可証の発行だけなら、レオに頼むこともできた。けれどどうせ毎月の更新手続きは自分でする必要があるし、そこまで特別扱いしてもらうのも悪いと思ったので、先日商人組合の本部を訪ねて申請書を出してきたのだ。他の人たちと同じように。

そうして今日、ついに営業許可証が発行される。ディオンは申請書を出してからずっとそわそわしていたけれど、今朝一番に私の家にやってきて、自分が営業許可証を取りにいくと言い出したのだ。どこからどう見ても貴族そのもののディオンと、朝市の屋台の営業許可証。ミスマッチにもほどがあるし、きっと窓口の人が驚くだろう。

とはいえ、やる気になっているところに水を差すのも悪い。だから営業許可証の引換札と、彼を代理として取りにいかせる旨を書いた紙を渡して、ディオンにおつかいを頼むことにした。彼はおにぎりと味噌汁の朝食をたっぷりと食べてから、意気揚々と商人組合の本部へ向かっていった。気のせいか、妙にうきうきした足取りで。

彼の帰りを待つ間に、私はもう一度ミソ・スープを作っていた。ここ数日研究に研究を重ね、よりおいしく、よりここの人の口に合うように調整した、とびっきりのレシピだ。

しばらくして帰ってきたディオンは誇らしげに営業許可証を掲げていたが、すぐに目を細めてつぶやいた。家の中に漂う素敵な香りを、胸いっぱいに吸い込みながら。

「……おかしい。朝食を食べ終えてから、まだ一時間も経っていない。だというのにこの匂いをかいだら、また腹が空いてきた気がする。どうにもおかしい」

「はい、どうぞ。ちょうどできたてですよ。これと同じものを、屋台で出すつもりです」

難しい顔をして首をかしげるディオンから営業許可証を受け取って、代わりにあつあつのミソ・スープの椀を渡す。湯気の立つスープの椀を手にした彼は、一転して満面に笑みを浮かべる。予想通りの反応ではあったけれど、なんというか子供のようで微笑ましい。

ディオンはスプーンでたっぷりとミソ・スープをすくい、一気に頬張る。そうして彼は目を大きく見張って、思い切り浮かれた声で言い放った。

「これは素晴らしい！　これなら、成功間違いなしだ！　事業計画書についても、問題ないというレオのお墨付きをもらったし、もう今すぐにでも屋台を開けるな！」

先日私たちは、また連れ立ってレオを訪ねていた。彼に教わったことに基づいて作った事業計画書、それを確認してもらったのだ。その事業計画書を熟読したレオは、顔を上げてこう答えた。

『とにかく変わった料理ですのではっきりと言い切ることは難しいのですが、この計画で進めていけば大丈夫でしょう。最悪でも、軽度の損で済むはずです。気長に続けていけば、きっと利益が出るでしょう』

そんなこんなで、問題は全てクリアしていた。屋台で使う大鍋や食器なんかはもう買ってあるし、実は食材も既に仕入れていた。後は、私の覚悟だけだ。

「……さっそく明日の朝市で、さっそくこのミソ・スープを売ってみようと思います」

少し緊張しながらそう告げると、ディオンは口元に小さく笑みを浮かべて、遠くを見つめるような目つきになった。思わずどきりとしてしまうような、そんな表情だった。

「そうか。いよいよ、だな」

「はい。いよいよ、です」

ミルランの家が取りつぶされて、サレイユの屋敷のメイドになって。懐かしい味を必死に再現し始めて、ディオンと出会って。サレイユ伯爵に解雇されて、カナールにやってきて。半年足らずの間に、びっくりするくらい色々なことが変わっていった。

そしてまた、私の生活は変わろうとしている。これからどうなるのか分からないし、怖くないといえば嘘になる。

でも今までの変化は、結果としてはまあまあ悪くない、いやむしろ良い方向に転がっていったと思うのだ。だったらきっと、次の変化も良いものになるに違いない。そう信じよう。

手の中の営業許可証に書かれた私の名前を見つめながら、ゆっくりとうなずいた。

《幕間5》ディオンは明日に備える

その日の夜、ディオンはカナールの宿の一室で、眼下に広がる町並みを眺めていた。彼の視線は、ちょうどアンヌマリーの家があるほうに向けられていた。

どうやら、無事に屋台が出せそうだ。彼女がサレイユの屋敷を追い出されてからの日々を思い出して、彼は切なげに目を伏せる。これまで色々あったが、ようやく彼女の努力が実を結ぶのだ。これでやっと、彼女は新たな幸せに向かって進み出すことができる。

とはいえ、まだ油断するには早い。あの素敵なミソ・スープは、見た目も匂いも少々変わっている。もしかしたら最初のうち客たちは戸惑って、彼女の屋台を遠巻きにするかもしれない。

だがディオンは、そのことはあまり気にしていなかった。最初の客、その一人がミソ・スープを口にしさえすれば、きっとみな彼女のミソ・スープを受け入れるだろうから。

しかしディオンの悩みは、それだけではなかった。朝市はとにかく人が多い。妙な客にからまれないとも限らないし、もめごとに巻き込まれないとも限らない。しっかりと自分が目を光らせておかなくてはと、彼は大いに意気込んでいた。

アンヌマリーの身の安全という意味では、多数の人間と関わる屋台ではなく、どこかの貴族の屋敷のメイドとしての仕事を探してやったほうがよかったのかもしれないと、ふとディオンはそんなことを思う。つてならあるし、彼女はメイドとしても十分に働ける。

そこまで考えたところで、彼はぶんぶんと勢いよく首を横に振る。彼女がメイドになったら、あの料理の才能を眠らせることになってしまう。そんなもったいないことはできない。彼女の料理はきっと、多くの者を笑顔にできるというのに。

彼は知らない。彼女の料理で最初に笑顔になったのが、ほかならぬ自分であることを。

「……私はもう、味噌なしでは生きていけない体になってしまったからな。今さらよそのメイドになど、なってもらっては困る」

自分自身に言い聞かせるように、ディオンはぽつりとつぶやく。

ディオンは気づいていなかった。自分の心のうちに、アンヌマリーをここカナールに引き留めておきたい、屋台をやらせてみたいと思った理由がもう一つあるということに。

彼女の料理が人気になっていくところを、彼女が幸せになっていくところを、一番近くで見ていたい。彼女のそばにいたい、離れたくない。そんな思いが、彼の心の奥底に芽生えていたのだ。そしてその思いが、彼に力を与えていたのだ。彼女を支え、共に前に進む力を。

明日は、必ず一番に彼女の屋台を訪ねよう。そう決意しながら、ディオンはじっと窓の外を見つめていた。

《第12章》私たちの新たな一日

朝早く、私は飛び起きた。枕元の懐中時計を見て、思わず苦笑する。予定よりも一時間も早く起きてしまった。これではまるで、遠足が待ち遠しい子供のようだ。

そっと窓を細く開けて、外の様子をうかがう。辺りはまだ真っ暗で、震え上がるような冷気が入り込んできた。

「今日は冷えるわね……でも商売の初日には、うってつけだわ」

手早く着替えて、肩掛けを羽織って居間に行く。暖炉に火を入れて、体を温める。それから玄関に向かい、そこに置いてある荷物を確認した。料理を出す器、汚れ物を入れる箱、器をぬぐう布巾がたくさん、お釣りの小銭の袋と、売り上げを入れる袋、その他細々としたもの。

ミソ・スープは昨日のうちに仕込んである。しかも、大鍋に二つも。ディオンもレオもこれくらいならすぐに売れると言ってくれたし、もし余ったら火を入れ直してまた明日売ればいい。でも、たくさん売れ残ったらさすがに辛いなあ。

いけない、いけない、まだ始まってもいないのに後ろ向きになってどうするんだ。きっと売れる。絶対に売れる。カナールの人たちも、ミソ・スープを気に入ってくれる。だってディオンが、あんなにおいしそうに食べていたのだから。彼の舌を信じよう。

そんなことを考えながら朝食を済ませ、することがないので事業計画書を読み直した。でもそのせいで、余計にそわそわしてしまう。うん、他のことをすればよかったな。

そうこうしているうちにやっと予定の時間になったので、ミソ・スープの大鍋を火にかけて温め直す。その間に他の荷物を外の荷車に乗せて、しっかり固定した。

最後に、大鍋に蓋をして縄で縛り、古い毛布でしっかりとくるむ。こうやって、ミソ・スープが冷めるのを遅らせるのだ。どうせなら、少しでもあったかいものを食べてもらいたいし。

いずれは焚き火台と炭を持ち込んで、温めながら売ろうかとも思う。でもそうすると、炭の分余計に経費がかかるのだ。売れると確信するまでは踏み切れない。

慎重に慎重に、一つずつ大鍋を荷車に運び込む。転ばないように、落とさないように。

「重い……でも、サレイユの屋敷で荷運びの仕事をしてたのが、役に立ってるわ……」

屋敷の使用人たちは、荷物の持ち方のコツについてあれこれと教えてくれたのだ。こうすれば持ち上げやすいとか、こうすれば足腰を痛めないとか。彼らの言葉を思い出しながら、大鍋を二つともしっかりと荷車に固定した。

彼らがいるであろう方角、つまりサレイユの屋敷がある方角にぺこりと小さく頭を下げて、玄関の鍵を閉める。荷車の持ち手をにぎって、ゆっくりと深呼吸した。

そのまま大通りに向かって歩き出す。辺りは、うっすらと明るくなり始めていた。

昨日のうちに下見しておいたので、少しも迷うことなく自分に割り当てられた区画にたどり着くことができた。さんざん脳内でリハーサルしたので、ぱぱっと準備を終わらせることもできた。

荷車にもたれて一息つき、周囲を見渡す。まだ朝市は始まったばかりで、準備中の店も多い。でもそれなりに客はいるようで、あちこちの店先に人が集まっている。朝早いからか、温かい食べ物の屋台が人気なようだった。うん、私のミソ・スープも、これならいける。

よし、私も仕事を始めよう。まずは呼び込みだ。正直恥ずかしいけれど、しっかりアピールしなくては。売り文句は、もう考えてある。

『とびきりおいしいミソ・スープ、新発売です。カナール広しと言えども、これが食べられるのはここだけですよ』

この売り文句は、ディオンと二人で作ったものだ。というか、彼が最初に考えたものがあまりにも褒めすぎで恥ずかしかったので、私が手を加えてシンプルにしたのだ。

どきどきしながら大きく息を吸って声を出そうとしたまさにその時、いきなり横合いから声がかけられた。

「そこの君、そのかぐわしいスープを一杯もらえるかな」

やけに気取った声でそう言って銀貨を一枚よこしてきたのは、なんとディオンだった。

「おはようございます、ディオン様。どことなくいつもと口調が違うような……」

「気にするな」

「あと、銀貨ですか……ちょっと待ってくださいね、お釣りを今用意しますから」

「釣りはいらない、取っておいてくれ。最初の客という栄誉をいただく、その対価だ」

「言いたいことは分からなくもないですが……まあ、そう言うのなら……」

ディオンの様子は、どうにも妙だった。いつもよりさらに堂々としていて、そしてちょっぴり気取っている。まるで、舞台に立つ役者のようですらあった。

こっそりと首をかしげながら、椀にミソ・スープをよそって差し出した。きんと音がするくらいに冷え切った朝の空気の中で、その椀は柔らかな湯気を上げている。

「それでは、いただこう」

椀を受け取ったディオンは、まるで誰かに見せつけているかのような大仰な動きでミソ・スープを口に運ぶ。それから感極まったように天を仰ぎ、ほうと感嘆のため息をついた。

「……ああ、なんと美味なのだ‼」

やけに大きなその声に、周囲を通り過ぎていた人たちが振り向く。

「口いっぱいに広がる豊かな香り、ゆっくりと喉を降りていく深い味わい‼　この上なく、素晴らしい……！」

通りすがりの人たちが、一人また一人と足を止め始めた。みな、ぽかんとした顔でディオンを見つめている。彼はもう一口ミソ・スープを口にして、うっとりと目を細めた。

「朝の寒さが、このスープの味をより高めているようにも思える……体の隅々までしみ通るような温かさ、この滋味……まるで、生き返ったような心地だ……！」

ディオンはそんなことを言いながら、いつになくゆっくりとミソ・スープを味わい続けていた。幸せそのものといった表情で。というか、やっぱりいつもより声が大きいような。

まだ朝早いからか、観光客の姿は少ない。貴族の姿も見えない。大通りを歩いているのは、地元の平民ばかりだ。だからよそ者の貴族であるディオンは、とっても目立ってしまっていた。

こんな朝っぱらから、古びた荷車で売っている得体の知れないスープを貴族がおいしそうに食べている。そんな不思議な状況と、彼が手にしているスープに興味をひかれたのか、集まり始めていた人たちが、さらにじりじりと近づいてくる。その中の一人が、私に声をかけてきた。

「姉ちゃん、それは何なんだ？　妙な匂いのスープだな」

「ミソ・スープです。味噌という、珍しい調味料を使ったものですよ。栄養もありますし、体も温まります。売りに出すのは今日が初めてなんです」

　どきどきしながらそう答えると、ディオンが食事の手を止めて口を挟んだ。生徒の間違いをただす教師のように自信満々に、ぴしりと鋭く。

「その説明には、一番大切なところが抜けているぞ。このスープは、それはもう素晴らしく美味なのだ。今まで食べたことのない、まろやかで優しく奥の深い味がする。私はこれまでに様々な珍味を口にしてきたが、これに勝るものはない！」

　その言葉に、ごくりとつばをのみ込む音があちこちから聞こえてくる。周囲の人垣から、二人ほど進み出てきた。銅貨をこちらに差し出しながら。

「お買い上げ、ありがとうございます！」

　どうやらディオンは、自主的に客寄せを買って出てくれたようだった。いつもより気取った口調も、どことなく他人行儀なふるまいも、そのためなのだろう。たまたま通りがかった貴族が、不思議なスープに魅了された。周囲の人たちに、そう思わせるために。

　お客さんにミソ・スープの椀を渡して、ディオンを見る。彼は空の椀を返すと、礼を言ってそのまま立ち去っていった。去り際に、ちらりとおかしそうな目線をよこして。

　呆然としていたら、今度は近くで叫び声が上がった。

「おい、何だこれ⁉　面白いな！」

「……うまい。よく分からない味だが、ただひたすらにうまい」

ミソ・スープを口にした二人が、顔を輝かせていた。やっぱり味噌は未知の食材らしく、二人は分からない、分からない、だがうまいと言いながら猛烈な勢いで食べ進めている。それを見た周囲の人たちが、一斉にこちらに向き直った。

「おい、俺にもくれ」

「こっちにも一杯ちょうだい」

あっという間に、銅貨をにぎった手が何本も伸びてきた。列になってもらうよう誘導しながら、さらに次々とミソ・スープの椀を渡していく。

人々は荷車を取り囲むようにして立ち、わいわいとはしゃぎながらミソ・スープを食べている。あっという間に、すっかり人だかりができてしまった。それを見て、あれはなんだろうとさらに人が集まってくる。

「ごちそうさま。明日もこれ、売りにくるのか？」

「ああ、おいしかった。また食べにこよう」

「今度は友達を連れてくるよ。面白い屋台があったって教えてやるんだ」

食べ終えた人たちは、そんな言葉を残して立ち去っていく。みんな、とっても満足そうな顔だ。その笑顔に吸い寄せられるようにして、また通りすがりの人が列に並んだ。

私は感慨に浸る暇すらなく、お金を受け取り、ミソ・スープの椀を差し出し、空の椀を受け取り続けた。目が回るほど忙しかったけれど、それが気にならなくなるくらいに嬉しかった。

「疲れた……でも、良かった。すっごくいいスタートを切れた……」

予定よりもずっと早く、私は空の大鍋を乗せた荷車を引いて帰宅していた。完売だ。

疲労と、それ以上の満足感を抱えながら、手早く大鍋と食器を洗って荷物を全て片付ける。売り上げを計算するのは後でもいいだろう。それより、少し休みたい。

「正直、何もかもうまくいきすぎて……何だか、夢を見ているみたい」

食卓の椅子に腰かけて、机に突っ伏す。ああ、お腹空いた。もう正午も過ぎたし、いい加減にお昼ご飯、作らないとなあ。そんなことを考えていたら、いきなり玄関の扉が叩かれた。

重い体を引きずるようにして玄関を開ける。そこに立っていたのは、やけに上機嫌なディオンだった。

「祝杯だ、アンヌマリー！」

彼の手には、ワインのボトル。ワインの銘柄にはそこまで詳しくはないけれど、あれって結構高い銘柄だったような。

「祝杯……ですか？」

「そうだ。近くの家の住人に頼み込んで二階に上げてもらい、そこからこっそりお前の屋台を見ていたのだ。ミソ・スープは見事に売り切れていたな！　ここで祝杯をあげずして、いつあげる！」

気づかなかった。というか、そこまでしてわざわざ見ていたのか。たぶん、私のことを心配してくれたのだろう。とはいえ、彼がこそこそと屋台の様子をうかがっているさまを想像したら、なんだかおかしくなってしまった。

「……ふふ、そうですね。どうぞ、入ってください」

ディオンを招き入れ、木のカップを二つ食卓に置く。ワイングラスなんてしゃれたものはこの家にはない。けれどこの素朴な木のカップこそが、私たちの祝杯にはふさわしいように思えた。

慣れた動きでカップにワインを注いで、ディオンは軽やかに声を上げる。

「お前の成功を祝って、乾杯！」

乾杯、とつぶやいて、それからワインを一口飲んだ。あ、おいしい。正直ワインはあまり好きではなかったけど、これは飲みやすい。渋くなくてさわやかで、ほんのり甘くて。

「……おいしいです」

なぜか照れくさくなりながら、そんなことをつぶやく。向かいに座ったディオンは、それは満足そうな顔をしていた。彼から視線をそらすように、ワインをもう一口。

「気に入ったか？　特別な日にだけ飲むことにしている銘柄だ。今日という日にはふさわしい」

伯爵家の跡継ぎである彼が、特別な日にだけ飲むお酒。やっぱりこのワインは、結構お高いもののようだった。初仕事がうまくいったことへの祝杯とはいえ、ちょっと奮発し過ぎではないだろうか。このペースで飲んでいたら、すぐになくなってしまいそうだし。あ、そうだ。

「そういえばディオン様は昼食、もう食べましたか？」

「いや、まだだ。お前が屋台を撤収するところまで見届けて、その足でワインを買いにいっていたからな」

「でしたら、軽い昼食を用意しますね。ワインに合いそうなもので、面白いものを」

そう言って席を立ち、台所に立つ。ディオンは嬉しそうに笑って、大きくうなずいていた。何が出てくるのかと楽しみにしている顔だった。


さて、何にしよう。今ここにある材料で手早く作れそうなもので、お酒のあてになりそうなもの。食料庫を引っかき回して、必要なものをいくつか持ってきた。そのまますぐに、作業に取りかかる。鍋に湯を沸かし、ジャガイモをいくつか、丸ごと放り込む。その隣で、スルメをフライパンで焼いた。ぱちぱちといい音を立てながら、スルメがぐにゃりと曲がっていく。いつ見ても面白い。

そう広くもない台所に、スルメの匂いが立ち込める。熟成中の醤油を少し持ってきて、手製のマヨネーズと混ぜた。焼けたスルメを皿にのせて、別の小皿に醤油マヨをたっぷりと入れる。

それから、カブとセロリのぬか漬けを洗って切る。じっくりと漬け込んだ古漬けだ。私は軽く漬けたのが好きなのだけれど、酒のつまみにはこちらのほうがいい気がする。

そうしているうちにジャガイモがゆで上がったので、湯から出してそのまま皿にどんと置く。半分くらいまでナイフを入れて、そこにバターをねじ込む。ちょっと多いかな、いや多すぎる気がするんだけど、ううん間違いなく多いよねと思うくらいが適量だ。

おつまみの皿をお盆にのせて、ディオンが待つ食卓まで運んでいく。

「はい、できましたよ。スルメの醤油マヨ添え、季節の野菜の古漬け、じゃがバターです」

「スルメ……醤油マヨ……？」

聞いたことのない単語が次々と出てきたからか、ディオンは珍しくも戸惑いをあらわにしている。

メーアで焼きイカを見た時の表情に、ちょっと似ている。

「スルメは干したイカのことです。噛み応えもありますし、ぎゅっとうまみが濃縮されているんですよ。こっちの醤油マヨは、ええと……味噌に似た醤油という調味料と、卵と油、それに酢を混ぜたソースを合わせたものです」

「なるほど、イカか。……つくづく、イカとは縁があるようだ」

どうやらディオンも、焼きイカのことを思い出したらしい。そういえばあの時、ディオンは果敢にも焼きイカに挑戦していた。その姿を見て、意外と根性があるのかもしれないなと、彼のことをちょっとだけ見直したんだった。

「それはそうとして、これはどうやって食べるのだ？　薄いし固いし、フォークが刺さりそうにないのだが。……もしかして、手づかみか？　おにぎりと同じように」

「はい、正解です」

すぐにその答えにたどり着くとは、彼も成長したものだ。しみじみと感慨にふけりながら、自分の分のスルメをつかんで裂いてみせる。

「こんな感じで、手で引き裂いてください。そして細く裂いたこれを、こっちにつけて……」

醤油マヨをたっぷりとスルメにからめて、こぼさないように気をつけながらぱくり。

おいしい。醤油が熟成途中だけど、十分に醤油マヨの味だ。ただ混ぜただけとは思えないくらいに、奥深く素敵な味になっている。醤油とマヨネーズって、どうして混ぜるとここまでおいしくなるんだろう。何か化学反応でも起きてるんじゃないかってくらいにおいしい。

私の表情を見たディオンも、いそいそとスルメに醤油マヨをつけて口にした。

「なんと……このソースは、今まで食べたどれとも違っているぞ。醤油……といったか、それもお前が作っているのか？」

「はい。実は未完成なんですけどね。もう少し熟成すれば、もっとおいしくなります」

「これよりもっと美味に、か。楽しみだな」

幸せそうな顔で、ディオンはもう一口スルメをかじった。そうして次は、古漬けに目をやる。

「こちらはぬか漬けか。しかしいつものものより、透き通っているような……」

「じっくり長期間漬け込んでいるんです。そのぶんちょっと癖も強くなりますけど、味わいも深くなるんです。玄人好みですけど、ディオン様ならいけるかなって」

「酸味が強いが、確かに美味だ。確かに、普通のぬか漬け以上に人を選びそうだな」

ディオンはこちらも気に入ったようで、ワインを飲みながらさらにもう一切れ口に運んでいる。

けれどすぐに、彼の口元がふっと上がる。何だか、おかしそうな顔だ。

「……お前と料理長との、ぬか床のかめを巡る一幕についての話を思い出してしまった。お前たちがどちらも真剣なのは分かっていたが……それでも、どうにも愉快な騒動だと思わずにはいられなかった。どうせなら、最初から現場に居合わせたかったな」

「私は、ディオン様が本当にぬか床のかめを見にきたことに驚きました」

「仕方ないだろう、興味があったのだから。ぬか床の匂いにも、ぬか漬けの味にも」

そうして私たちは、最後の一皿に目を向ける。バターはすっかり溶けて、ジャガイモの下に魅惑的なバターの湖を作っている。

「これは……じゃがバター、だったか。なんというか……豪快だな」

この辺りでは、ジャガイモを丸のまま食べるという風習がない。一口大に切って煮込むか、あるいはマッシュポテトにするのが主な調理法だ。当然ながら、じゃがバターなんてない。

「素材の味を、そのまま生かした一皿ですよ。フォークで大きく切って、バターをたっぷりからめていただくと最高です」

言われるがまま、ディオンは素直にじゃがバターを食べている。大口を開けて。そうしてぱっと顔を輝かせた。

「おお、確かに……ジャガイモとは、こんなに豊かな香りがするものなのだな。意外だ」

「皮付きのまま丸ごとゆでて、食べる直前までそのままにしておくからだと思います。たぶんですけど、そうするとうまみや香りが逃げ出しにくいのかもしれません」

せっせとじゃがバターを食べながら、ディオンが感心したようにうなずいた。

「そうなのか。しかしお前は、食材を思わぬ形で生かすのがうまいな。じゃがバターしかり、おにぎりしかり。……今だから言うが、実は初めておにぎりを見た時、何だこれはと困惑していたのだ。ただ米を丸めたものではないか、と」

アイディアを褒められるとちょっと困ってしまう。だってこれらの料理は、私が考えたものではないし。もう一つの記憶、その中の私が食べていたものを再現しているだけなのだから。まあ、その時々でアレンジを加えたりはするけれど。

ごまかすようにあいまいに微笑んで、そのままワインをまた一口飲む。ディオンも幸せそうな顔をして、のんびりとおつまみをつまんでいた。

和やかな沈黙が食卓に流れる。ふと、ディオンがぽつりとつぶやいた。

「思えば、ここまで色々あったな。お前と田んぼのそばで会った時は、こんなことになるとは思わなかった」

「そうですね。でも、まだまだ気は抜けません。屋台の初日は大成功ですが、これからも頑張っていかなくては」

「お前は努力家だな。今くらい、もっと肩の力を抜いてゆっくりしてもいいだろうに」

「だって、せっかくいい感じの滑り出しなんですもの。油断して失敗なんて嫌です」

そう答えて、ふと思い立つ。今日、朝市からの帰り道でずっと考えていたことがあったのだ。

「あ、そうだ。ディオン様、少し相談に乗ってもらっていいですか」

「うむ、いくらでも乗るぞ。どんどん頼ってくれ」

「今日は、無事にミソ・スープが完売しました。でも同じものばかり出していたら、いつか飽きられてしまうかもしれません。ですので何かもう一品くらい、今のうちに追加の売り物を考えておいてもいいかなって思ってるんですけど……」

そこで言葉を切って立ち上がり、向かいのディオンのほうに身を乗り出す。そのまま、彼をまっすぐに見すえた。気のせいか、彼がちょっとたじろいでいるような。頬が赤いのは、お酒のせいかな。

「ディオン様は、こんなものがいい、とかありますか？　簡単なもので、比較的誰の口にも合って、かつ飽きのこないものが一番なのですが。欲を言えば、目新しさも欲しいなって」

「おにぎりだ」

彼は少しも迷うことなく、即座にそう答えた。

「あれはミソ・スープにもよく合う。作るのは難しくなく、具材を変えれば味も変わる。米そのものは広く食べられているから、さほど抵抗なく受け入れられるだろう。それでいて、あの食べ方自体は珍しい。これで、だいたい条件は満たしたのではないか？」

「おにぎり……そうですね……」

自分でも一度それは考えた。けれどやっぱりちょっとインパクトに欠けるかなと却下したのだ。でもディオンがそう言うのなら、真剣に考えてみてもいいかもしれない。

シンプルに塩結び。焼き鮭を入れたもの。ツナマヨに挑戦してみてもいい。カナールをうろつけば、具になりそうなものは簡単に見つかるだろう。バリエーションには事欠かない。

混ぜご飯のおにぎりもいいな。簡単なのは菜飯や、ほぐした焼き魚を混ぜたもの。醤油ができたら、炊き込みご飯も作れる。人参にゴボウ、それにキノコや鶏肉を混ぜて。かなり面倒になるから、たまにスペシャルメニューとして出すのもいいかも。

そうこうしているうちに、ワインもおつまみもなくなっていた。それでも私たちは、とっても楽しく話し続けていた。

ふと、お腹がくうと鳴る音がした。窓の外を見ると、いつの間にか夕方になっていた。お昼がちょっと遅かったのに、見事なまでにお腹が空いていた。

「……晩ご飯、おにぎりにしようと思います。試作を兼ねて。味噌汁と卵焼きを添えれば、立派に食事になりますから。ディオン様も、食べていきますか？」

「もちろんだ。お前の料理を食べる機会を逃すほど、私は愚かではないからな。それで、その、一つ頼みがあるのだが……」

「わざわざ正面切って、頼みごとですか？　いったいなんでしょう」

いつものディオンなら、もっと気軽に、もっと堂々と頼みごとをしてくる。どうしたのだろうかと首をかしげていると、彼はいつになく自信なさそうな声で答えた。

「何か少し、作業を手伝わせてはもらえないか。前に餃子を包んだのが意外と面白かったのだ。米をにぎるくらいなら、何とかなるだろう」

おにぎりをにぎるには、強すぎず弱すぎずの絶妙な力加減が必要であり……などという言葉が頭の中を駆け抜けたが、ひとまずそれは横に置いておく。

せっかくディオンがやる気になったのだし、ここは彼の意思を尊重しよう。失敗しても、食べるのは私たちだけだから気楽なものだ。型崩れしようが圧縮されて餅っぽくなろうが、それはそれで面白いし。どうしようもなくなったら、チャーハンにリメイクしてしまえばいい。

そうと決まればさっそく行動開始だ。お米を炊いて、具材を用意する。

豚ミンチの味噌炒め、刻みネギと鰹節を熟成途中の醤油で和えたもの、あぶって切ったソーセージ。ありあわせの食材で何とかしようとしたら、ちょっとがっつりした感じのラインナップになってしまった。でもまあいいか、お腹空いてたし。

さあ、後はにぎるだけだ。張り切っているディオンに、お手本を見せる。

「こうやって、手に塩水を少しつけます。塩水はなくてもいいんですが、こうするとご飯粒が手にくっつきにくくなりますし、おにぎりにほんのり塩味がついておいしいんですよ」

「ふむ、こうか」

「そうしたら、木べらでご飯を手にのせて……冷めてそうなところを狙ってすくい取るのがコツです」

「む、熱い！　アンヌマリー、早く次の指示を！」

左手にご飯をのせたディオンが、助けを求めるような目でこちらを見ている。つい笑みが浮かびそうになるのをこらえながら、具材をスプーンですくった。

「ご飯の真ん中に具材をのせて、そっとにぎってください。強くにぎりすぎるとお米の粒がつぶれておいしくなくなりますから、気をつけて」

そう言いながら、おにぎりを一つ作ってみせる。ディオンはまだ熱い熱いと言いながら、まるでお手玉でもするようにご飯を両手の間で転がしていた。

「よし、できたぞ！」

やがて、ディオンは自信満々におにぎりを大皿のど真ん中に置いた。ちょっぴり、いや結構大きくて、そして見事な真ん丸のおにぎり。

「……きれいに形作ったつもりだったのだが、お前のものとは違うな？」

「少し細長くするか、三角にするとまとめやすいですよ。真ん丸のおにぎりも可愛らしいですが」

笑いがにじんで震えた声で答えると、ディオンは不服そうな顔をする。

「可愛い……そう言われて、引き下がる訳にはいかないな。こうなったら何が何でも、お前をうならせるような素晴らしいおにぎりを作ってみせる！」

「素晴らしいおにぎりって……ふふ」

「笑っていられるのも今のうちだぞ、アンヌマリー」

がぜん張り切って、ディオンはおにぎりを作り続けた。私はそんな彼を見守りながら、やはりのんびりとおにぎりを作る。

やがて大皿の上には、次々とおにぎりが並び始めた。大きいの、小さいの、真ん丸、三角、俵(たわら)型、何だかよく分からない形のものもある。けれどそれらのおにぎりたちは、とても仲良く寄り添っているように見えた。友達かな、家族かな。そんな感じだ。

どうしてそう思うのかは分からなかったけれど、そんな風に思えることがとても嬉しかった。すっかりおにぎり作りが楽しくなってしまったらしいディオンの横顔を、黙って眺める。不思議なくらいに、満たされた気分だった。

「あ、しまった」

と、ディオンが目を丸くしてこちらを見た。どうしたのだろう、と首をかしげると、彼は気まずそうに言葉を続ける。

「……どれがどの具材だったのか、分からなくなってしまった」

「そういえば、確かにそうですね……すっかり混ざってしまってます」

二人で顔を見合わせて、それから同時にぷっと吹き出す。

「まあ、食べてしまえば同じか。どれも間違いなく美味なのだから」

「運試しみたいで、面白いかもしれませんね」

ちょっとしたハプニングなんて気にしない。おいしいものがあれば、何だかんだで私たちは幸せだ。ずらりと並んだおにぎりを前に、声を上げて二人で軽やかに笑い合う。

窓の外には、一番星が輝いていた。ほれぼれとするくらいに明るく、朗らかに。

味噌汁令嬢と
腹ぺこ貴族のおいしい日々 1

＊本作は「小説家になろう」（https://syosetu.com/）に掲載されていた作品を、大幅に加筆修正したものとなります。
＊この作品はフィクションです。実在の人物・団体・事件・地名・名称等とは一切関係ありません。

2023年7月20日　第一刷発行

著者 …… 一ノ谷鈴
©ICHINOTANI RIN/Frontier Works Inc.
イラスト …… nima
発行者 …… 辻 政英
発行所 …… 株式会社フロンティアワークス
〒170-0013　東京都豊島区東池袋 3-22-17
東池袋セントラルプレイス 5F
営業　TEL 03-5957-1030　FAX 03-5957-1533
アリアンローズ公式サイト　https://arianrose.jp/
フォーマットデザイン …… ウエダデザイン室
印刷所 …… シナノ書籍印刷株式会社

本書のコピー、スキャン、デジタル化等の無断複製、転載、放送などは著作権法上での例外を除き禁じられています。本書を代行業者の第三者に依頼してスキャンやデジタル化することは、たとえ個人や家庭内での利用であっても著作権法上認められておりません。定価はカバーに表示してあります。乱丁・落丁本はお取り替えいたします。

二次元コードまたはURLより本書に関するアンケートにご協力ください

https://arianrose.jp/questionnaire/

● PC・スマートフォンに対応しております（一部対応していない機種もございます）。
●サイトにアクセスする際にかかる通信費はご負担ください。